紅牙《こうが》のルビーウルフ Tinytales 1

クローバーに願いを

「そんなこと言って、
実は嬉しいんじゃないの？」

「考えすぎだろう」

「その人をお放しなさい」
乱れた息を整えて、ミレリーナはハッキリとした口調で言った。

紅牙《こうが》のルビーウルフ Tinytales 1

クローバーに願いを

1327

淡路帆希

富士見ファンタジア文庫

157-6

口絵・本文イラスト　椎名　優

目次

ルビーウルフ
本名シャティナ・レイ・スカーレット・グラディウス。盗賊に育てられた神国グラディウスの王女
ジェイド・コルコット
生真面目なグラディウス国・魔導騎士

エリカ・ブルーノ
白き魔女と呼ばれる魔導の天才。ジェイドの師匠
フロスト&ケーナ
ルビーウルフと兄弟のように育ったオオカミ
紅牙のルビーウルフ　Tinytalesな人々

1　クローバーに願いを

靴《くつ》を脱《ぬ》ぎ、川の冷たい水に足を浸《ひた》す。スカートの裾《すそ》を濡《ぬ》らさないように結んでいるので、蹴《け》立《た》てた水が膝《ひざ》にかかって心地《ここち》いい。苔《こけ》でぬめる石の上を慎重《しんちょう》に歩きながら、ミモザは仕《し》掛《か》けた罠《わな》に近寄《ちかよ》った。

段差《だんさ》になっている所で石を積み重ねて進路を作り、川下である段差の下に設置《せっち》した、木の柵《さく》の中へ魚を追い込《こ》む罠だ。

柵の中を覗《のぞ》きこむと、ウグイが三匹《びき》掛かっていた。尾《お》がぴしゃりと水面《みなも》を叩《たた》き、白い腹《はら》が夏の夕焼けを弾《はじ》く。

ミモザはため息をついた。ここ最近、ウグイしか掛からない。ウグイは生臭《なまぐさ》いし、骨《ほね》が硬《かた》くて調理するのも大変だ。ハーブで臭《にお》いをごまかし、よく煮《に》て食べるしかない。

ウグイを柵の隅《すみ》に追いやり、鷲掴《わしづか》みにして腰《こし》に下げた籠《かご》へ放《ほう》り込む。逃《に》げ回る魚を捕《と》らえようと必死になって、跳《は》ねる水滴《すいてき》が顔にかかるのも気にならない。編《あ》んで垂《た》らした亜麻《あま》色《いろ》の髪《かみ》からは雫《しずく》が滴《したた》っていた。

三四目を籠に入れ、ようやく額《ひたい》を拭《ぬぐ》った。前髪を留《と》めていた髪留めに手の甲《こう》が触《ふ》れ、四葉のクローバーを模《も》した布飾《ぬのかざ》りが落ちて川の流れに攫《さら》われる。

慌《あわ》ててミモザはその後を追った。母の思い出と、あの飾りに込めた願いまで失ってしまうような気がして。

踝《くるぶし》までだった水位が脹脛《ふくらはぎ》に、膝に、腰に。流れに背中《せなか》を押《お》されながら水を掻《か》き分け、必死に手を伸《の》ばした。

もう少し。そう思った時だった。苔でぬめった石を踏《ふ》んで滑《すべ》り、仰向《あおむ》けになって水中へ沈《しず》んだ。鼻に水が入り、刺《さ》すような痛《いた》みが鼻の奥《おく》に走る。咳《せ》き込み、今度は水を飲んだ。

水底に足をつけようとするのに、流れがミモザの細い足を翻弄《ほんろう》する。それどころか、どんどん深いところへ流されていた。

水面に顔を出した時、言葉にならない声をあげる。それも気管に水が入って、咳き込んでしまうので弱々しい悲鳴だ。

さらに悪いことに、ここは往来《おうらい》からも離《はな》れていて、人通りもめったにない。

唯一《ゆいいつ》、自分を守ってくれる存在《そんざい》——兄の顔が脳裏《のうり》を過《よぎ》る。頭が沈まないようにもがきながら、何度も叫《さけ》び声をあげた。

ざぶん、と何かが川に飛び込む音を、ミモザは水中で聞いた。しばし間を置いて、またざぶんと音がする。ぎゅっと目を閉じているので、何が起きているのかわからない。

ぐいっ、と襟首《えりくび》を摑まれて、腕《うで》に柔《やわ》らかいものが触《ふ》れた。呼吸《こきゅう》ができるようになったので目を開けてみれば、ミモザより大きな獣《けもの》の背中が見えた。水面下でふわりと揺《ゆ》れる、砂《すな》色《いろ》の毛皮。どうやらこの獣が、ミモザの襟を銜《くわ》えて泳いでいるらしい。

苦しさから解放《かいほう》されて呆然《ぼうぜん》としていると、今度は両脇《りょうわき》の下に人の腕が差し込まれ、一気に掬《すく》い上げられた。力強い、男の人の腕だ。

「大丈夫《だいじょうぶ》か？　しっかりしろ」

金色の髪《かみ》と翠《みどり》の瞳《ひとみ》をした青年がミモザを担《かつ》ぎ、流れに逆《さか》らって岸へと泳いでいく。青年を先導《せんどう》するように水を掻いているのは大きな犬だ。

「ケーナ、ジェイド！　こっちだ！」

誰《だれ》かの声がして岸辺に目をやってみると、もう一頭白い犬がいて、大きな声で何度も吠《ほ》えていた。その隣《となり》には長い布包みを背負った赤毛の少女が立ち、手を振《ふ》っている。

岸に上がると、砂色の犬はぶるぶると身を揺すって水滴を撒《ま》き散らした。

青年の肩《かた》から砂利《じゃり》の上に下ろされ、ミモザはへたり込む。駆《か》け寄ってきた赤毛の少女に背中を摩《さす》られ、飲んでいた水を吐《は》き出した。

「間に合ってよかった。具合はどう？」

少女の問いに、頷《うなず》くことで答える。少女は紅玉《こうぎょく》のような瞳を細め、もう一度、よかったと呟《つぶや》いた。

「ケーナ、よくやった。ジェイドもご苦労さま」

自身が濡《ぬ》れるのも厭《いと》わず、少女は砂色の犬を抱《だ》きしめた。青年は上着を脱《ぬ》ぎ、絞《しぼ》って水気を払《はら》っている。金色の短い髪からは雫が滴り落ちていた。

ミモザが頭を下げると、青年は微笑《ほほえ》んだ。

「礼なら彼女たちに言ってくれ。君の声を聞きつけたのは、ルビーウルフと狼《おおかみ》たちだ」

言われて、ミモザは少女にも頭を下げた。それから、何かが頭に引っ掛かって首を傾《かし》げる。今、彼は狼と言わなかっただろうか。

目をぱちくりさせていると、砂色の犬が寄って来てミモザの頰《ほお》を舐《な》めた。金色の目と、顔つきの鋭《するど》さにぎょっとする。犬はもっと緩《ゆる》んだような顔をして、表情《ひょうじょう》だって愛嬌《あいきょう》があるのに、この獣には隙《すき》がない。

舌《した》を出した時にちらっと見えた、鋭い牙《きば》に驚《おどろ》いてミモザは悲鳴を上げた。手をついて這《は》い、転げるようにして青年の背後《はいご》に隠《かく》れる。

青年の服の裾《すそ》をぎゅっと握《にぎ》って、恐《おそ》る恐る覗《のぞ》いてみれば、砂色の獣は申し訳《わけ》なさそうに耳を伏《ふ》せ、ミモザと同じように赤毛の少女の背後に隠れている。その隣では、砂色のよりも大きな白い獣がミモザを睨《にら》んでいた。

「フロスト、子供《こども》相手に怖《こわ》い顔しちゃだめだよ。――そこのおチビさんも、いつまで隠れてんだ。ケーナがいなけりゃ、お前は今頃《いまごろ》水死体なんだよ。それなのにきゃあきゃあ喚《わめ》いて逃《に》げられたんじゃ、ケーナがかわいそうだ」

「ルビーウルフ、少し言いすぎだ。普通《ふつう》、狼を見たら誰だって驚く」

青年の言葉に、ミモザはこくこくと頷いた。けれど少女は、青年がミモザを庇《かば》ったのに機嫌《きげん》を損《そこ》ねたらしく、胸元《むなもと》まである葡萄酒《ワイン》色の長い髪を鬱陶《うっとう》しそうに払い、そっぽを向いてしまった。

「すまない、驚かせてしまって。だが、彼らはルビーウルフの仲間で、人によく馴《な》れている。君を咬《か》んだりしないから、怯《おび》えないでやってくれ」

青年の大きな手に頭を撫《な》でられ、ようやくミモザは落ち着きを取り戻《もど》した。

「ところで、このあたりに人里はないか？　このままではお互《たが》い、風邪《かぜ》をひいてしまう」

ミモザは川上を指差した。それから、人里という言葉を体の動きでどう表現すればいいのかわからず、首を傾げる。その様子を見た青年は、ここでようやくミモザの特殊《とくしゅ》な事情に気づいてくれたようだった。

「君は……言葉がしゃべれないのか？」

ミモザは頷く。青年は気の毒そうな顔で、しばらく言葉に迷《まよ》っているようだった。

「そうか……。気がつかなくて、申し訳ない。――ええと、君の家は川上にあるんだな？」

もう一度、ミモザは頷いた。

「それはよかった。できることなら、服が乾《かわ》くまで泊《と》まれる場所があると嬉《うれ》しいのだが」

ミモザは困《こま》り顔になって、青年の服を摑《つか》んだ手をもじもじとさせた。

この青年だけなら、泊めてやってもいい。だけど狼なんて家に入れたくないし、少女はまだ不機嫌そうにしている。それに、よそから来た人を兄に引き合わせるのも気乗りしなかった。

「宿代なら払うよ。まぁ、無理にとは言わないけどね。おチビちゃんの良心次第《しだい》さ」

紅玉の瞳を意地悪そうに細め、少女が笑《え》みを含《ふく》んで言った。それが、なんだか見下された気分になって、かちんと来た。青年の背後に隠れたまま、少女を睨みつける。

お金なんていらない、という意味を込め、何度も首を左右に振《ふ》った。そして、さっと青年の陰《かげ》に隠れる。

「ルビーウルフ、なんで俺《おれ》を睨むんだ……？」

不機嫌な女二人に挟《はさ》まれた青年が、弱りきった声を上げた。

†

青年に負ぶわれ、あっちこっちと指で示《しめ》しながら家に戻ってきた。

とんとととんっ、と特徴《とくちょう》的なノックをして、兄に合図をする。客人が一緒《いっしょ》のときは、こうして知らせることにしていた。とはいえ、客人なんて滅多《めった》に来ないから、この合図を使うことなんてほとんどないのだけど。

家の中では、がたがたと慌《あわ》ただしい音が響《ひび》いていた。兄も驚いているのだろう。鍵《かぎ》を開ける音がして、ドアが軋《きし》みながら開いた。

「ミモザ！　何があったんだ」

髪も服もずぶ濡れで、体が冷えて唇《くちびる》が青くなっているミモザの姿に兄――ラスティの顔も真っ青になった。体を預《あず》ける松葉杖《まつばづえ》を放《ほう》り出してしまいそうな勢いに、慌ててミモザはラスティに抱きついた。松葉杖を指差して、離《はな》しちゃだめ、という意思を伝える。

「え？……ああ、そうだね。ごめんよ。それより、いったい何があったんだ？　怪我《けが》は？」

ラスティは松葉杖に頼《たよ》りながら腰《こし》を落としてミモザと目線を合わせる。

はじめに、ミモザは両手で自身の体を叩《たた》き、異状《いじょう》がないことを知らせた。それから手の動きを中心に、動作で経緯《いきさつ》を伝える。川。髪飾《かみかざ》り。落ちて。追いかける。滑《すべ》って。水の中。苦しい。

「溺《おぼ》れたのか？」

ミモザの動作一つ一つを声に出し、ラスティは確認《かくにん》をとった。そしてミモザは最後に掬《すく》い上げる動作をして、ドアの外で待っている青年を指差した。

「妹を助けてくださったんですか？　どうもありがとうございます。なんとお礼を言って良いか……」

「あ、いえ、当然のことをしたまでで……すいません、乾いた服を貸《か》していただけると非《ひ》常《じょう》にありがたいのですが……」

夏とはいえ、濡れた服のままでは体が冷えてしまう。太陽はまだ橙色《だいだいいろ》に空を染《そ》めているが、日が完全に沈《しず》めば、風邪どころか肺炎《はいえん》になるかもしれない。

ミモザも寒かったけれど、青年――ジェイドが負ぶって家まで連れ帰ってくれたので、体の前面が温められて凍《こご》えることはなかった。しかし、逆《ぎゃく》にジェイドは胸元《むなもと》や腹部《ふくぶ》が冷えてしまって、ずいぶん寒そうだった。

「ええ、どうぞ。そのままでは風邪を引いてしまいますので……」

そこまで言って、ラスティは青年の背後《はいご》にもう一人、少女がいることに気づいたようだった。杖にすがって立ち上がりながら軽く会釈《えしゃく》し――

「うわっ!?」

少女のさらに後ろ、二頭の狼《おおかみ》を目にして思いっきり尻餅《しりもち》をついた。

「ミ、ミモザ、逃《に》げなさい！」

裏返《うらがえ》った声を上げたラスティに、ミモザは両手をぱたぱた振って、大丈夫《だいじょうぶ》だよと伝えた。

それから影絵《かげえ》の要領《ようりょう》で、手で犬の顔を形作る。それをもう片方《かたほう》の手で撫でてみせた。

「かわいい、犬……じゃないけど、飼《か》い馴《な》らされてるってことか？」

ラスティの言葉にミモザは頷《うなず》く。

それを見たルビーウルフは、また不機嫌《ふきげん》になったようだった。

「誰が飼い馴らされてるって？」

「ルビーウルフ、どうか穏便《おんびん》に」

ジェイドが窘《たしな》めると、ルビーウルフはまた彼を睨《にら》んだ。優《やさ》しいジェイドが責《せ》められるのを見るのはかわいそうだ。

二人の間に割《わ》り込《こ》んで、膨《ふく》れっ面《つら》になって抗議《こうぎ》する。

「ほら、ジェイド。かわいい親衛隊《しんえいたい》だよ。よかったねぇ、懐《なつ》かれて」

逆効果だった。

へっ、と鼻で笑うルビーウルフに、ジェイドは心底困《こま》った顔になる。

「ルビーウルフ……俺は何か、気に障《さわ》るようなことを言ったのか？」

「別にぃー」

誰がどう見ても拗《す》ねているような態度《たいど》だ。ミモザよりずっと年上であるはずなのに、まるっきり子供《こども》っぽい。

くすっ、と笑いを漏《も》らす者がいた。ラスティだ。尻餅をついた体勢《たいせい》のまま、肩《かた》を震《ふる》わせて笑っている。

「あぁ、すいません。あんまり仲良さげだったので」

どこが？　と仕草で言おうとしたら、くしゃみが出た。ミモザは慌てて洟《はな》をすする。客人の前で鼻水なんて垂《た》らして、恥《は》ずかしい。

「ミモザ、早く着替《きが》えなさい。お二人も、どうぞ中へ。俺の服でよければお貸しします。狼は……」

二頭を見比《みくら》べ、ラスティは困り顔になった。

「咬《か》んだり吠《ほ》えたりしないのでしたら、かまいませんよ」

右手を差し出すと、ケーナという砂色《すないろ》の狼はミモザの掌《てのひら》に前足を載《の》せる。左手を出せば、今度はもう片方の前足を載せた。

ミモザが喜んで拍手《はくしゅ》をすれば、その動作も真似《まね》する。体は大きくて刃《やいば》のような鋭《するど》い顔つきだけれど、よく見れば瞳《ひとみ》はつぶらだし、ぱたぱた振る尻尾《しっぽ》も可愛《かわい》らしい。ケーナもミモザと遊ぶことが気に入ったようで、飽《あ》きることなく相手をしてくれている。

「大人しいんですね」

妹の笑顔に、ラスティも嬉《うれ》しそうに笑う。ミモザを助けたのがジェイドとケーナであることを知って、感謝《かんしゃ》しているほどだ。

「気が優《やさ》しいからね、ケーナは」

ラスティが出した温かいスープを飲みながらルビーウルフは言った。ミモザが狼を怖《こわ》がらなくなったからか、彼女の機嫌は良くなってきたようだ。苦笑《くしょう》して、テーブルの下で寝《ね》そべっている白い狼――フロストに目線を落としている。

フロストはどうやらジェイドと不仲のようで、ジェイドがルビーウルフに近寄《ちかよ》ろうとすると、二人の間に割り込んで彼に睨みをきかせていた。

「それにしても、本当に奇跡《きせき》としか言いようがありません。このあたりは往来《おうらい》から外れていて、滅多《めった》に人が通りませんから。もしかして、森で迷《まよ》ってらしたんですか？」

馬車や旅人が使用する街道《かいどう》から、ここはずいぶんと遠い。それにこの辺りには民家が離れて点在するくらいで村や集落もなく、訪《たず》ねてくる者は希少《きしょう》だ。そんな中でミモザの悲鳴を聞きつけてくれた人がいたのは、運が良かったと言う他《ほか》にない。

「ええ、まぁ、そんなところです」

答えたのは、ラスティの服を着たジェイドだ。彼が着ていた服はミモザの服と一緒《いっしょ》に、家の外に干《ほ》している。

「そうですか。じゃあ、お二人も運のいい方たちですね。最近、このあたりには盗賊《とうぞく》が出るんですよ。旅人が殺されることもあるらしいので……」

そこまで言って、ラスティはミモザを見た。兄が何を話そうとしているのか悟《さと》って、ミモザはすいっと目を逸《そ》らす。

ラスティはため息をついた。

「……俺たちの母さんも、盗賊に殺されました。こんな何もない家に押《お》し入って来たって、意味がないのに……。一年ほど前のことですよ。抵抗《ていこう》して怪我《けが》をして、俺は今でもこの様ですし、ミモザは……言葉を失いました」

わずかな蓄《たくわ》えを守ろうとした結果、失ったものはあまりに大きかった。ほんの少し声を出す程度《ていど》なら今のミモザにもできるのだが、意味の通じる言葉を話すことができなくなってしまったのだ。

はじめ、ラスティはそれをミモザが塞《ふさ》ぎこんでいるせいだと思っていた。いつまでも言葉を話さないミモザに、そんなことをしていたって母は帰ってこないと叱《しか》りつけたこともある。

だけど、決してわざと口を閉《と》ざしているのではない。考えていることや思っていることを口にしようとすると、喉《のど》につっかえたように声が出てこなくなる。呼吸《こきゅう》もできなくなる。それはとても苦しくて、悲しいことだった。だからミモザはもう話すことを諦《あきら》めて、すべて仕草だけで意思を伝えることにした。その仕草の意味を兄が理解《りかい》してくれるなら、それだけで生活が成り立つから何ら問題はなかった。

ラスティの正面に座《ざ》したジェイドとルビーウルフは険《けわ》しい表情になっていた。ラスティは苦笑し、声の調子を明るくする。

「暗い話をして、すいません。気にしないでください。よろしければ、安全な道に案内しますよ。獣道《けものみち》で、多少歩きにくいんですけど。どちらに向かわれるんですか？」

「それは……」

ジェイドは口ごもった。困ったように、傍《かたわ》らのルビーウルフへ目線を投げている。どうも、行き先を知られたくないらしい。

そういえば、どこから来たのか、というラスティの質問《しつもん》も適当《てきとう》にはぐらかしていた。

ケーナとじゃれながら、ミモザは二人の様子を窺《うかが》う。

兄妹というには似《に》ていないし、従兄妹《いとこ》というのも微妙《びみょう》だ。ジェイドにはどこか育ちの良さを感じるのに対し、ルビーウルフにはなんだか野生動物のような印象を受ける。二人とも動きやすそうな旅装《りょそう》ということを除《のぞ》き、共通点なんて少しも見当たらない。

けれどラスティは何かを悟ったらしく、なぜか照れたように頭を掻《か》いた。

「すいません、野暮《やぼ》なことを聞いてしまったみたいで。いいですねぇ、駆《か》け落ちなんて。逃避行《とうひこう》、がんばってください」

ははは、と笑うラスティに、ジェイドは慌《あわ》てふためいて立ち上がった。顔は真っ赤だ。

「いや、そんな！　何かとんでもない勘違《かんちが》いをしていませんか!?」

ジェイドの裏返《うらがえ》った声にルビーウルフは豪快《ごうかい》に笑い出した。そして少し笑いが収《おさ》まると、からかうような目つきでジェイドを見る。

「とりあえず座《すわ》りなよ。そんなに否定《ひてい》するなんて、あたしへの愛が冷めちゃったのかなって心配しちゃうよ？」

「……悪乗りしてないで、ルビーウルフも一緒《いっしょ》に弁明《べんめい》を……」

弱りきったジェイドの顔に、ルビーウルフは再《ふたた》び爆笑《ばくしょう》する。

「勘弁してくれ、このままでは……」

ルビーウルフの足元から、フロストがのっそりと立ち上がった。金色の鋭い眼差《まなざ》しには、尋常《じんじょう》じゃない殺気がこもっている。

ジェイドに飛び掛《か》かろうとしたフロストの尻尾《しっぽ》を、ルビーウルフが摑《つか》んで止めた。白い巨体《きょたい》を抱《だ》き寄《よ》せてなだめ、ごめんごめんと笑いながら謝《あやま》る。

「まぁ、そういうことだから。詮索《せんさく》無用ってことで、よろしく頼《たの》むよ。お互《たが》い、話したくないことには触《ふ》れないでおこう。——たとえ相手のお粗末《そまつ》な嘘《うそ》に気づいていようと、ね」

どこか含《ふく》みのあるルビーウルフの言葉に、ミモザはびくりと身を震《ふる》わせた。同じく動揺《どうよう》しているラスティの元へ駆け寄り、彼の服にしがみつく。そんなミモザの頭を優《やさ》しく撫《な》で、ラスティは松葉杖《まつばづえ》にすがって立ち上がった。

「そうですね、失礼しました。——お茶でもいかがですか？　ハーブがお嫌《きら》いでなければ」

棚《たな》の上に手を伸《の》ばし、ラスティは茶器を取り出す。火にかけていた鍋《なべ》の湯で茶を淹《い》れた。杖をついたまま、器用に片手での作業だ。並《なら》べられたカップからは、清涼《せいりょう》感あるミントの香《かお》りが立ち上《のぼ》る。

「他には大したものは出せませんけど、ハーブならそこら中で採《と》り放題ですから。事欠きませんよ」

席に着き、ラスティは苦笑する。この家で、お茶の時間に茶菓子《ちやがし》が出るなんてことはなかった。そんな贅沢《ぜいたく》ができるのは、ミモザの誕生日《たんじようび》くらいだ。それに、今日は夕食にするはずだった魚を溺《おぼ》れた時に流してしまったので、保存食《ほぞんしよく》を引っ張《ぱ》り出さなければいけない。

家の裏には畑があって、少ないながら野菜を育てている。収穫《しゆうかく》したものを近くに住む老夫婦《ふうふ》の家へ持ち込んで、替《か》わりに鶏卵《けいらん》を貰《もら》ってくることもあった。そうやってラスティとミモザは食いつないでいるのだ。

「事情は深く追及《ついきゆう》しませんが、一つだけ心に留《と》めておいてください。もしトライアンへ向かうのでしたら、あまり人目につかないように進むべきです。軍人にでも見つかれば、若い男は徴兵《ちようへい》の対象にされてしまいますから。——俺《おれ》の、父さんのように」

カップの中を見つめ、ラスティは苦々しく言った。ラスティの隣《となり》に腰《こし》掛《か》けたミモザも、きゅっと下唇《したくちびる》を噛《か》んで俯《うつむ》く。

ここはグラディウス領土《りようど》。その南に接《せつ》する国がトライアンだ。グラディウスはここ最近、働き盛《ざか》りの男を国中から徴兵し、トライアンとの国境《こつきよう》付近に駐留《ちゆうりゆう》させている。戦争でも始めるのではないかと、鶏卵を貰いに行った際に老夫婦がそんなことを話しているのをミモザも聞いたことがある。

ラスティとミモザの父親も、兵士として軍人に連れていかれた。母の死から、わずか二か月後のことだ。幼《おさな》いミモザの心の傷《きず》に、それは追い討《う》ちとなってしまった。

茶を飲み干《ほ》したミモザは戸棚の奥《おく》から裁縫箱《さいほうばこ》を引っ張り出してきた。どうせ自分は話せないから、世間話に参加することもできない。嫌《いや》なことをたくさん思い出したせいで、ケーナと遊ぶ気にもなれなかった。

ラスティはジェイドと気が合ったらしく、しばらく談話《だんわ》を続けていた。話しているうちに年齢《ねんれい》が同じ十八歳《さい》であることがわかって、互いに親近感を覚えたようだ。

部屋の隅《すみ》に寄《よ》って、ミモザは裁縫を始めた。端切《はぎ》れの中から緑色の布《ぬの》を選び、適度《てきど》な大きさに切り刻《きざ》む。

外はもう薄暗《うすぐら》くて、天井《てんじょう》から吊《つ》り下げたランプが唯一《ゆいいつ》の光源《こうげん》だ。そのせいか、少しばかり手元が危《あや》うい。

「何やってんの？」

ひょいっと上から覗《のぞ》き込《こ》んできたのはルビーウルフだ。どうやら彼女は世間話に飽《あ》きて、ちょろちょろ動き回るミモザの行動に興味《きょうみ》を持ったらしい。ミモザの隣、床《ゆか》にそのまま座り込んで、ミモザの手元をじっと見つめる。

切り刻んだ布きれを四枚《まい》、掌《てのひら》の上で放射状《ほうしゃじょう》に並《なら》べてみせた。それから、前髪《まえがみ》を摘《つま》む。

「髪飾《かざ》りを作りたいのか？　緑が四枚……クローバー？」

ミモザは頷《うなず》き、布きれをリボンに縫《ぬ》いつけはじめた。しかし、どうも上手《うま》くいかない。母が作ってくれたのを思い出し、手順を真似《まね》てみるのだけど、布の端《はし》がほつれて形が崩《くず》れてしまう。だんだん苛々《いらいら》して――指を刺《さ》した。

人差し指の先に紅《あか》い珠《たま》がぷっくりと盛《も》り上がってきた。痛《いた》いのと血が出たのとで動揺《どうよう》し、涙《なみだ》が滲《にじ》む。

怪我《けが》をした手を摑《つか》まれ、びくりと身を震わせた。ミモザの血をルビーウルフが舐《な》め取る。

「慣《な》れないことはするもんじゃないよ。貸《か》してみな」

道具一式をミモザの手から攫《さら》い、ルビーウルフは器用に針《はり》を進めた。ほつれないように布端の処理《しょり》もして、葉っぱらしい曲線を作ってリボンに縫い付けていく。あっという間に、布きれがクローバーに変身した。

「これでいいか？」

差し出された飾りを受け取り、ミモザは何度も頷いた。流されてしまったものと、まったく同じではないが、よく似ている。飾りをぎゅっと両手で握《にぎ》り、新たに願いを込めた。

「四葉のクローバーにお願い事なんて、女の子だなぁ」

ルビーウルフは笑ったけれど、嫌な印象は受けなかった。優《やさ》しくて、温かみのある笑顔《えがお》だった。

「何をお願いしたんだ？」

訊《たず》ねられて、困《こま》ってしまった。こんな時ほど、話せないことをもどかしく感じることはない。それでもミモザは懸命《けんめい》に、身振《みぶ》り手振りで思いを伝えた。ルビーウルフは無言のまま、じっとミモザの動作を眺《なが》めていた。理解してくれているのだろうかと不安になって動きを止めると、彼女はゆったりと微笑《ほほえ》む。

「なるほど。つまり、葉っぱの一枚一枚に願掛けしてるわけだ。声が出るように、親父《おやじ》さんが無事でありますように、戦争なんて起きませんように、兄さんとずっと一緒《いっしょ》にいられますように……。どう？」

ミモザは驚《おどろ》き、同時に興奮《こうふん》した。全部正解だ。ラスティにだって読み取れないことがあるのに、ルビーウルフはあっさりとミモザの意思を解読したのだ。

ぽかんと口を開けていたら、ルビーウルフは吹《ふ》き出した。

「ミモザが一生懸命だから、わかりやすかったよ」

言って、頭を撫でてくれた。手つきは少し乱暴《らんぼう》だったけれど、嬉《うれ》しかった。言葉を話せないことに対する慰《なぐさ》めとか哀《あわ》れみとか、そういう感情が一切《いっさい》ない、まっすぐで純粋《じゅんすい》な紅玉《こうぎょく》の瞳《ひとみ》がミモザを捉《とら》える。ルビーウルフはミモザを対等に扱《あつか》ってくれるのだ。

気持ちが浮《う》き立って、喜びをラスティにも分けたくて、髪飾りを持って駆け寄った。ジェイドと話し込んでいるのもかまわず割り込んで、ルビーウルフを指差しながらクローバーを見せる。

「作ってもらったのか？　よかったな。お礼は言ったのか？」

言われて気がつき、ルビーウルフに向き直ってお辞儀《じぎ》をする。ジェイドも物珍《ものめずら》しそうに、ミモザが握っている髪飾りを見つめていた。

「意外と器用なんだな」

「まぁね。お前にも作ってやろうか？　コサージュとかどうよ」

「謹《つつし》んでご遠慮《えんりょ》申しあげる」

なんでーかわいいのにー、とか文句《もんく》を言いながらも、ルビーウルフは楽しそうだった。ジェイドにちょっかいを出す時の彼女は生き生きとして、なんだか可愛《かわい》らしい。まるで子犬が飼《か》い主の気を引きたくて、悪戯《いたずら》をしているみたいだ。

さっそくクローバーを髪に飾ってみる。母の手作りのものを失ったのは悲しいけれど、同じクローバーだ。あのクローバーがルビーウルフたちを呼《よ》び寄せて、本当のお願いを叶《かな》えてくれるクローバーを与《あた》えてくれたのかも。

そう考えると、体の中がじわじわと温かくなってくる。こんなに楽しい気分になるのは、しばらくぶりだ。ラスティも笑って——

唐突《とうとつ》に、大人しく伏《ふ》せていた狼《おおかみ》たちが勢《いきお》いよく立ち上がった。ルビーウルフも同じく、険《けわ》しい顔つきでジェイドに駆け寄る。

「追っ手か……？」

「いいや、どうも外が生臭《なまぐさ》いね。雑魚《ざこ》だ」

小声で、そんなことを囁《ささや》きあう。二人と狼たちの様子に異変《いへん》を感じ、ミモザはラスティにしがみついた。

「何かあったんですか？」

ミモザを片腕《かたうで》で抱《だ》き寄せながら、ラスティが不安げに問う。それをルビーウルフは自身の唇に人差し指を当てることで黙《だま》らせた。

姿勢《しせい》を低くした狼たちが、ドアの左右に配する。ジェイドはラスティとミモザを庇《かば》うように構《かま》えを取り、ルビーウルフはずっと背負《せお》ったままだった布包《ぬのづつ》みを解《と》いた。

ミモザとラスティは同時に息を呑《の》んだ。ルビーウルフの手中にあるもの——金の細工で飾り立てられた、馬鹿《ばか》みたいに派手《はで》な長剣《ちょうけん》を見て。

鞘《さや》を払《はら》うこともなく、ルビーウルフは剣を構える。彼女の目つきがいっそう険しくなった、その時。

ドアが外から蹴《け》り破《やぶ》られ、錆《さ》びて弱っていた蝶番《ちょうつがい》が弾《はじ》け跳《と》ぶ。倒《たお》れたドアを乱暴に踏《ふ》みつけながら若《わか》い男が押《お》し入ってきた。男が握《にぎ》っている刃《やいば》がランプの光を弾き、鋭《するど》く輝《かがや》いている。しかし。

男が得物を振《ふ》り上げる間もなく、左右から狼たちが飛び掛《か》かって彼をねじ伏《ふ》せた。腕と脚《あし》に食らいつかれ、男は悲鳴を上げる。

ミモザも叫《さけ》び声をあげた。猛獣《もうじゅう》本来の姿《すがた》を現《あらわ》した、フロストとケーナが恐《おそ》ろしくて。さっきまで一緒に遊んでいたはずなのに、優《やさ》しいケーナはどこにもいない。

なおも暴《あば》れる男を、ルビーウルフは蹴りで気絶《きぜつ》させる。それでようやく、狼たちは男を解放した。

「盗賊《とうぞく》……」

ラスティが掠《かす》れた声をあげる。松葉杖を握る手が震《ふる》えていた。一年前の悪夢《あくむ》が脳裏《のうり》に甦《よみがえ》っているのだ。

ルビーウルフとジェイドは目配せをし、外の様子を窺《うかが》っている。怯《おび》えて動けないミモザたちの元へ、心配げに駆け寄ってきたのはケーナだ。ふんふんと鼻を鳴らし、震えるミモザの手を舐《な》めようとする。口を開けて、ちらりと見えたのは血に染《そ》まった鋭い牙《きば》。

思わずミモザは手を振り上げてしまった。ミモザの手に顔を打たれ、ケーナはきゃひんっ！　と悲鳴をあげる。

悲しげな金色の眼差《まなざ》しがミモザを射抜《いぬ》く。それがなんだか恨《うら》めしそうに見えて、いたたまれなくなった。逃《に》げるように、その場から駆け出す。

「ミモザ！」

ラスティの制止《せいし》を振り切り、ミモザは外へ飛び出した。警戒《けいかい》を巡《めぐ》らせているルビーウルフとジェイドの脇《わき》をすり抜け、目的もなく走る。外はとうに日が落ちて、森の枝葉《えだは》の隙間《すきま》からは星空が覗《のぞ》いていた。

頬《ほお》に涙《なみだ》が伝う。しゃくり上げ、脇腹が痛《いた》くなって足を止めた。うずくまって涙を拭《ぬぐ》う。怖《こわ》かったから逃げたんじゃない。助けてくれたケーナに怯え、傷《きず》つけてしまった自分が許《ゆる》せなかったのだ。

水の匂《にお》いとせせらぎの音がした。川が近い。

顔を洗《あら》って、帰ろうと思った。ケーナに謝《あやま》らなければ。

脇腹の痛みをこらえ、立ち上がる。鳩尾《みぞおち》のあたりが震えて、しゃっくりは止まらないままだ。

突然《とつぜん》、背後《はいご》で茂《しげ》みを揺《ゆ》らす音がした。細い枝を折って掻《か》き分け、現れたのは狐《きつね》のように鋭い目つきをした男。

その顔に、ミモザは見覚えがあった。一年前、ミモザから母と言葉を奪《うば》った男。腰《こし》が抜け、尻餅《しりもち》をついた。恐怖《きょうふ》で、足に力が入らない。それでも震える腕で這《は》いずって、懸命《けんめい》に逃げようとした。しかし。

「――っ！」

襟首《えりくび》を摑《つか》まれ、抱《かか》え上げられる。苦しくて、蚊《か》の鳴くような声しか出せない。

「お前の家に、客人がいるだろう？　いい生地《きじ》の服だ。金持ちか？」

外に干《ほ》していたジェイドの服。素材そのものは高級品ではないものの、この辺りでは見かけない、丁寧《ていねい》な織物《おりもの》だった。盗賊はそれに目をつけたらしい。

泣き喚《わめ》き、ミモザは男の腕に爪《つめ》を立てた。本当なら酷《ひど》い言葉で罵《ののし》ってやりたい。それすらできない自分が情《なさ》けなくてたまらなかった。

「仲間が捕《つか》まっちまったみたいでな。お前に協力してもらう」

ミモザの抵抗《ていこう》を気にも留《と》めず、男は低く笑う。

「ミモザ！」

声がして、振り向けばラスティが立っていた。ジェイドに支えられながら、震える体を松葉杖《まつばづえ》に預《あず》けて。

「妹を放せ！　頼《たの》むから、これ以上俺から家族を奪わないでくれ……！」

ラスティの懇願《こんがん》を、盗賊は鼻で笑う。

「一年前の、死に損《ぞこ》ないか。その気になれば、お前ら兄妹なんざいつだって殺せるんだ。それを、なんで生かしてやってると思う？　殺したところで一文の得にもならないからさ」

母を殺された挙句《あげく》、貧《まず》しさまで嘲《あざけ》られる。何も悪いことをしていないのに、どうしてこんな目に遭《あ》わなければいけないのか、ミモザにはわからなかった。

「生かしてやってる、だって？　ずいぶん偉《えら》そうなことを言うじゃないか」

遅《おく》れて現《あらわ》れたルビーウルフが、勝気な笑《え》みを湛《たた》えて言った。肩《かた》には金細工の剣《けん》を担《かつ》いでいる。それを見た男が歓喜《かんき》の声をあげた。

「大当たりだ。金持ちのお嬢《じょう》さんか？　なりは貧乏《びんぼう》くさいが……。ともかく、そいつをよこせ」

男はナイフを抜《ぬ》き、ミモザの喉元《のどもと》に当てた。ラスティが悲痛《ひつう》な声でミモザの名を呼《よ》ぶ。

ルビーウルフは笑みを浮かべたまま、剣を投げ捨《す》てた。がしゃん、と重い音が夜の闇《やみ》に響《ひび》く。地面に転がった剣を手で示《しめ》し、笑みを深めた。

「どうぞ」

躊躇《ためら》いはなく、あまりにあっさりとした態度《たいど》。それを不審《ふしん》に思ったのか、男はミモザを抱えたまま動かない。剣とルビーウルフを交互《こうご》に見つめ――にたりと笑った。

「俺のところまで持って来い。チビとお嬢さんを交換《こうかん》だ。人質《ひとじち》は手放したくないからな」

その言葉に、ジェイドは表情を険《けわ》しくさせた。ルビーウルフを庇《かば》うように立ち、構《かま》えを取る。しかし本人にはまるで緊張感《きんちょうかん》がない。

「あたしが欲《ほ》しいの？　やらしいねぇ」

余裕《よゆう》ぶった態度で歩み出る。ジェイドの制止《せいし》も聞き入れず、剣を拾い上げた。

「悪いけど、お前はあたしの好みじゃないよ。人質なんて卑怯《ひきょう》な手を使う小悪党《こあくとう》が盗賊《とうぞく》を名乗るのだって許《ゆる》せない」

鞘《さや》に収《おさ》まったままの剣を構え、ルビーウルフは言い放つ。

「欲しけりゃくれてやるよ。盗賊なら自力で奪ってみな」

彼女の言葉が終わると同時、茂みから獣《けもの》が飛び出してきた。フロストとケーナだ。牙《きば》を剝《む》いて唸《うな》り、吠《ほ》え立てる。しかしミモザを盾《たて》にされているせいか、飛び掛かってくることはない。

それでも男は怯《ひる》み、ミモザを抱えたまま踵《きびす》を返して走り出した。けれど、進行方向に回り込《こ》んだ狼たちに阻《はば》まれて足を止める。忌々《いまいま》しげに舌打《したう》ちし、男はミモザを放《ほう》り投げた。

「ミモザ！」

ぎゅっと目を閉《と》じ、身を強張《こわば》らせたミモザの耳にラスティの声が届《とど》いた。気のせいか、すぐ近くで名を呼ばれたように思った。地面に叩《たた》きつけられるはずだった体を、温《ぬく》もりが包み込む。

「ミモザ！　怪我《けが》はないか」

目を開けて、ミモザは甲高《かんだか》い叫《さけ》び声をあげた。松葉杖を捨て、走り寄って自分を受け止めてくれた兄の胸《むね》や顔を叩《たた》いて抗議《こうぎ》する。決して人に見られてはいけないことだったのに。

「ごめんよ。だけど、お前を失いたくなかったんだ」

ラスティに抱《だ》きしめられ、ミモザは叩く手を止めた。ミモザのために守り続けた嘘《うそ》を、ミモザを守るために捨てた兄の頬《ほお》には、涙が伝っていた。

身軽になった盗賊は木に登り、枝《えだ》から枝へと飛び移《うつ》る。これでは狼たちの牙は届かない。しかしこのまま逃げられれば、いずれ兄妹は報復《ほうふく》を受けることだろう。

樹上《じゅじょう》の盗賊に、ジェイドは手を翳《かざ》した。

「導《みちび》くのはジェイド・コルコット！　呼ばれしものは奔流《ほんりゅう》の水蛇《みずへび》！」

青白い光を帯びた指先で虚空《こくう》に円を描《えが》く。薄闇《うすやみ》に青い光の波紋《はもん》が浮《う》かび、そこから水の大蛇《だいじゃ》が現れた。大口を開けた大蛇は盗賊の胴体《どうたい》に齧《かじ》りつき、身をよじって獲物《えもの》を地面に叩きつける。その衝撃《しょうげき》で大蛇の体は砕《くだ》け、辺りに雨を降《ふ》らせた。

盗賊が落下した地点へ、ルビーウルフが駆けた。盗賊はよろけながらも立ち上がり、ナイフを構えて迎《むか》え撃《う》つ。

ナイフの一閃《いっせん》を避《よ》け、ルビーウルフは身を翻《ひるがえ》して長剣を使った殴打《おうだ》を叩き込む。鞘に収まったままの一撃が盗賊の体を宙《ちゅう》に舞《ま》わせ、それきり動かなくなった。

「ルビーウルフ、無事か」

「見ての通りだよ」

ジェイドの問いに、ルビーウルフはへらへら笑って答える。ジェイドは安堵《あんど》のため息を零《こぼ》し、そして目尻《めじり》を吊《つ》り上げた。

「どうしていつも無茶ばかりするんだ。それに、欲しけりゃくれてやる、だって？　冗談《じょうだん》でも、そういうことは言うものじゃない。もっと自分を大切にしろ」

「何さ。あたしがこんな雑魚《ざこ》に負けるとでも思ってたの？」

「そうじゃない。だが、だめなものはだめだ」

むすっと膨《ふく》れっ面《つら》になったルビーウルフはジェイドに背《せ》を向けた。ジェイドはそれに困《こま》って、今度は懸命《けんめい》になだめ始める。そこへフロストが割《わ》り込み、唸《うな》り声をあげた。

その様子を眺《なが》め、ラスティは笑う。

「ジェイドさんたちにお礼を言わなければね。それに、嘘《うそ》をついていたことも謝《あやま》らないと」

ミモザは首を横に振《ふ》った。まだ言い逃《のが》れはできるかもしれない。諦《あきら》めたくなかった。駄々《だだ》をこねるミモザの元へ、ケーナがラスティの松葉杖を銜《くわ》え、引きずりながら駆け寄ってきた。

「ありがとう。でも、それはもういいんだ」

ケーナの頭を撫《な》でて、ラスティは立ち上がる。杖を使うことなく、両足でしっかりと。

「そっちも無傷《むきず》みたいだね」

「ええ、おかげさまで」

ルビーウルフに頭を下げ、ラスティは苦笑《くしょう》した。

「気づいてらしたんですか？」

ラスティが杖なしで立っているのに、ルビーウルフには驚《おどろ》いた様子がない。ジェイドもだ。

「ちょっと考えればわかることとさ。ろくに歩けない奴《やつ》が、道案内を申し出たり獣道を多少歩きにくいなんて言ったり、変だろ」

「それに、日常的《にちじょう》に使うもの――たとえば茶器を棚《たな》の上にしまっていた。脚《あし》の悪い兄がいて、それでは言葉を話せないミモザは困《こま》るでしょう。普通《ふつう》なら、そういったものはミモザの手が届《とど》く範囲《はんい》に置いているはずです」

「なるほど、たしかにお粗末《そまつ》な嘘でしたね。申し訳《わけ》ないです」

参った、と言わんばかりにラスティは頭を掻《か》いて笑った。

「できれば、このことは秘密《ひみつ》にしておいて欲《ほ》しいんです。俺《おれ》の脚が治っていると知れたら、父さんのように徴兵《ちょうへい》されるかもしれない……。そうしたら、ミモザは生きていけません。他に身寄《みよ》りがないんです。だから、どうか……」

深々と頭を下げるラスティにしがみつき、ミモザは不安げな眼差《まなざ》しを二人に向けた。

「大丈夫《だいじょうぶ》。俺たちも逃亡《とうぼう》中の身ですから。同罪《どうざい》です」

言って、ジェイドは笑った。ラスティもつられたように笑う。それから、倒《たお》れたまま動かない盗賊《とうぞく》を指差した。

「ところで、あれはどうしましょう？　家にも、もう一人いますけど……」

「そうだねぇ」

ルビーウルフは思案顔でつぶやきを漏《も》らす。

「雑魚は雑魚らしく、優雅《ゆうが》に川で泳いでもらおうかな。もちろん簀巻《すま》きで」

可愛《かわい》らしい笑顔で、鬼《おに》のような言葉を吐《は》いた。

そして彼女は有言実行の人だった。

その晩《ばん》、ラスティはジェイドが使った魔法《まほう》を珍《めずら》しがっていろいろ訊《たず》ねていたけれど、説明はまったく理解《りかい》できないものだった。

ケーナはミモザが叩《たた》いたことなど一切《いっさい》気にしていないようで、また一緒《いっしょ》に遊んでくれて。フロストは相変わらず、ジェイドがルビーウルフに近寄ると威嚇《いかく》をしていた。

翌朝《よくあさ》、ジェイドの服が乾《かわ》いて二人と狼《おおかみ》たちが出立の時を迎《むか》え、ミモザは泣いた。

呼吸《こきゅう》が、妙《みょう》に苦しかった。悲しいからじゃない。何かが喉《のど》につっかえているような気がして、それを吐《は》き出したくて試行錯誤《しこうさくご》する。そして。

「あり、がと……」

一年ぶりに話したのは、感謝《かんしゃ》の言葉だった。ラスティはミモザを抱《だ》きしめ、歓喜《かんき》の涙《なみだ》を流した。

†

それから数か月後。冷たい北風と共に父が帰ってきた。土産話《みやげ》は、徴兵された国民を解放したというグラディウスの新王の話だ。

新王は『暁《あかつき》の女傑《じょけつ》』と呼《よ》ばれる女王で、彼女の傍《そば》には金髪《きんぱつ》の騎士《きし》と二頭の狼が、常《つね》に付き従《したが》っているのだとか。

すべての願いを叶《かな》えたクローバーは、今もミモザの髪《かみ》を飾《かざ》っている。

兄妹は顔を見交《みか》わし、笑った。

2　名残雪《なごりゆき》は蒼穹《そうきゅう》に舞《ま》う

ヴィアンカが死んだ。

冬を越《こ》し、春を迎《むか》えてすぐに。咲《さ》き乱《みだ》れる花の香《か》に包まれて、彼女は遠くへ旅立った。

†

モルダの部屋に入るなり、ルビーウルフは手にしていた木の匙《さじ》をモルダに向かって投げつけた。匙はモルダの頭に当たり、かこんと軽い音を立てる。

「何やってんのさ、昼間っから」

鹿《しか》の皮を積み上げて拵《こしら》えたベッドの上で、のそりと起き上がったモルダの顔は、酒に赤く染《そ》められていた。

「うるせぇな。お前、今日の飯当番だろ？　こんなとこでサボってねぇで、さっさと昼飯作れや」

「ああ、そうだね。今日の当番はあたしとモルダ、二人のはずだったけど？　サボってんのはどっちだよ」

紅玉《こうぎょく》の瞳《ひとみ》をすっと細め、ルビーウルフはモルダを睨《にら》みつけた。

「ほんとに、何やってんだ。お前、あれから……」

ヴィアンカが死んでから。

「……ずっと、そんな調子じゃないか」

昔からよく飲む奴《やつ》だったけれど、ここ最近はあまりにひどい。朝から晩まで、ずっとだ。ヴィアンカがいた頃《ころ》は、こんなことはなかった。モルダが飲みすぎると、彼女はまだ開けていない酒瓶《さかびん》をことごとく持ち去り、森のどこかに埋《う》めてしまったから。

それなのに今のモルダときたら。これではまるで、ヴィアンカの監視《かんし》がなくなったのをいいことに、飲んだくれているみたいだ。

鼻の奥《おく》がツンとして、喉に熱い痛《いた》みが走る。涙《なみだ》が出そうになるのを、唇《くちびる》を噛《か》んで堪《こら》えた。

ヴィアンカの死を悲しんでいないような、モルダの姿《すがた》を見るのは耐《た》えられない。

狼《おおかみ》でありながら、人間の子供《こども》であるルビーウルフを育ててくれた養母がヴィアンカだった。純白《じゅんぱく》の毛《け》並《な》みと空色の瞳を持ち、優雅《ゆうが》でしなやかな狩《か》りを見せてくれる。ルビーウルフにとって、彼女は母であり、憧《あこが》れだった。

盗賊団《とうぞくだん》ブラッディ・ファングの団員たちも、ヴィアンカには頭が上がらなかった。ブラッディ・ファングは頭領《とうりょう》であるモルダと、その傍《そば》に寄《よ》り添《そ》うヴィアンカを中心に回っていたのだ。つい、半月前までは。

ヴィアンカを失ったブラッディ・ファングからは、生気がごっそりと抜《ぬ》けてしまっている。皆《みな》、仕事を怠《おこた》りがちで、日々の生活を送るだけで精一杯《せいいっぱい》だ。もともと往来《おうらい》の少ない地域《いき》であるし、自給自足と狩猟《しゅりょう》を怠れば食料が尽《つ》きてしまう。

盗賊団といっても、村や一般《いっぱん》の旅人に手を出すのは御法度《ごはっと》。それがブラッディ・ファングだ。獲物《えもの》にするのは貧困層《ひんこんそう》を食い物にして収益《しゅうえき》を得ている、ぼったくりの医者や薬屋、地方を監督《かんとく》する立場を利用して、国の許可《きょか》なく増税《ぞうぜい》をする貴族《きぞく》など。そのような連中は大概《たいがい》、徴税《ちょうぜい》を免《まぬが》れようと財産《ざいさん》を金塊《きんかい》や宝石《ほうせき》類に換《か》え、どこかに隠《かく》そうとする。

そういった情報《じょうほう》を細かに仕入れなければ、盗賊本来の狩りなどできはしない。だというのに、頭領であるモルダからしてこんな調子だ。士気が落ちっぱなしなのも仕方がない。

「あぁ、そうだ。ルビー」

再び大きな体を横たえ、モルダはルビーウルフに指示《しじ》を下す。

「酒がもうないんだ。ヴィアンカが隠したやつ、お前なら見つけられるだろ。探《さが》して持って来い」

「いいかげんにしろっ、この酔《よ》いどれ!」

ルビーウルフは足元に転がっていた空の酒瓶を拾い上げ、モルダに向かって投げつけた。岩がむき出しになった壁《かべ》にぶつかり、酒瓶は粉々に砕《くだ》ける。それでもモルダは微動《びどう》だにせず、ルビーウルフに背を向けたままだ。

ふんっ、と鼻を鳴らし、部屋の出入り口に張られた幕《まく》を腕《うで》で押《お》しのけ、ルビーウルフはモルダの部屋を辞した。

廃鉱《はいこう》をそのまま住居《じゅうきょ》として使用しているため、付近の横穴はここと同じように幕が張られている。外へ出たルビーウルフを呼び止めたのは、飼《か》っている鶏用《にわとりよう》の飼料保管庫《しりょうほかんこ》から出てきたディーゴだった。

「ルビーウルフ？　どこ行くんだ。飯は？」

「知らないっ！」

飼料の入った麻袋《あさぶくろ》を抱《かか》えたまま、きょとんとしているディーゴを無視《むし》し、ルビーウルフは森へと分け入っていく。彼女の姿を見つけた狼の群《む》れが、わらわらと駆《か》け寄って来た。

「ついて来るな！」

苛立《いらだ》った声に、狼たちはびくりと身を震《ふる》わせ、その場に留《とど》まった。耳を伏《ふ》せ、困惑《こんわく》の表情でディーゴを見やる。

「どうも機嫌《きげん》が悪いみたいだな。飯は俺が作るか……。どうせ夕方になれば帰ってくるだろうから、お前らも大人しく待っとけ」

ディーゴの苦笑《くしょう》に、狼たちは渋々《しぶしぶ》だが納得《なっとく》したようだ。それぞれ、思い思いの場所へ散っていく。

そうこうする間に、ルビーウルフの姿は森の中へと吸《す》い込《こ》まれていった。

ディーゴはつぶやく。

「あいつだって、たまには独《ひと》りになりたいさ」

†

山の斜面《しゃめん》を転がるように駆け下りる。上に行くと、まだ雪が溶《と》けずに残っている場所も多く、危険《きけん》だ。足元を注意して、目的もなく下へ下へと駆けていく。

ブーツの底を通して感じる土の感触《かんしょく》。芽を出し始めた草木の匂《にお》い。雪解《ゆきど》け水が作る小川のせせらぎ。毎年変わらない、いつもの春。

なのにヴィアンカがいない。ヴィアンカだけが欠けている。暖かな春の陽気には、彼女の優《やさ》しい声がよく似合《にあ》うのに。

最期《さいご》の時、ヴィアンカはルビーウルフの腕の中にいた。年老い、痩《や》せた体はあまりに軽く、むなしくて。ルビーウルフは涙《なみだ》で咽《むせ》びながら、無意識《むいしき》につぶやいていた。

もう、いいよ。もう頑張《がんば》らなくていいんだよ、と。

ブラッディ・ファングのため、子供たちのため、モルダのため、ぎりぎりまで不調を隠《かく》し、狩りをしていたヴィアンカ。彼女の体調の変化に気づいてやれなかった自分が情《なさ》けなくてたまらない。

それでも、ヴィアンカは微笑《ほほえ》んでいた。小さな子供みたいに泣きじゃくるルビーウルフをなだめるように、蒼穹《そうきゆう》の色をした瞳をゆったりと細めて。ありがとう、泣かせてしまってごめんなさいね、と。最期の言葉をくれた。

仲間たちも泣いていて、ヴィアンカの血を引く狼たちは慟哭《どうこく》のような遠吠《とおぼ》えで彼女を見送り、モルダは——

斜面を駆けるルビーウルフの目前に、大木が迫《せま》っていた。雄叫《おたけ》びを上げ、幹《みき》の中心に拳《こぶし》を叩《たた》きつける。痛みで思考が吹《ふ》き飛んだ。

木の幹に背を預《あず》け、息をついた。がむしゃらに走ってきたから、足も心臓《しんぞう》も悲鳴をあげている。いつもなら自分の体力を考え、こんな無茶な走り方はしないのに。

荒《あら》い呼吸で上下するルビーウルフの胸に、白い小さな花が一輪、ふわりと落ちてきた。林檎《りんご》の花だ。気がつけば、彼女の周りにはいくつもの花が落ち、地面を白く彩《いろど》っていた。背にした林檎の木からは、風が吹くたびに花びらが舞《ま》い降《お》りてくる。

ひらりしゃらり。まるで名残雪《なごりゆき》のように。

風と踊《おど》りながら落ちてくる花びらをひとひら、手で受け止めてみた。当たり前だけれど、溶けはしない。留まっていたのも一瞬《いっしゅん》のことで、また風の誘《さそ》いに乗り、晴れ渡《わた》った空に舞い上がってしまった。腕をいっぱいに伸《の》ばしても届かないところまで、高く遠ざかる――純白《じゅんぱく》。

今は何を見ても聞いても、ヴィアンカのことを思い出してしまう。彼女の微笑みを思い描《えが》いて、心はとても温かだ。このまま、ここで眠《ねむ》ってしまいたい。

目を閉《と》じて、春の音を聞く。風に揺《ゆ》れる林檎の葉と花。そのさざめきは、まるで春に浮《う》かれて林檎の木が笑っているようだ。そこら中で花笑みの音がする。

まだ少し冷たい風と、穏《おだ》やかな日差し。すぐに眠気は襲《おそ》ってきた。抗《あらが》うことなく、睡魔《すいま》の誘いに応《おう》じ――

跳《は》ね上がるように、ルビーウルフは立ち上がった。葉ずれの音に紛《まぎ》れて、何か聞こえた気がした。耳を澄《す》まし、音の正体を探《さぐ》る。

聞こえたのは悲鳴だった。涙で濁《にご》ったような叫《さけ》び声。

花びらを蹴立《けた》て、ルビーウルフは駆け出した。

地面に穴《あな》が開いていた。ぽっかりと正方形に。明らかに人の手が拵《こしら》えた穴。悲鳴の主はその中にいた。子熊《こぐま》だ。猟師《りょうし》が仕掛《しか》けた落とし穴に掛かってしまったらしい。

この冬に生まれたばかりなのだろう、まだ犬くらいの大きさで、体格《たいかく》も貧弱《ひんじゃく》だ。

穴は深く、落ちたらルビーウルフでも出られそうにない。成獣《せいじゅう》の熊を捕獲《ほかく》するために掘《ほ》られたようだ。春先の熊は冬眠《とうみん》から覚めたばかりで飢《う》えているので、誤《あやま》って人里に出てきてしまうことがあるから。

落とし穴の上に被《かぶ》せていた土や草がクッションになって、子熊に怪我《けが》をした様子はない。垂直《すいちょく》に削《けず》られた落とし穴の壁面《へきめん》に前脚《まえあし》をつき、ルビーウルフを見上げてぎゃおうぎゃおうと鳴き喚《わめ》いている。警戒心《けいかいしん》より先に、穴から出たいという感情のほうが強いのだろう。

「ちょっと待ってな。今、出してやるから」

言い置き、その場を離《はな》れて目的のものを探す。

見つけたのは山葡萄《やまぶどう》の木だった。周辺の木に絡《から》みつく蔓《つる》の中から長くて丈夫《じょうぶ》そうなものをむしり取り、子熊の元へ駆け戻《もど》る。

しなやかな蔓を穴から一番近い木の枝《えだ》に引っ掛ける。試《ため》しにぐいぐいと引っ張って外れないのを確《たし》かめた。蔓の先を穴の中に垂《た》らし、それに縋《すが》ってするすると降りていく。

すぐさま子熊は駆け寄ってきた。鋭《するど》い爪《つめ》を立て、ルビーウルフの体によじ登ろうとする。

「こらこら。あたしを踏《ふ》み台にする気か？」

苦笑《くしょう》し、ルビーウルフは子熊を抱き上げた。子供とはいえ、ずっしりと重い。彼女の細い腕には、かなりの負担《ふたん》だ。

左腕に子熊を抱《かか》え、右腕を蔓に絡める。穴の壁面に足をつき、蔓を巻き取るようにして脱出《だっしゅつ》を図《はか》り――唐突《とうとつ》に子熊が暴《あば》れだした。ルビーウルフの腕に腹部《ふくぶ》が圧迫《あっぱく》されて苦しかったのか、単に早く穴から出たかっただけなのか、服に爪を立てて胸《むね》に頭によじ登ってくる。

「ちょっと、痛《いた》いって！　やーめーろってば！　顔に乗らないでよ、苦しい！」

無理に引き剝《は》がそうとすると爪が食い込み、皮膚《ひふ》が裂《さ》けてしまう。かといって、このままでは窒息《ちっそく》だ。蔓を握《にぎ》った手にも、必要以上に力が入る。――それが災《わざわ》いの元だった。

みしり、と嫌《いや》な音がルビーウルフの耳に届《とど》いた。まさかと思った瞬間、木の枝が折れる音を聞く。そして浮遊《ふゆう》感の直後、穴底へ背中から着地した。

土と草のクッションで怪我はしなかったが、頭は真っ白だ。体の上に降ってきた蔓の感《かん》触《しょく》が、むなしさを誘う。

落下の拍子《ひょうし》に放《ほう》り出された子熊は敷《し》き詰《つ》められた草に埋《う》もれ、じたばたともがいている。ぬいぐるみのような愛らしい仕草が、今はとても憎《にく》らしかった。

†

どこか遠くでカラスが鳴いている。その声を聞くと、どうしてこんなにも馬鹿《ばか》にされたような気分になってしまうのだろう。

いや、本当はわかっている。ミイラ取りがミイラになったという自覚があるから、そんなふうに感じるのだ。カラスは悪くない。

穴に落ちてから今まで、ルビーウルフは懸命《けんめい》に脱出を試みていた。単純《たんじゅん》によじ登ろうとしたり、飛び跳《は》ねて穴の外に手を掛けようとしたり。どれも無駄《むだ》な努力に終わったが。

土がむき出しの壁面はぼろぼろ崩《くず》れて登れないし、狭《せま》い空間では助走をつけて跳《と》ぶこともできない。垂直跳びだけでは足場が柔《やわ》らかすぎて、うまく力が入らなかった。

最後の手段《しゅだん》で、愛用の長剣《ちょうけん》を壁面に突《つ》き立て、足場にもしてみた。けれど、いつもなら重宝《ちょうほう》している切れ味が仇《あだ》となってしまった。柄《つか》に足をかけた途端《とたん》、ずり落ちる。危《あや》うく足をざっくり斬《き》ってしまうところだ。

このように、けっこうな時間粘《ねば》っていろいろやってみたものの成果はなく。小さく切り取られた空が夕焼け色に染《そ》まる頃《ころ》にはルビーウルフも諦《あきら》めを覚えていた。

壁に背を預《あず》け、だらりと両足を投げ出した体勢で座《すわ》る。狭いといっても、ルビーウルフが横になっても充分《じゅうぶん》なだけの余裕《よゆう》はあるので閉塞《へいそく》感はあまりない。

このような事態《じたい》に陥《おちい》った元凶《げんきょう》である子熊は、ルビーウルフのすぐ脇《わき》にいて、蔓で遊んでころころ転がっている。罠《わな》に掛かった仲間ができたことで安心してしまったのか、すっかりくつろいだ様子だ。まったくもって腹立たしい。

服も顔も土で汚《よご》れているけれど、それを払《はら》う気も起きなくなっていた。出るのはため息ばかりだ。お腹《なか》も空《す》いたし、だんだん寒くなってきた。夜はさらに冷えるだろう。

体温を逃《に》がさないよう、膝《ひざ》を抱《かか》えた時だった。子熊が寄《よ》って来て、またルビーウルフの体によじ登ろうとする。

「何すんのさ。お前の爪、痛いんだからやめてよね」

少しばかり乱暴に払いのけると、子熊は唸《うな》って反抗《はんこう》的な目をルビーウルフに向けた。それでも諦めず、周囲をうろうろと歩き回る。何かを欲《ほ》しがっているようだ。

子熊の視線《しせん》を辿《たど》り、ルビーウルフは服を叩《たた》いてみる。すると、襟元《えりもと》から林檎《りんご》の花が一輪、転がり出てきた。林檎の木の根元に座っていた時、入り込んだのだろう。他にもあるかもしれないと、はたはた叩く。葡萄酒《ワイン》色の髪《かみ》にも花びらが数枚くっついていた。

それらすべてを手に取り、子熊《こぐま》に与《あた》えた。熊は雑食《ざっしょく》だから、花も食べるのだ。一口で平らげてしまった子熊は、物足りないような顔でルビーウルフを見上げた。鼻をひくつかせて、食べ物をねだる。仕方ないので、ルビーウルフは両手のひらを子熊に見せて、何も持っていないことを証明《しょうめい》した。

差し出されたルビーウルフの手に鼻を寄せ、子熊は匂《にお》いを嗅《か》ぐ。そしておもむろに右手の親指に齧《かじ》りついた――いや、歯は立てていない。柔らかで温かい舌《した》が親指を包み、吸い付いている。乳《ちち》を吸っているつもりなのだろう。

「赤ちゃんだなぁ」

苦笑し、ルビーウルフはつぶやいた。こんな子供《こども》らしい仕草を見せられたら、振《ふ》り払うこともできない。大人しく指を提供《ていきょう》することにした。

胡坐《あぐら》をかいたルビーウルフの脚《あし》の上にすっぽりと収まり、指を銜《くわ》えたまま子熊はうとうとし始めた。頭が左右にふらふらしたかと思ったら、突《つ》っ張《ぱ》っていた前脚から力が抜《ぬ》け、ルビーウルフの膝《ひざ》に顎《あご》をぶつける。

それで一気に目が覚めたのか、ルビーウルフの指を放し、不安そうな声で鳴き始めた。

きっと、夢《ゆめ》の中で母親に甘《あま》えていたのだろう。それなのに、目覚めてみればどこにもいない。ぎゃおうと叫《さけ》んで何度も何度も母親を呼び、歩き回る。

ルビーウルフも遠吠《とおぼ》えで仲間の狼《おおかみ》たちに現状《げんじょう》を知らせれば、助けはやってくるはずだ。けれど、今はモルダの顔を見たくない。一晩《ばん》くらい、ここにいたっていいだろう。

鳴き疲《つか》れたのか、子熊の声はどんどん小さくなっていく。それでも微《かす》かな声で、ぎゃおうと鳴く。うつむいて、まるで涙声《なみだごえ》だ。

母親がいなくて、不安で、悲しくて。

「お前はまだ小さいから、母親がいなきゃ生きていけないけど……」

泣き喚《わめ》いて、母の名を呼んで、モルダと喧嘩《けんか》して家まで飛び出して。

「あたしがやると、みっともないな」

苦笑まじりにつぶやいた。

明日には帰ろう。遠吠えで仲間を呼んで。子熊の母親が見つからなければ、連れ帰る。仲間たちには、モルダの拾い癖《ぐせ》が感染《うつ》ったと言われそうだけれど。

もう一度、大きな声で子熊が鳴いた。掠《かす》れた声だ。本当の泣き声のようだった。

なだめるように、ルビーウルフは子熊を抱《だ》いてやった。小さくて、でも温かい。

「迎《むか》えが来るといいね」

子熊の黒い被毛《ひもう》を撫《な》でながら、穏《おだ》やかな声でつぶやく。

助けを呼ばないのは、モルダの顔を見たくないから。そう思ったけれど、本当は違《ちが》うと今になって気づいた。

モルダもあの時、泣いていた。嗚咽《おえつ》するでもなく、表情を歪《ゆが》めるでもなく、ただ静かに、涙を一筋《ひとすじ》流して。

仕事を怠《おこた》る彼に怒鳴《どな》りつけてしまったけれど、本当は感づいていた。ルビーウルフの獣《けもの》じみた勘《かん》は、人の感情の変化を敏感《びんかん》に嗅《か》ぎ取るのだから。

モルダから感じていたのは失意の匂いだった。いつだって陽気で、馬鹿《ばか》みたいに明るくて、実際《じっさい》に馬鹿で、だけど寛容《かんよう》で。夏の太陽みたいに、からっとした匂いがする。それがモルダなのに、今はすっかり雨の匂い。それが嫌《いや》で、認《みと》めたくなかったのだ。

自分がこうして生きているのは、モルダが拾ってくれたから。

ヴィアンカに育てられ、狼の言葉を理解《りかい》するようになったルビーウルフ。それを気味悪がらずに受け入れてくれた仲間たちに会えたのも、すべてはモルダのおかげだ。何があったって、彼を嫌《きら》いになることなんてない。だから、助けを呼ぶのを躊躇《ためら》う理由はモルダではないのだ。わかっている。

いつもなら真っ先に駆《か》けつけてくれるはずの母は、もういないのだと。

その事実を目《ま》の当たりにするのが怖《こわ》かった。

「あたしはね、ずっとみんなと一緒《いっしょ》にいたいんだ。盗賊《とうぞく》じゃない自分なんて、想像《そうぞう》できないよ。——聞いてる？」

†

寝《ね》ている子熊の頭を突《つ》いて無理やり起こす。子熊は鬱陶《うっとう》しそうに頭を振って欠伸《あくび》をした。

夜になって山の気温はぐんと低くなり、子熊は胡坐をかいたルビーウルフの足の上でうずくまっていた。お互《たが》いの体温で温められているわけだが、ルビーウルフは上半身が冷えてしまって寒い。身動きが取れなくて足は痺《しび》れるし、静かな寝息を立てる子熊が恨《うら》めしくて、こうして一方的に話しかけながら定期的に眠《ねむ》りの邪魔《じゃま》をしているのだった。

「なのにさ、みんなはあたしのこと、いつかは出て行くもんだと思ってるみたいなんだよ。刺青《いれずみ》を彫《ほ》ってくれないの、まだ早いなんて言うけど、本当は知ってる。隠《かく》したってわかっちゃうんだ」

仲間たちの右手の甲《こう》には、狼を模《も》した揃《そろ》いの紋章《もんしょう》が彫られている。しかし、ルビーウルフはそれを持たない。十三歳《さい》で成長期の彼女にはまだ早いというのが彼らの言い分だが、本当の理由にルビーウルフは気づいていた。

彼らはルビーウルフを仲間ではなく、娘《むすめ》や孫のように思っているのだ。ほぼ自給自足に近い生活の中で、少しでも栄養のあるものを食べさせてくれたり、服だって古着だけど、小奇麗《こぎれい》なものを用意してくれる。自分たちはつぎはぎの、ぼろ服を着ているのに。

大切に思われているのは、正直に嬉《うれ》しい。だけど、ルビーウルフは同等に扱《あつか》ってほしいのだ。だから刺青だって、いつかは彫ってほしい。

女の子だから、なんて思われるのは嫌だ。ルビーウルフが年頃《としごろ》になって恋《こい》をした時、刺青が足枷《あしかせ》にならないように彫らないでいるのだろうけど、そんな気遣《きづか》いは不要だ。ブラッディ・ファングを離《はな》れる気なんて、ルビーウルフにはないのだから。

そもそも、自分に恋愛感情《れんあいかんじょう》があるかどうかも疑問《ぎもん》だ。仲間たちはみんな祖父《そふ》や父のように思っているから対象外だし、かといって同じ年頃の男の子なんて言葉を交《か》わしたこともない。そんな自分に、まともな恋ができるとも思えなかった。

なのに仲間たちは、いつかルビーウルフは伴侶《はんりょ》を見つけて出て行くものと思っている。それがルビーウルフにとって、一番幸せなことなのだと。

「あたしも男だったら良かったのにね」

男なら、そんな心配をすることもなかったはずだ。男は恋をしたって、いつでも身軽になれるけど、女は子供を産む生き物だから、そうはいかない。女は不利で、不便だ。

二年前の秋頃だったか、ルビーウルフが初潮《しょちょう》を迎《むか》えた時など彼らは対応《たいおう》に困《こま》り果て、狩《か》りで得た宝石類《ほうせきるい》を換金《かんきん》してくれる質店《しちてん》に彼女を預《あず》けてしまったのだ。

質店の店主である老婆《ろうば》は優《やさ》しかったけれど、下っ腹《ぱら》は痛《いた》いし不安だし、あの時ほど女である自分を呪《のろ》ったことはない。今だって月に一度の腹痛《ふくつう》に襲《おそ》われるたび、男になりたいと本気で思う。

女であることを理由に、仲間たちがルビーウルフを差別することはないけれど、その一件《けん》以来、彼らの中でルビーウルフはいずれ盗賊団《とうぞくだん》から離脱《りだつ》するもの、という意識《いしき》が強まってしまったらしいのだ。それどころか、自分たちのせいでルビーウルフの婚期《こんき》が遅《おく》れたら、と悩《なや》んでいる節もある。

たとえ仮《かり》に、いつかルビーウルフにも特別な誰《だれ》かが現《あらわ》れるにしても、今はそんなこと考えたくないし、仲間たちにも考えてほしくない。今は今、未来は未来だ。明日のことは明日になってみないとわからないのと同じで、二年も三年も、それよりずっと先のことなんか心配したって意味がない。少なくとも、ルビーウルフはそう思っている。

「まぁ、たとえよそで相手を見つけたって、そいつをブラッディ・ファングに引き込《こ》んじゃえばいいんだよね。――起きろ、このっ」

くぃくぃと子熊《こぐま》の耳を引っ張ってみたけれど、子熊は嫌がらせに慣《な》れてしまったのか、もう目を覚ますことはなかった。

「もう、つまんないなぁ」

諦《あきら》め、ルビーウルフも眠《ねむ》ろうと目を閉《と》じる。

森の中では、完全な静寂《せいじゃく》などない。虫の声や小動物の足音、風で擦《こす》れ合う枝葉《えだは》のざわめき、廃鉱《はいこう》でも毎晩聞いて慣れている音が響《ひび》いている。

だけど足りないのは――

「モルダのうるさい鼾《いびき》が聞こえないや」

目を閉じたまま、ルビーウルフは笑った。

†

背筋《せすじ》が粟立《あわだ》つような殺気。

己《おのれ》に向けられた剝《む》き出しの敵意に、ルビーウルフは飛び起きた。

周囲はすでに薄《うす》明るく、穴の底に敷《し》き詰《つ》められた草には朝露《あさつゆ》がついていた。湿《しめ》った匂《にお》いが肺《はい》を潤《うるお》す。

子熊は土の壁《かべ》に前脚《まえあし》をついて、けたたましい声で鳴いていた。子熊が見上げるその先、落とし穴の外からこちらを見下ろしている黒い影《かげ》があった。巨大《きょだい》な熊だ。牙《きば》を剝き、雷《かみなり》のような大音声《だいおんじょう》で吠《ほ》える。

おそらく、この子熊の母親なのだろう。ルビーウルフに子熊を盗《と》られたものと思い込み、気が立っている。今にも穴の中に飛び込んで、ルビーウルフに食らいつきそうな勢《いきお》いだ。

とっさにルビーウルフは背負《せお》った剣《けん》の柄《つか》に手を掛《か》け——抜《ぬ》けなかった。

母熊は、ただ子供《こども》を守りたいだけだ。ヴィアンカがそうであったように。それを斬《き》るなんて、今のルビーウルフにはできない。

かといって、外に出ることもできない状態では八方塞《ふさ》がりだ。子熊を返せば母熊も落ち着きを取り戻《もど》すだろうけれど……。

思案する間に、母熊の苛立《いらだ》ちは増《ま》していく。子熊の呼び声に吸い寄せられるように、母熊は飛び降りようと体勢を整えた。

殺《や》るか殺られるかだ。情に流されて大人しく食われてやるほど、ルビーウルフは聖者でもないし馬鹿《ばか》でもない。自然の中で生きている以上、避《さ》けられない命の奪《うば》い合いがあるのだ。たとえ負けても、それは悲劇《ひげき》なんかじゃなくて、とても当たり前なこと。勝者を非難《ひなん》することは、単なる利己主義《りこしゅぎ》だ。

自身の身長には不釣合《ふつりあ》いの長剣を抜き放つ。いつもなら感じないはずの重みが、両手にずっしりと掛かったような気がした。

母熊が、ぐっと身を低めた。——来る。

ルビーウルフが覚悟《かくご》を決めた時だった。聞き慣れた声がして、母熊の巨体が弾《はじ》き飛ばされた。

「ルビー、無事か!?」

モルダの声。周囲には狼《おおかみ》たちもいるようだ。威嚇《いかく》の唸《うな》り声が聞こえる。

モルダは腰《こし》に下げた大振《おおぶ》りのナイフを抜き、身構《みがま》えた。普段《ふだん》は滅多《めった》に抜かない武器《ぶき》だ。

彼の目から見ても、楽観視《らくかんし》できない状況《じょうきょう》ということか。しかし。

「子熊がいるんだ！　子供を助けたいだけなんだよ！　できるなら、殺さずに済《す》ましたい！」

「よし、わかった！」

無茶だと思えるルビーウルフの訴《うった》えに、モルダは頼《たの》もしい返事をくれた。ナイフを鞘《さや》に納《おさ》める。

第三者の介入《かいにゅう》に、母熊はさらに興奮《こうふん》した。もともと、野生動物は臆病《おくびょう》だ。凶暴《きょうぼう》になるのは怯《おび》えているから。母熊は、恐怖《きょうふ》を押《お》し殺して子供のために戦っている。

下肢《かし》のみで立ち上がった母熊が、覆《おお》いかぶさるようにモルダに飛び掛かった。それをモルダは正面から迎《むか》え撃《う》ち、組み付く。鋭《するど》い牙《きば》に食《く》らいつかれないよう、片手《かたて》で顎《あご》を押さえた。そしてもう片方の手で熊の喉元《のどもと》を摑《つか》み、足払《あしばら》いをかけて投げ飛ばす。

母熊《ははぐま》が地面に叩《たた》きつけられる音は、ずいぶん遠い所から聞こえた。いくらモルダが大柄《おおがら》で豪腕自慢《ごうわんじまん》だからといっても、なかなかできることではない。

母熊を遠ざけたモルダがすかさず穴の中へ飛び込んできて、ずしん、と地面が震《ふる》える。怯えた子熊がルビーウルフに駆《か》け寄った。

「元気そうだな、馬鹿娘《ばかむすめ》」

一日ぶりに見たモルダの顔は、久《ひさ》しく見ていなかった豪快《ごうかい》な笑顔《えがお》。硬《かた》くて分厚《ぶあつ》い大きな手が、ルビーウルフの頭を乱暴《らんぼう》に撫《な》でる。しかしルビーウルフは剣を鞘に納めつつ、彼を睨《にら》みつけた。

「予告なしで降ってこないでよ、踏《ふ》み潰《つぶ》す気？　だいたい、道具も持たずに入ってきて、どうやって出るんだ？　馬鹿はそっちだろ」

「なんだとコラ。可愛《かわい》くねぇガキだな。『会いたかったよう、モルダ大好き！』とか言えんのか」

「嫌《いや》だよ、そんな全身に湿疹《しっしん》出そうな台詞《せりふ》」

「うわ、傷《きず》つく。――ともかく、子供を返せば、あの母ちゃんは許《ゆる》してくれるんだな？」

「たぶんね。だけど、どうやって……」

外に出るんだ？　ルビーウルフがそう言うより先にモルダが動いた。

「よし、それなら子熊をしっかり抱《だ》いてろ」

彼は子熊の首根っこを摘《つま》み上げ、ルビーウルフの腕《うで》に押し付ける。

きょとんと目を丸くしていたら、いきなり担《かつ》ぎ上げられて、抗議《こうぎ》する暇《ひま》もなく穴の外へ放《ほう》り投げられた。

宙《ちゅう》で身を捻《ひね》り、ルビーウルフはしっかりと両足で着地する。抱いた子熊は驚《おどろ》きのあまり、目を白黒させていた。

狼たちが駆け寄り、ルビーウルフを取り囲んだ。こちらへ戻ってくる母熊に牙《きば》を剝いて唸り、吠えて威嚇《いかく》している。

「ほら、行きな」

手を離《はな》してやると、子熊は一目散に母熊の元へ駆けていった。母熊は子熊を背後《はいご》に庇《かば》い、それでも警戒《けいかい》を解《と》こうとしない。——いや。

少しずつだが、熊の親子は後退《こうたい》をはじめた。ルビーウルフと狼たちを睨みながら、じりじりと後退《あとずさ》っていく。

頭のいい、経験豊富《けいけんほうふ》な母熊のようだ。背中《せなか》を見せて逃《に》げれば、狼は本能《ほんのう》で追ってくることを知っている。そして、複数《ふくすう》の狼を相手にして子供を危険《きけん》に晒《さら》すような真似《まね》もしない。

あの母熊の元で育てば、子熊も立派《りっぱ》に成長することだろう。

長い間睨み合ったのち、狼たちが威嚇をやめた。熊もようやく背中を向けて、ゆっくりと立ち去っていく。互《たが》いの警戒範囲《はんい》から外れたのだ。

ルビーウルフに群《むら》がり、狼たちは尻尾《しっぽ》を振る。遠吠えで呼ぶまでもなく、彼らはルビーウルフの匂《にお》いと気配を追って、モルダを連れてきてくれたのだ。この中にヴィアンカがいないことは寂《さび》しいけれど——

「ありがとう、助かったよ」

狼たちを順々に抱き、撫でる。ヴィアンカの影《かげ》ばかり追っていては、自分を慕《した》ってくれている彼らに失礼だ。ヴィアンカの思い出を糧《かて》に、これからは互いを支《ささ》え合わなければ。

「さ、帰ろう。お腹《なか》が空《す》いたし、みんな心配してるよ」

立ち上がって狼たちを促《うなが》すと、どこかから弱々しい声が聞こえてきた。

「おぉい、ルビー。助けてくれ」

「んん？　空耳？　それともオバケ？　わぁ、怖《こわ》い。逃げろー」

わざとらしく言ってみる。

「うぉぉい！　逃げんな戻ってこい！　オバケじゃないから！　妖精《ようせい》さんだから！」

かなり本気にされた。しかたなく戻って穴の中を覗《のぞ》き込《こ》んでみれば、モルダは必死の形相でこちらを見上げている。

「ごつい妖精さんだね。埋《う》めていい？」

「ふざけんなクソガキ」

怒《いか》り心頭のモルダに、ルビーウルフはため息をついた。

「外に出してくれたのはいいんだけどさ、もし熊が襲《おそ》ってきたらどうするつもりだったんだ？　もっと別の方法なかったの？　まったく、考えなしなんだから」

文字通りルビーウルフに見下され、モルダはむっとしたらしい。眉間《みけん》に皺《しわ》を寄せ、ルビーウルフを見上げて睨《にら》む。

「考えなしだと？　馬鹿《ばか》にすんな。よじ登れると思ったんだが、入ってみたら意外に深かったんだよ」

「威張《いば》って言わないでよ、そんなこと。むしろ大いに馬鹿にするよ。――で、どうやって出るつもり？」

「そりゃあ、お前が引っ張りあげて……」

もう一度、ルビーウルフはため息をついた。

「自分の体重考えなよ。そんなの無理に決まってるだろ」

呆《あき》れ返って、それ以上何も言えない。モルダもさすがに無理があると悟《さと》ったらしく、眉《まゆ》尻《じり》を下げて情《なさ》けない表情を浮《う》かべた。

「この際《さい》なんでもいいから、出してくれ」

「……みんなを呼んでくるよ」

三度目のため息をついて、ルビーウルフは駆け出した。

†

仲間たちの助力でモルダが廃鉱《はいこう》に戻れたのは、太陽が傾《かたむ》きかけた夕方近く。

モルダの巨体《きょたい》を引き上げるのは重労働で、みんな疲《つか》れきっていたのに、ルビーウルフが無事だったことを喜んでくれた。怪我《けが》はないかと心配したり、腹は減《へ》ってないかと気遣《きづか》ったり、果ては無事だったことを祝って宴会《えんかい》しようと言い出したり。それは単に飲みたいだけだろ、とルビーウルフが言うと、みんなして愛想《あいそ》笑いを返してきた。能天気で陽気な、いつものブラッディ・ファングだ。

そういえば、飲んで騒《さわ》ぐのは久《ひさ》しぶりのことだ。ヴィアンカが死んでから、誰も言い出さなかった。それもルビーウルフを気遣ってのことだろう。知らず知らずのうちに、彼らに甘《あま》えてしまっている自分に気がついて、ルビーウルフは苦笑《くしょう》した。やっぱり自分はまだ子供《こども》なのだ。

夜半近くになり、モルダ以外の連中は酔《よ》いつぶれて寝《ね》ていた。焚《た》き火を囲んでごろごろ転がり、酒臭《さけくさ》い鼾《いびき》で大合唱を奏《かな》でている。狼《おおかみ》たちも久々のご馳走《ちそう》に満足したようで、すっかり寝入っていた。

一人一人に毛布《もうふ》を掛《か》けて回り、ルビーウルフはモルダの横に腰掛けた。彼女は香《かお》り付けに酒を数滴《すうてき》垂らした茶や蜂蜜湯《はちみつゆ》しか飲むのを許《ゆる》されていないから、酔うことはない。それに、心配をかけた罰《ばつ》として、酌《しゃく》をしろとモルダに言いつけられたのだった。

モルダの愚痴《ぐち》は延々《えんえん》と続いた。なんでも、ルビーウルフを捜《さが》しに出たのは昨晩の夕飯前のことで、夕飯食いっぱぐれたじゃねぇかお前のせいでとか、閉所恐怖症《へいしょきょうふしょう》になったらどうすんだもっと早く戻って来いよとか、いろいろ言われた。最初のころは素直《すなお》に聞いて謝《あやま》っていたルビーウルフだったけれど、だんだん飽《あ》きてきて、あぁそーなの？　ごめんごめん、へぇ、ふぅん、くらいしか言わなくなった。いいかげん眠《ねむ》いし、さっさと酔いつぶれてくれないかな、とか思った。

「そんでよー」

まだ喋《しゃべ》るのかよ、とルビーウルフは内心で舌打《したう》ちする。

「そんな嫌そうな顔しないで、聞け」

モルダが苦笑した。彼がそんな曖昧《あいまい》な表情を浮かべることなんて滅多《めった》にないので、ルビーウルフは驚いて彼を見上げる。目が合うと、モルダはどこか懐《なつ》かしむような笑顔《えがお》をルビーウルフに向けた。

「実はな、少しばかり驚いてたんだ」

「何が？」

ルビーウルフが聞く姿勢《しせい》になったので、モルダは目線を焚き火に移《うつ》した。髭《ひげ》が伸《の》び放題の顔に、黒と橙の陰影《だいだいいんえい》がくっきりと浮かび上がる。

「お前が子熊と一緒《いっしょ》にいた場所、たしかあの近くだったな。林檎《りんご》の木の下だ。――お前を拾ったのは」

偶然《ぐうぜん》ってのは面白《おもしろ》いな、とモルダは笑う。

モルダが赤ん坊《ぼう》だったルビーウルフを拾った場所で、ルビーウルフも幼《おさな》い命を助けた。その奇妙《きみょう》な偶然が、モルダに過去《かこ》の出来事を鮮明《せんめい》に思い出させているようだった。

「お前を抱《だ》いて死にかけてた男、けっきょく何者だったんだろうな。しばらくして様子を見に行ったら、死体なんてなかったし。もしかしたら、今もどこかで生き延《の》びて……」

「どうだっていいよ」

モルダの言葉を遮《さえぎ》り、ルビーウルフは強い口調で言った。しかしモルダは話を続ける。

「あの男が首から下げてたロケットに、子供の絵が入ってた。お前以外のな。もしかしたら、お前の兄弟かも……」

「興味《きょうみ》ない。聞きたくない」

とうとうルビーウルフは耳を塞《ふさ》いでしまった。お前はここにいるべきではない、と言われるような気がして怖《こわ》かった。

「どうしてそんな話をするんだ。あたしはここで育ったんだよ。ヴィアンカの娘《むすめ》で、ブラッディ・ファングのルビーウルフだ。たとえ本当の親兄弟がいたって、そんなのもう他人だよ。迎《むか》えが来たって帰るもんか」

駄々《だだ》をこねる子供のような態度に、モルダは笑った。大きな手が優《やさ》しくルビーウルフの頭を撫《な》でる。

「そりゃあ良かった。やっと安心できたよ。ずっと、怖かったんだ。いつかお前の本当の家族が現《あらわ》れて、返せって言うんじゃないかってな」

「そんなもん、返り討《う》ちだ。あたしはずっとここにいる。だって、あたしのこと普通《ふつう》に扱《あつか》ってくれるのはここの連中だけだし。狼の言葉がわかるなんて、普通の人から見れば変な奴《やつ》だよ。あたしにだって、そのくらいの常識《じょうしき》はある。別に気にしやしないけどね」

買出しや換金《かんきん》のために町へ出て、狼を従《したが》えているルビーウルフが奇異《きい》の目で見られたことは何度もあった。その度《たび》にモルダは気にするな堂々としてろ、と言ってくれた。ヴィアンカの娘であることに誇《ほこ》りを持て、と。

「あぁ、まったく羨《うらや》ましいことだ」

モルダは笑みを深める。焚き火にくべた薪《たきぎ》が爆《は》ぜて火の粉が舞《ま》い上がった。その揺《ゆ》らめく光に照らされた横顔は、なんだか寂《さび》しげで、ルビーウルフは目を奪《うば》われる。

ルビーウルフの視線《しせん》に気づいていないのか、モルダはそのままヴィアンカのことを懐《なつ》かしむように思い出を語りはじめた。

†

モルダが赤ん坊だったルビーウルフを拾う少し前のこと。彼は罠《わな》に掛かった狼をみつけた。

鋭《するど》い鉄の歯がいくつも生えた罠に右の前脚《まえあし》を挟《はさ》まれ、逃《のが》れようとして暴《あば》れたのか白い脚は血に染《そ》まっていた。

さらに悪いことに、その狼は子を身籠《みご》っているらしかった。大きな腹《はら》を抱《かか》え、怪我《けが》をし、すっかり衰弱《すいじゃく》して痩《や》せた体。しかし蒼穹《そうきゅう》を思わせる真っ青な瞳《ひとみ》だけは死んでいなかった。

無遠慮《ぶえんりょ》に近寄ってきたモルダを睨《にら》み、牙《きば》を剝《む》いて唸《うな》る。

「群《む》れの頭の嫁《よめ》さんか。旦那《だんな》はどうした。置き去りにされたのか？　ひどい奴だな」

狼の群れで子供を産むのは、群れを率いる頭の妻《つま》だけだ。よく見れば、周囲に複数《ふくすう》の狼の足跡《あしあと》が残っていた。罠に掛かってからしばらくは仲間も傍《そば》についていたようだが、やがて諦《あきら》めてしまったのだろう。それもまた、群れを生かすための決断《けつだん》だ。

狼のすぐ傍に腰掛《こしか》け、モルダは荷を降《お》ろした。ちょうど、麓《ふもと》の里で酒や食料を買って帰る途中《とちゅう》だったのだ。荷袋《にぶくろ》の中から干《ほ》し肉を取り出し、狼の前に差し出す。

しかし、狼はモルダに威嚇《いかく》の態度《たいど》を示《しめ》すだけで干し肉には見向きもしない。近寄れば余《よ》計《けい》に暴れ、傷口《きずぐち》に罠が食い込《こ》むのでモルダは一定の距離《きょり》を保《たも》ったまままそれ以上は近寄らないようにした。むしろ野生の動物の生き死にには、手を出してはいけないのだ。

しかし、この狼はモルダを拒《こば》みつつも、どこか悲しげな目をしていた。仲間に置いていかれたことを理解《りかい》しながら、もしかしたら迎《むか》えに来てくれるかもしれないという期待。だから死にきれず、他者に命を委《ゆだ》ねない。しかし、彼女が縋《すが》りつこうとしている救いは、きっともう訪《おとず》れないだろう。

そう思うと、離《はな》れることができなかった。モルダの生来の拾い癖《ぐせ》を、生きることを諦めていない狼の目が刺激《しげき》したのかもしれない。

日が昇《のぼ》り、沈《しず》む。それが何度繰《く》り返された頃《ころ》だろう。モルダと狼の間に置かれた干し肉は手付かずのまま風に晒《さら》され、土埃《つちぼこり》にまみれていた。その間、モルダが口にしたのは酒だけで、食事はしていない。

「なぁ、そろそろ何か食わないか。俺《おれ》はもう腹減《へ》って眩暈《めまい》がしそうだ」

モルダの訴《うった》えを、狼は無視《むし》する。痩せた体は更《さら》に細り、今にも呼吸《こきゅう》が止まってしまいそうだった。

モルダも食事を絶《た》っていたのは、単なる意地だ。狼が空腹《くうふく》を堪《こら》えて目の前の食事を無視しているのに、自分だけ何かを食べるのはなんだか悔《くや》しかった。──しかし。

「もう、限界《げんかい》だ」

つぶやき、モルダは立ち上がる。狼はぴくりと耳を動かしたが、目を伏《ふ》せて知らぬふりをしている。

モルダはその場から離れた。狼はそれでも無視を決め込む。置かれたままの干し肉にも口をつけない。

立ち止まり、モルダは深く深呼吸《しんこきゅう》した。そして空腹の体に鞭《むち》を打ち、狼に駆《か》け寄って羽交《が》い絞《じ》めにする。

モルダが諦めて去るものと思い込んでいたのか、狼はすっかり油断していたようだ。驚《おどろ》いて暴れ、モルダの腕《うで》に牙《きば》を立てる。

その痛《いた》みに耐《た》え、モルダは狼の脚《あし》に食い込む罠を摑《つか》んだ。両手の指を隙間《すきま》に差し込み、力任《ちからまか》せにこじ開ける。留《と》め金が弾《はじ》け跳《と》ぶ音がして、罠の口が開いた。

しかし、それだけでは狼を放《はな》してやらない。放置されたままの干し肉を拾い、無理やり口にねじ込んだ。嫌《いや》がって暴れるのを押《お》さえ込み、両手で口を閉《と》じさせる。喉《のど》が動いて肉を飲み込んだのを確認《かくにん》してから、ようやく解放してやった。狼は負傷《ふしょう》した脚を引きずり、逃《に》げ去っていく。

「参ったか！　俺の勝ちだ！」

両の拳《こぶし》を天に突《つ》き上げ、モルダは鬨《とき》の声を上げた。たとえ力尽《ちからず》くであっても我慢《がまん》比《くら》べに勝利して、爽快《そうかい》な気分だった。しかし空腹のせいか、それ以上立っていられなかった。両手を上げたまま、仰向《あおむ》けに倒《たお》れる。

「やばいな……本当に眩暈が……」

そうつぶやいてから、しばし記憶《きおく》が途切《とぎ》れる。倒れてすぐに気を失ってしまったようだ。意識を失う前には赤い夕暮《ゆうぐ》れが見えていたのに、気がつくと再び日が昇って、明るい朝になっていた。蒼穹が眩《まぶ》しい。

朝を告げる鳥の声に交《ま》じって、妙な音が聞こえてきた。何か重いものを引きずるような音。

頭だけを動かして、そちらに目を向けてみる。空腹で霞《かす》んだ目に、純白《じゅんぱく》の姿《すがた》が映《うつ》った。解《と》け残った雪のような、美しい白。

あの狼だった。ほとんど骨《ほね》と皮だけになった鹿《しか》の死体を銜《くわ》えて引きずってくる。他の狼や狐《きつね》たちが食い荒《あ》らした後の食べ残しを見つけ、拾ってきたようだ。それをモルダの前に置き、早く食べろと言うように見つめている。すっかり立場が逆転《ぎゃくてん》してしまった。

「ありがたいが、さすがにそれは食えねぇな。腹下して、とどめ刺《さ》されちまう」

倒れたまま、モルダは笑った。

そしてどうにか空腹に耐えて仲間たちのもとへ戻ったモルダは、連れ帰った狼の傷を治《ち》療《りょう》して、彼女を仲間に加えた。

それがヴィアンカとの出会いだった。

†

「お前はあいつの——ヴィアンカの言葉も何もかも、わかってたんだからな。本当に羨《うらや》ましいよ。俺はいつだって、あいつに頼《たよ》るばかりで何もしてやれなかった。俺を見上げて、何か言いたそうな顔してるのに、理解してやれなかった。あいつは優《やさ》しいから、こんな飲んだくれの頼りない男のことを見捨《みす》てられなかったんだろうよ。人間の群《む》れの中に引き止めて、あいつを野生から引き離して、自分のわがままのために手放さないでいた。申し訳《わけ》ないことだ」

空になった酒瓶《さかびん》を手の中で弄《もてあそ》び、モルダはうな垂《だ》れる。ルビーウルフは無言で立ち上がった。

「ルビー？」

モルダの呼びかけに振《ふ》り返ることなく、ルビーウルフは小走りにその場を離れた。木立の隙間を縫《ぬ》って進み、目的の場所で土を掘《ほ》り返す。

モルダの元へ戻《もど》ったルビーウルフは、探《さが》し当てたものを彼に差し出した。――ヴィアンカが隠《かく》した酒瓶を。

「これは……」

「飲んで楽しそうにしている彼が好きよ。だけど、飲みすぎると体に悪いでしょう？　こうして私が制限《せいげん》してあげなければ、あの人は倒れるまで飲むもの。だから隠すの。お役目があるって、楽しくて素晴《すば》らしいことね」

いつもと違《ちが》うルビーウルフの口調に、モルダは驚いたように彼女を見た。口をあんぐりと開けた顔がまぬけで可笑《おか》しくて、ルビーウルフは吹《ふ》き出す。

「酒を隠す時に、ヴィアンカがそう言ってた」

「……そうか」

瓶についた土を指で拭《ぬぐ》いながら、モルダはつぶやく。まだ栓《せん》を抜《ぬ》いていない、中身のた

っぷり入った瓶だ。

「ヴィアンカは自分の意思で、モルダの傍にいることを決めた。傍に置いてくれるだけで充分《じゅうぶん》幸せなんだ、って。だから、何もしてやれなかったとか申し訳ないとか、そんなこと言ったらヴィアンカに失礼だ。酒だって、今回だけ特別だからね。他のはあたしとヴィアンカだけの秘密《ひみつ》」

モルダはしばらく無言だった。肩《かた》を震《ふる》わせ、俯《うつむ》いて——豪快《ごうかい》に笑った。

「ガキのくせに、生意気な」

「モルダに似《に》たんだ」

俺はそんなに性格《せいかく》悪くねぇよ、と言いながら、モルダはルビーウルフの頭をぐりぐりと乱暴に撫《な》でた。それから立ち上がり、自室へと向かう。

「そろそろ寝《ね》るかな。こいつはありがたく貰《もら》っておくよ」

酒瓶を高く掲《かか》げて振り、背中を向けたままモルダは言う。その広い背中に、ルビーウルフは言葉を投げた。

「誰《だれ》にも言わないから、安心していいよ」

「……ありがとよ」

彼が座《すわ》っていた場所には、涙《なみだ》の雫《しずく》が花のように散っていた。

焚《た》き火の揺《ゆ》らめきを見つめ、ルビーウルフは微笑《ほほえ》む。きっと彼は、あの酒は飲まない。ヴィアンカが隠した時のままの姿で、ひっそりと部屋の隅《すみ》に置いておくことだろう。

ヴィアンカのようになりたいと、心の底から思った。モルダのような人に、あんなふうに想《おも》われるのなら、女の身も捨《す》てたものじゃない。

「モルダに似た人なら、好きになってもいいかもね」

ルビーウルフのつぶやきは、薪《たきぎ》の爆《は》ぜる音に掻《か》き消された。火の粉は螺旋《らせん》に渦巻《うずま》いて、高く高く夜空へ昇《のぼ》る――

3　秘密の円舞曲《シークレット・ワルツ》

「今、一番欲《ほ》しいものを言ってみろ」

朝っぱらから執務室《しつむしつ》に押《お》しかけてくるなり、ルビーウルフはジェイドに言った。

着古した男物の服を好んで着る、小間使いのような少女。神国《しんこく》グラディウスを背負《せお》って立つ、十五歳《さい》の若《わか》き女王が彼女だ。

十五年ほど前に起こった権力闘争《けんりょくとうそう》の折、王城《おうじょう》より連れ出され、盗賊団《とうぞくだん》に身を置いていたという変わり種の女王。おまけに狼《おおかみ》の養母に育てられたことにより、狼の言葉も理解《りかい》する。

つい先ごろ王城に戻《もど》り、即位《そくい》したものの、いまだに自分は盗賊だと主張《しゅちょう》している女王だ。

普通《ふつう》なら王位から引きずり降ろされてもおかしくないのだが、権力闘争に終止符《しゅうしふ》を打った功績《こうせき》には誰《だれ》もが畏敬《いけい》の念を抱《いだ》き、彼女の豪快《ごうかい》でさばさばした気質《きしつ》に惹《ひ》かれる者も少なくない。

机《つくえ》の上で山積みになっている書類を整理しながら、ジェイドは振《ふ》り返ることなく答えた。

「せめて読み書きくらいはできる女王が欲しいところだが……今すぐは無理だな」

決して文化的とは呼《よ》べない環境《かんきょう》で育った少女だ。女王とはいえ、今はまだお飾《かざ》り的な存《そん》在《ざい》に過《す》ぎない。度胸《どきょう》と威厳《いげん》と人望は溢《あふ》れんばかりに備《そな》わっているが、教養はからっきしなのだ。そのしわ寄せのほとんどが騎士兼側近《きしけん》のジェイドに押し寄せてくるわけで、このところは彼女とゆっくり話をする機会も少なくなっている。

ジェイドとしては、常《つね》にルビーウルフの傍《そば》についていたい。なにせ騎士なのだから。しかし彼女が優先《ゆうせん》すべきは勉強で、自分は仕事。もどかしい日々の中、能天気《のうてんき》に笑っている彼女がなんとなく恨《うら》めしかった。だからつい、皮肉を言ってしまったのだが……。

「じゃあ、食べたいものとかは？」

まったく気にする様子のない彼女に、かちんと来てしまった。

「ルビーウルフ、暇《ひま》なのか？　俺《おれ》は見ての通り仕事中なのだが。今は欲しいものなんてないし、偏食《へんしょく》も少ないほうだからわりと何でも食べる。この他《ほか》に話したいことがあるなら、あとにしてくれ」

彼女の顔から笑《え》みが消えた。一瞬《いっしゅん》、きょとんと丸くなった目が、きりきりと鋭《するど》くつりあがっていく。

「なにさ、つまんない奴《やつ》。せっかく……」

そこで、なぜかルビーウルフは言葉を詰《つ》まらせた。それから悔《くや》しげに唇《くちびる》を尖《とが》らせ、ぼそりと呟《つぶや》く。

「デコは広いのに心は狭《せま》い」

「なっ……！」

思わず、過敏《かびん》に反応《はんのう》してしまった。

金色の前髪《まえがみ》に隠《かく》されたジェイドの額《ひたい》は、同年代の若者に比べて広めだ。それは子供《こども》の頃《ころ》からで、別段気にするほどのものではない。だが、面と向かって言われると、やはり腹《はら》が立つ。しかも心が狭いとまで言われた。

「……邪魔《じゃま》をしたいのなら、出て行ってくれ。遊び相手ならケーナとフロストがいるだろう？」

「言われなくたって、出て行くよ」

ふんっ、と鼻から息を吐《は》き、ブーツの底を鳴らしてルビーウルフは出て行った。ばたんっ、と乱暴《らんぼう》に閉《し》められた扉《とびら》の向こうで遠ざかっていく、不機嫌《ふきげん》そうな足音が耳に痛《いた》い。

わけがわからないまま怒《おこ》って、怒らせて。

「いったい、何をしに来たんだ？」

ジェイドは独《ひと》り言をため息に乗せた。

廊下《ろうか》の向こうから、仏頂面《ぶっちょうづら》でルビーウルフが戻ってきた。部屋を出て行った時は勢《いきお》いよく、それも楽しそうに走っていっただけに、その変貌《へんぼう》ぶりに一同は揃《そろ》って絶句《ぜっく》した。

「あの……どうでした？」

「何もいらないって言われた」

躊躇《ためら》いがちなアーリアの問いに、ルビーウルフは不機嫌な声音《こわね》で答えた。そして彼女の言葉に、三人の女官たちは困《こま》り顔になる。

「欲のない方ですのね、せっかくのお誕生日《たんじょうび》なのに」

ぽっちゃりした頬《ほお》に片手《かたて》を当て、アーリアはため息をついた。

すべては、女官たちがジェイドの十九歳の誕生日を祝おうと計画したことから始まった。

謀反人《むほんにん》という虚偽《きょぎ》の罪《つみ》を着せられた父の無念を晴らすため、魔導《まどう》騎士にまで上り詰めたジェイド・コルコット。彼の尽力《じんりょく》があったからこそルビーウルフはこうして生きているし、今現在《げんざい》、政務《せいむ》を執《と》り行っているのも彼だ。ジェイドなしに、グラディウスは成り立たない。

今までは公に祝うことができなかったぶん、感謝《かんしゃ》を込《こ》めて何かをしたかった。なので、どうせなら驚《おどろ》かせてやろうと本人には秘密《ひみつ》にしたまま宴を企画《きかく》したわけだ。そして女王であるルビーウルフにも何か贈《おく》り物を用意するようにお願いしたのだが、こともあろうに『じゃあ本人に何が欲しいか訊《き》いてみるよ』とか言って部屋を飛び出して行ったのだ。大胆《だいたん》というか、何も考えてないというか。『秘密だ』と言っているのに。戻ってきた彼女の様子から、ばれなかったことは推察《すいさつ》できたのでとりあえず一安心だけれど。

「というよりも、きっとご自分のお誕生日を忘《わす》れていらっしゃるのね」

苦笑《くしょう》したエルミナの目尻《めじり》に皺《しわ》が寄る。変なところで抜《ぬ》けてらっしゃる方ですから、と彼女は呟くように付け足した。

女官たちにくっついてルビーウルフを追いかけてきたケーナとフロストは、不機嫌な彼女をなだめるように足元に寄り添《そ》った。砂色《すないろ》と白の狼《おおかみ》が、ふわりとルビーウルフを取り囲む。

「でもさ、ジェイドの奴、あたしの顔を見ようともしないんだ。忙《いそが》しいのはわかるけど、少しくらい話を聞いてくれたっていいじゃないか」

それでも気持ちが治まらないのか、ルビーウルフは文句《もんく》を垂《た》れる。その言葉に同意するようにフロストは尻尾《しっぽ》を振って、うぉんと一声吠《ほ》えた。

フロストはジェイドに対し、激《はげ》しい敵愾心《てきがいしん》を持っている。狼は群《む》れの中での順位に何よりも重きを置くもの。そしてフロストから見れば、ジェイドは新参者だ。その彼が、頭《かしら》であるルビーウルフに失礼な態度《たいど》で接《せっ》するのは、生まれた頃《ころ》よりルビーウルフと共にいるフロストにとって許《ゆる》せないことなのだ。

とはいえ、フロストの気難《きむずか》しい性格《せいかく》にも問題がある。ケーナは王城《おうじょう》の者たちにすっかり懐《なつ》いて、評判《ひょうばん》がいい。控《ひか》えめで謙虚《けんきょ》だが、甘《あま》えたがりの一面もあり、遊んでもらうと無邪《むじゃ》気《き》に喜ぶのだ。最近は仲良くなった兵士たちに円盤《えんばん》投げで遊んでもらうのが好きらしい。そしてもちろん、ケーナはジェイドのことも仲間として認《みと》めている。

それに対し、フロストはルビーウルフとケーナ以外にはなかなか心を開かない。ルビーウルフ以外の者が名前を呼んでも無視《むし》することがほとんどだ。それが一部の女官には、本物の一匹《いっぴき》狼だわ、かっこいい、と受けているのだけど。

すっかり機嫌を損《そこ》ねてしまったルビーウルフをおろおろと見守っていた栗色《くりいろ》巻《ま》き毛のそばかす娘《むすめ》、キャスが場を取り繕《つくろ》うように声を上げた。

「で、でも、ジェイド様がお誕生日を忘れていらっしゃるからこそ、ルビーウルフ様の贈り物で驚かせて差し上げればいいんです。中庭ではもう準備《じゅんび》が始まっていますし、ルビーウルフ様の贈り物さえ決まれば、あとは完璧《かんぺき》なんですから。なので、協力してください！お願いします！」

十指を胸《むね》の前できつく組み、胡桃色《くるみいろ》の瞳《ひとみ》を潤《うる》ませて懇願《こんがん》する。

むぅ、と唸《うな》ってルビーウルフは思案顔になった。葡萄酒《ワイン》色の短い髪に指を突《つ》っ込み、頭を掻《か》きながら困ったように呟《つぶや》く。

「そんなこと言われたって、何も思いつかないよ」

そもそもルビーウルフに、若《わか》い男性《だんせい》が欲《ほ》しがるものを考えてみろというのが無理な話だ。彼女が身を置いていた盗賊団《とうぞくだん》を構成していたのは、父や祖父《そふ》代わりといった、倍以上も歳《とし》の離《はな》れた男たちだったのだから。

「胡麻《ごま》を使った料理とか考えたんだけど。髪に効《き》くっていうし」

「それは嫌《いや》がらせですわね。おやめになったほうがよろしいかと」

「男の子って、そういうことに関してはとても繊細《せんさい》ですからねぇ」

的外れなルビーウルフの提案《ていあん》は、間髪《かんはつ》を入れずエルミナとアーリアが却下《きゃっか》した。

腕《うで》組みをし、眉間《みけん》に皺《しわ》を寄せてルビーウルフは考え込んだ。しかし良案はなかなか出てこないらしい。

「難しいもんだな。こういうの、やったことないからなぁ」

「だったら、わたしに良い考えがあります！」

元気よく挙手し、声を上げたのはキャスだ。

ルビーウルフが考えあぐねるのを待っていたかのように、キャスは自信満々に計画を提示してみせた。

†

ペンを筆立てに戻《もど》し、ジェイドは机《つくえ》の上で組んだ手の甲《こう》に額《ひたい》を乗せた。目を閉《と》じて、深いため息をつく。

少し、きつく言い過《す》ぎたかもしれない。豪胆《ごうたん》な振《ふ》る舞《ま》いで『暁《あかつき》の女傑《じょけつ》』と呼ばれるルビーウルフだが、十五歳《さい》らしく……いや、場合によってはもっと幼《おさな》い顔さえ見せる。

山育ちの奔放《ほんぽう》な少女だ。王城の暮《く》らしに閉塞《へいそく》感を覚え、わがままを言いたくなることだってあるかもしれない。それを無下に追い払《はら》うなんて、ひどいことをしてしまった。

顔を上げたジェイドの視界に、書類の山が入ってきた。その一番上に積んである、一冊《さつ》にまとめた分厚《ぶあつ》い書類を手に取る。軍に入隊希望の、新兵の名簿《めいぼ》だ。

そのほとんどが若者だった。みな、女王の元で働くことを望んでいる。中には彼女に心酔《しんすい》するあまり、彼女が身を置いていた盗賊団の紋章《もんしょう》を右手に刻《きざ》んだ者までいるほど。ルビーウルフは民心を惹《ひ》きつける、信仰《しんこう》の対象となったのだ。ジェイドが望んだ通りに。

彼女はよくやってくれている。血《ち》筋《すじ》のために、女王などという望まない役を無理やらされて、それでも平気な顔で笑っているのだ。自分が堂々とした態度《たいど》をとることで少しでも民《たみ》が喜んでくれるなら、と彼女なりの配慮《はいりょ》だろう。ルビーウルフは決して人前で弱音を吐《は》かない。

名簿を持ったまま、ジェイドは立ち上がった。彼女はまだ字は読めないけれど、入隊を希望する人数の多さだけでも見せてやりたくて……いや、それは口実だ。ルビーウルフの部屋を訪《たず》ねて、謝罪《しゃざい》するための。

もうすぐ昼時でもあるし、たまには二人で昼食を摂《と》るのもいいかもしれない。——それをフロストが許してくれるかはわからないけれど。

部屋から出て、ジェイドは目を丸くした。ドアの横にケーナがちょこんと座《すわ》っていたのだ。金色の凜々《りり》しい眼差《まなざ》しが、じっとジェイドを見上げている。

「どうした？　ルビーウルフと一緒《いっしょ》じゃないなんて、珍《めずら》しいな」

尋《たず》ねたところで、ルビーウルフがいなければ会話は成立しない。独《ひと》り言になってしまうのを承知《しょうち》で、それでもつい言葉をかけてしまうのは、ケーナに対する親しみからだ。

「これからルビーウルフの部屋へ行くんだ。ケーナも一緒に行くか？」

きゅぉん、と鼻声を出してケーナは首を傾《かし》げた。あまり乗り気ではないと見える。

「ルビーウルフと喧嘩《けんか》でもしたのか？　だったら、俺《おれ》と一緒だな。俺は謝りに行くが、嫌なら無理に付き合わなくていい」

それだけ言って、ジェイドはケーナに背《せ》を向けた。するとケーナは腰《こし》を上げ、躊躇《ためら》いがちについてくる。やはり一人では部屋に戻りづらかったのだろうか。何にしろ、連れ合いがいるのは心強い。

ルビーウルフの部屋は、この執務室《しつむしつ》がある棟《とう》から二つ隣《となり》の棟にある。しかも最上階だ。距離《きょり》から言えば、一度外に出て出入り口を利用したほうが近いが、階段の上り下りを考えると中庭の上を迂回《うかい》する渡《わた》り廊下《ろうか》を使ったほうが遥《はる》かに楽だ。

そんなことを考えながら、ジェイドは名簿の冊子を握《にぎ》る手に力を込めた。

†

これは、何事だ。

ジェイドは我《わ》が目を疑《うたが》った。眼下《がんか》の光景に、眩暈《めまい》さえ覚える。渡り廊下の窓《まど》から見えたものは、それほど信じがたいものだった。

中庭の一郭《いっかく》で、ルビーウルフが笑っている。普段《ふだん》は嫌がって着ようともしないドレスを纏《まと》い、ジェイドの見知らぬ少年と手を取り合って楽しそうに。

ジェイドを窓から遠ざけようと、ケーナは必死になって彼の上着の裾《すそ》を銜《くわ》えて引っ張る。

まるで、はじめからルビーウルフがここにいることを知っていたかのように。

震《ふる》える足を引き、踵《きびす》を返す。ケーナはジェイドの服を離し、後ろに引き下がった。

ルビーウルフは少年との語らいに夢中《むちゅう》なのか、こちらに気づく様子はない。中庭までの距離的なものもあるのだろう。ここからだと、ルビーウルフの姿《すがた》は一寸程度《いっすんていど》の大きさにしか見えない。いくら勘《かん》が鋭《するど》いとはいえ、人間である以上、彼女にも限界《げんかい》は存在《そんざい》する。しかし——

一瞬《いっしゅん》だが、ルビーウルフと少年の傍《そば》で寝《ね》そべっていたフロストと目が合った。ジェイドを斜《なな》めに見上げる金色の瞳《ひとみ》が嘲笑《あざわら》っていた……ように見えた。

ケーナは気弱そうな眼差しで、おずおずとジェイドの顔を覗《のぞ》き込んでくる。

座《すわ》り込みたい衝動《しょうどう》を抑《おさ》え、ジェイドは足早にその場を離れた。

†

王城《おうじょう》に仕える者が使用する食堂に人影《ひとかげ》は少なかった。昼食には、まだ少し早い時間だからだろうか。夜勤明《やきんあ》けの兵士や女官の幾人《いくにん》かが、遅《おそ》い朝食代わりの軽食を摂りながら談笑《だんしょう》している程度だ。厨房《ちゅうぼう》の賄《まかな》い人も、暇《ひま》そうに皿を磨《みが》いている。

広い食堂に並《なら》べられた長テーブルの片隅《かたすみ》にジェイドは腰掛《こしか》けた。俯《うつむ》いた拍子《ひょうし》に、金色の髪《かみ》が目に掛かる。洗《あら》い晒《ざら》しの服を着ているせいか、くたびれた感が全身から滲《にじ》み出ていた。

ため息をつくと、ケーナが心配げに、くぉんと鼻声を出した。

「大丈夫《だいじょうぶ》。少し疲《つか》れただけだから」

苦笑《くしょう》し、ケーナの頭を撫《な》でてやる。

そう。疲れただけ。そして、少し驚《おどろ》いたのだ。普段とは違《ちが》うルビーウルフの様子に。

今朝の口論が原因《げんいん》か。それとも、連日の忙《いそが》しさにかまけて彼女と会話をすることが少なかったせいか……。いや、何も悲嘆《ひたん》にくれることなどないではないか。彼女には世継《よつ》ぎが必要なのだから、積極的に相手探《さが》しをしてくれるのなら、むしろ喜ばしいことだ。

しかし、なんだろう。この釈然《しゃくぜん》としない感じは。なんというか、むかっ腹《ぱら》が立つ。

そもそも、あれは誰《だれ》だ。後ろ姿だけだったが、見たことのない少年だった。しかもルビーウルフとはずいぶん親しそうに見えた。普段は男物の服を無造作《むぞうさ》に着ているルビーウルフが、めかし込《こ》んで会うほどの人物。鶯色《うぐいすいろ》の上着に黒いズボン。リボンで束ねた栗色の髪。

その姿を思い出すだけで胃がむかむかした。握《にぎ》り締《し》めた名簿に皺《しわ》が寄る。

それに、腑《ふ》に落ちない点ならまだある。フロストだ。ルビーウルフに近寄る男は徹底的《てってい》に排除《はいじょ》しようとするフロストが、のんびり昼寝をしながら二人の逢瀬《おうせ》に付き合っていたのだから信じられない。本当に、あの少年は何者なのだ。

「ケーナは全部知っているのか？」

ジェイドが渡り廊下へ差し掛かったとたん、ケーナは焦《あせ》りだした。今思えば、執務室の前でジェイドを待っていたのだって不自然だ。

「俺を見張《みは》っていたんだな。ルビーウルフの指示《しじ》か？」

言うと、ケーナは申し訳《わけ》なさそうに俯いた。嘘《うそ》をつけない、損《そん》な性格《せいかく》だ。ジェイドは苦笑し、再《ふたた》びケーナの頭を撫でてやる。

「怒《おこ》ってなどいないから、安心していい。ルビーウルフが話してくれるまで野暮《やぼ》なことは聞かないし、知らないふりをするよ。――彼女にそれが通用するかどうか、わからないが」

嘘や黙秘《もくひ》は、ルビーウルフの勘《かん》に敵《かな》わない。けれど、ここは黙《だま》っておくのが礼儀《れいぎ》というもの。フロストが容認《ようにん》するような相手なら、きっと悪い人ではないはずだ。いつか、ルビーウルフから良き伴侶《はんりよ》として紹介《しようかい》されても……。

その光景を思い描《えが》いた途端《とたん》、胃がきりきり痛《いた》んだ。激しい拒絶反応《きよぜつはんのう》だ。精神的《せいしん》に、かなり参っているらしい。

厨房で水でも貰《もら》おうと立ち上がる。そして異変《いへん》に気づいた。誰もいない。

さっきまで食事をしていた者たちも、そして厨房の賄い人もだ。まるでジェイドを避《さ》けるように、忽然《こつぜん》と姿を消している。

「一体、なんなんだ……？」

すとん、と再び椅子《いす》に腰を下ろし、ジェイドは頭を抱《かか》えた。

「俺は、何か悪いことでもしたのか？」

今までの自分の行動を振《ふ》り返ってみるものの、心当たりは――

あれだ。たぶんあれだ。他にもあるのかもしれないけれど、一番可能性《かのうせい》が高いのはあれしか考えられない。

今朝の口論。ルビーウルフを慕《した》う王城の者たちが知れば、ジェイドに反感を抱《いだ》いても仕方がない。

鬱々《うつうつ》として、しばらく動く気力も持てなかった。何か、大切なことを忘《わす》れているような気がしたけれども、どうでもいい気分だ。渡り廊下から見たルビーウルフの笑顔《えがお》がふいに思い出され、深く溜《た》め息をつく。

きゅうう、と気弱な鼻声でケーナが鳴いた。

†

顔なじみの女官にすれ違《ちが》いざま挨拶《あいさつ》をしたら、彼女は軽く会釈《えしゃく》をするだけで小走りに立ち去った。昨日までは巡回《じゅんかい》の報告《ほうこく》を冗談《じょうだん》交じりにしていた若い兵士は、目を合わせようともしなかった。

丸一日、こんな調子だ。

気のせいや、自意識過剰《かじょう》という範疇《はんちゅう》を明らかに超《こ》えている。間違いなく避けられていた。

自分が王城中の不興《ふきょう》を買うような真似《まね》をしたのなら、素直《すなお》に謝らなければいけない。しかし、そういう話題になると話をはぐらかされたり、逃《に》げられたりするのだからどうしようもない。

伸《の》し掛《か》かる疲労《ひろう》感を肩《かた》に乗せたまま、ジェイドは執務室《しつむしつ》で仕事を続けた。外はすでに日が落ち、時刻《じこく》は夕食時だが、昼食も結局食べなかったのに食欲《しょくよく》なんて湧《わ》いてこない。

ケーナは相変わらずジェイドにくっついていた。ルビーウルフの命令に、忠実《ちゅうじつ》に従《したが》う姿は健気《けなげ》で、その信頼《しんらい》関係を羨《うらや》ましく感じることさえある。

部屋にいても置物のように静かで、ちっとも邪魔《じゃま》にならないし、むしろケーナがいることでジェイドの心は幾分《いくぶん》か穏《おだ》やかさを保《たも》っていた。もしかしたら、彼女がこの部屋に留《とど》まっているのはルビーウルフの指示《しじ》の他に、ジェイドを気遣《きづか》う気持ちがあるからなのかもしれない。それを確《たし》かめる術《すべ》は、ジェイドにはないけれど。

ペンを置き、ジェイドは立ち上がった。床《ゆか》に寝《ね》そべっていたケーナが首をもたげてジェイドを見上げる。

「疲れが溜《た》まっているみたいだから、今日は早めに寝ることにするよ。ケーナも一日お疲れ様。早くルビーウルフの部屋にお戻《もど》り」

しゃがんで、ケーナの頭を撫《な》でる。すっかり手に馴染《なじ》んだ感触《かんしょく》だ。上質《じょうしつ》な絹織物《きぬおりもの》のような、砂色《すないろ》の毛皮。

いつもなら、撫でてやると控《ひか》えめに尻尾《しっぽ》を振るケーナだが、今回は違った。すっと立ち上がってドアのほうに目を向ける。

それから一拍《いっぱく》置き、ジェイドの耳に慌《あわ》ただしい足音が聞こえてきた。足音は執務室の前で止まり、とんとんっ、とドアが二回ノックされる。

その慌てた様子に、ジェイドも素早《すばや》く対応した。小走りにドアへ駆《か》け寄ってノブを回す。そしてドアの外に立っていた人物の出《い》で立ちに、ジェイドは思わず身構《みがま》えた。――鶯色《うぐいすいろ》の上着と、リボンで束ねた栗色《くりいろ》の巻《ま》き毛。

「……って、キャス？」

どういうわけか男装《だんそう》をしたキャスは、ジェイドの反応《はんのう》を訝《いぶか》るように眉根《まゆね》を寄せた。しかしそれは一瞬《いっしゅん》のことで、すぐさま明るい笑顔に変わる。

「今、お時間よろしいですか？」

「かまわないが……」

ずいぶん慌てて走ってきたようなのに、どうしてこんなに楽しそうなのか。それより気になるのは……。

「その服、どうしたんだ？」

今日一日、脳裏《のうり》にちらついて離《はな》れなかった少年と同じ格好《かっこう》だ。あの少年はキャスの男装だったということか。しかし、その理由も目的もわからない。

「兄さんのお古を引っ張り出してきたんです。たとえ練習でも、雰囲気《ふんいき》が出たほうがいいと思って。それより、早く中庭にいらしてください」

混乱《こんらん》する頭をどうにか整理しようとするジェイドの手を取り、キャスはぐいぐいと引っ張った。背後《はいご》ではケーナが嬉《うれ》しそうに尻尾を振《ふ》り、うぉんうぉんと吠《ほ》えている。

わけがわからないまま、導《みちび》かれるまま、ジェイドは中庭へと向かった。

†

北から吹《ふ》く夜風は冷たく、しかし空気は暖かかった。中庭の中心を取り囲むように焚《た》かれた篝火《かがりび》の熱気だ。木々の合間に張られた細いロープには色硝子《ガラス》のランプが下げられていて、赤や青や緑の光がぼんやりと浮《う》かび上がっている。

光の下には白いクロスを掛けられた丸テーブルが円を描《えが》くようにいくつも並び、その上には色とりどりの料理や酒瓶《さかびん》が載《の》っている。そして、それらを取り囲んでいるのは、大勢の見知った顔だった。

「あら、主役がいらしたわ」

アーリアの声に、全員がジェイドを振り返る。どの顔も満面の笑みだ。

「これは……なんの騒《さわ》ぎだ？」

「嫌《いや》ですわ。やっぱりご自分のお誕生日《たんじょうび》、お忘《わす》れだったんですね」

ほほほ、と笑ってアーリアはジェイドの背中を叩《たた》いた。力強い一撃《げき》に、堪《こら》えきれず踏鞴《たたら》を踏《ふ》む。ジェイドをここまで連れてきたキャスも、可笑《おか》しそうにくすくす笑っていた。

誕生日……。そういえば、すっかり忘れていた。誕生日なんて、両親が生きていた頃《ころ》にはちゃんと祝ってもらったけれど、育ての親である老師《ろうし》はそういったことに無関心だったから……というより、年齢《ねんれい》に関係する行事は意識的に避《さ》けていたように思う。

王城に上がってからは誕生日なんて構《かま》っていられるような状況《じょうきょう》ではなかったし、そう考えると、こうして祝ってもらうのは十数年ぶりだ。

「わたし、ついポロッとばらしちゃうんじゃないかって気が気じゃなかったわぁ」

「あなたおしゃべりだものねぇ」

片隅《かたすみ》でそんなことを話しているのは、ジェイドと目が合った途端《とたん》にそそくさと逃《に》げていった女官たちだ。今は皆《みな》、悪戯《いたずら》が成功した子供《こども》のように、楽しそうに笑っている。兵士や食堂の賄《まかな》い人も勢《せい》ぞろいだ。しかし、足りない顔が――

「みんな揃《そろ》ったね」

中庭を区切る垣根《かきね》の向こうから、耳に馴染《なじ》んだ声。振り返ると、薔薇《ばら》の蔓《つる》が絡《から》みついたガーデンアーチを潜《くぐ》ってルビーウルフがやってきた。昼間に見た、あのドレス姿で。

黒いベルベットの生地《きじ》は光の加減《かげん》で赤い薔薇の模様《もよう》が浮かび上がり、少し大人びた意匠《いしょう》だ。しかし袖《そで》や裾《すそ》にはフリルがたっぷり使われていて、少女らしい遊び心も忘れていない。葡萄酒《ワイン》色の短い髪には、赤い輝《かがや》きを孕《はら》む黒いオパールが飾《かざ》られている。

踵《かかと》の高い靴《くつ》で芝生《しばふ》は歩きにくいのか、どこか頼《たよ》りない足取りだ。そんな彼女を支《ささ》えるように、寄《よ》り添《そ》っているのは白狼《はくろう》のフロスト。彼はジェイドの姿を見るや否《いな》や、ついっとあからさまに目線を逸《そ》らした。

それまで、ずっとジェイドの傍《そば》を離《はな》れなかったケーナがルビーウルフに駆け寄った。飛びつき、千切れんばかりに尻尾を振っている。ルビーウルフはそんなケーナの頭を抱《だ》き、ご苦労様、ありがとうね、と言いながらぐりぐりと乱暴《らんぼう》な手つきで撫でた。それから目線をジェイドに向け、思いっきり吹《ふ》き出した。

「なんだお前、すごいまぬけ面《づら》だな。そんなに驚《おどろ》いたのか?」

人の顔を指差して大爆笑《ばくしょう》という、失礼なことを平気でするのがルビーウルフだ。そんなことはすでに承知《しょうち》だから、怒《おこ》る気にもなれない。自身の膝《ひざ》をばしばし叩いて笑っている彼女に対し、降参《こうさん》の意を込《こ》めてジェイドは両手を上げた。

「あぁ、誕生日なんてすっかり忘れていたし、完全に騙《だま》された」

ジェイドが苦笑《くしょう》すると、ルビーウルフはいっそう嬉《うれ》しそうに笑った。今朝の喧嘩《けんか》のことなんて、もう忘れているようだ。

「よかった。驚いてくれなきゃ、こんな動きにくい服着せられた意味ないもんね」

「俺《おれ》を驚かすためだけにそんな格好《かっこう》で待っていたのか？」

もしそうなら、呆《あき》れてしまって何も言えない。他に何か案はなかったのだろうか――

そこまで考えて、ようやくジェイドは気がついた。今朝、ルビーウルフが執務室に押《お》しかけて来た理由。欲《ほ》しいものや食べたいものを彼女が訊《たず》ねたのは、このためだったのだ。

それを追い返したのだから、やはり申し訳《わけ》ないことをしてしまった。

ルビーウルフは肩をすくめ、苦笑した。

「まさか。あたしも、ちょっとばかし騙されてね」

言って、彼女はちらりとキャスを見た。するとキャスは憤慨《ふんがい》したように頬《ほお》を膨《ふく》らませる。

「そんな人聞きの悪いこと言わないでくださいよぅ。ルビーウルフ様だって乗り気だったじゃないですか」

「だってこんな格好しなきゃいけないなんて思わなかったんだ。てか、これは絶対キャスの趣味《しゅみ》だろ」

「いいえ、このような催《もよお》しではドレスを着るのが常識《じょうしき》です」

何やら揉《も》め始めたが、ジェイドには何のことやらさっぱりわからない。まだ何か隠《かく》していることがあるらしい、ということは推察《すいさつ》できるのだが。

「まぁ、いいじゃありませんか。せっかくのお祝いなのに、ジェイド様が困《こま》ってらっしゃいますわ」

各テーブルに花飾りを置いて回っていたエルミナがやってきて、二人をなだめる。ルビーウルフとキャスも本気の言い合いをしていたわけではないので、互《たが》いにすんなり引き下がった。

微笑《ほほえ》ましそうに様子を見守っていたアーリアが空気を入れ替《か》えるように声を張り上げた。

「さぁ、皆様揃ったことですし、宴《うたげ》を始めましょうか。お料理もたくさんありますよ」

「そうですね、せっかく頑張《がんば》ってダンスの練習をしたんですもの！　ルビーウルフ様、がんばってください！」

キャスの瞳《ひとみ》がきらりと輝《かがや》く。まかしとけ、とルビーウルフは勇ましい返答を彼女に返した。

　正装をした楽団《がくだん》が音楽を奏《かな》で始める。円舞曲《えんぶきょく》──ワルツだ。ルビーウルフはジェイドの手を引き、中庭の中心へと導いていく。

「ダンスって……。踊《おど》れるのか？」

「今日、キャスに習ったんだ。フロストを説得したり、大変だったよ。特訓の成果を見ろ」

　紅玉《こうぎょく》の瞳が勝気に煌《きら》めく。

　そこでようやく、ジェイドは合点《がてん》がいった。渡《わた》り廊下《ろうか》から見えた光景は、ルビーウルフがキャスにダンスを習っていたのだ。──ジェイドの誕生日を祝うために。

　相手がキャスなら、フロストが黙《だま》って見守っていたのも頷《うなず》ける。そのフロストは今、中庭の片隅《かたすみ》に寄って、そっぽを向いていた。視界《しかい》に入らないようにして耐《た》えているらしい。しかし耳だけはしっかりこちらに向いているのが、なんだか可笑《おか》しかった。

　中庭の中央に立ち、ジェイドはルビーウルフに一礼した。そして苦笑する。

「せっかくの催しに私服《しふく》で出席して申し訳ない。今朝のことも、すまなかった」

　かっちりした騎士《きし》の制服《せいふく》をルビーウルフが嫌《きら》うから、ジェイドはいつでも小ざっぱりした私服を着ている。見ようによっては、ただの一般《いっぱん》市民だ。

ルビーウルフは小さくため息をこぼし、困ったように笑った。

「ほんと、お前は謝《あやま》り癖《ぐせ》がついてるな。そういうとこは直さなきゃね。——それに、あたしは今のお前が一番好きだよ。変にかっこつけてる奴《やつ》は、逆《ぎゃく》にかっこ悪いからね。ちょっと地味なくらいが丁度《ちょうど》いいんだ」

ランプの鮮《あざ》やかな光と、優美《ゆうび》な音楽。その中で、ジェイドの出《い》で立ちは場違《ばちが》いなほどに素朴《そぼく》だったけれど、それでもルビーウルフと並《なら》べば、間違いなく女王と騎士の威厳《いげん》があった。

ルビーウルフはジェイドの片手を取り、もう片方の手を彼の二の腕《うで》に添《そ》える。ジェイドも彼女の腰《こし》を引き寄せ……違和《いわ》感を覚えた。

腕に触《ふ》れている手は、添えるというよりも『服を掴《つか》んでいる』という感じだ。しかも、がっちりと。そして組み合わせたほうの手には、ぎりぎりと力がこもっている。

「ルビーウルフ、もう少し力を抜《ぬ》いたほうが……」

「話しかけないで。音楽に合わせるの、ぶっつけ本番なんだから」

とても今からダンスをする、といった雰囲気《ふんいき》ではない。むしろその気迫《きはく》は、格闘技《かくとうぎ》の試合に臨《のぞ》む戦士のようだ。油断《ゆだん》したら投げ飛ばされるのではなかろうか。

それでもどうにか、ステップを踏《ふ》み出した。ルビーウルフのたどたどしい足運びに気を配りつつ、慎重《しんちょう》にリードする。しかし。

気のせいだろうか。どんどん彼女の機嫌《きげん》が悪くなっていくような気がする。ルビーウルフのステップの間違いを訂正《ていせい》して補《おぎな》うほどに、どういうわけか彼女は動揺《どうよう》を深めるようだ。

足元を見ながらなのに、ルビーウルフは何度もステップを踏み間違える。音楽ともずれているし、とてもワルツと呼べたものではない。それをルビーウルフも自覚しているのだろう。負けず嫌いの彼女だから、上手《うま》くいかないもどかしさに苛立《いらだ》っているらしい。

「大丈夫《だいじょうぶ》。落ち着いて」

ジェイドの足を踏み、動きを止めてしまったルビーウルフを励《はげ》ます。組み合わせた手に、さらに力が込められた。

「……なんでそんなに余裕《よゆう》なんだよ」

ルビーウルフが戸惑《とまど》ったように小さくつぶやく。そこで一曲目が終わり、ルビーウルフはジェイドから身を離した。二人の間を北風が通り抜け、温《ぬく》もりを攫《さら》う。

つぃ、と視線を横に逸《そ》らし、ルビーウルフは目を細めた。彼女には珍《めずら》しく、どこか自信なさげな眼差《まなざ》しでちらりとジェイドの顔色を窺《うかが》っている。

「で、出来栄《できば》えはともかく、踊れたぞ。どうだ、参ったか」

「あぁ、ありがとう。がんばって練習してくれたんだな」

ジェイドが笑ってみせると、ルビーウルフは安心したように表情を緩《ゆる》めた。そして再びジェイドの手を取り、悪戯《いたずら》っぽい笑《え》みを浮《う》かべる。

「じゃあ、ここからは自由演技《えんぎ》だ」

二曲目が始まると同時、ルビーウルフはジェイドの手を強く引いた。両手を取り合い、くるくると回る。音楽になど合わせる気はまったくない、はちゃめちゃな動きだ。

「みんなも一緒《いっしょ》に！」

ルビーウルフの呼びかけに、女官や兵士たちは顔を見交《みか》わす。

ケーナが一声吠《ほ》え、駆《か》け出した。それにつられて、みんな周囲の者と手を取り合って踊りに加わる。ただし、フロストだけは輪の外で寝《ね》そべったまま、呆《あき》れ顔で騒《さわ》ぎを眺《なが》めていたけれど。

楽団は気を利《き》かせ、明るく楽しい旋律《せんりつ》を奏でた。ルビーウルフはテーブルの花飾《はなかざ》りを取ってきて頭に載《の》せてはしゃいでいる。かと思えば姿が見えなくなり、探《さが》そうとした瞬間《しゅんかん》、背後《はいご》から酒を浴びせられた。振《ふ》り返ってみれば、ルビーウルフが酒瓶《さかびん》を抱《かか》えてきゃらきゃら笑っている。

アルコールのせいか、この悪ふざけにジェイドも珍しく乗った。酒瓶の栓《せん》を抜いて振り撒《ま》くものの、人並み外れた敏捷《びんしょう》さを持つルビーウルフにはなかなか当たらない。しかも、いつの間にか靴《くつ》を脱《ぬ》いで裸足《はだし》になっている。

彼女が動きを止めた一瞬を狙《ねら》い、大きく振りかぶって中身をぶち撒け――ルビーウルフはしゃがんで避《よ》けた。そして彼女の背後に立っていたアーリアに、酒が頭から降り注ぎ――

「食べ物で遊んじゃいけません！」

二人揃《そろ》って怒《おこ》られた。

†

料理と酒がなくなったのを機に、宴はお開きとなった。テーブルやランプの撤収《てっしゅう》は明日に残し、火の始末だけをして、みんな自室に退《ひ》き戻《もど》った。女官や兵士たちの朝は早いのだ。

静寂《せいじゃく》に包まれる中庭には、ルビーウルフとジェイドだけが残っていた。

ルビーウルフの手には、ジェイドが執務室《しつむしつ》から持ってきたあの名簿《めいぼ》があった。取り残されたテーブルに腰掛《こしか》けて名簿をぱらぱらと捲《めく》りながら、ルビーウルフは苦笑《くしょう》する。

「よくまぁ、こんなに集まったもんだな。入隊したって土木工事させられるだけなのに」

山脈に囲まれたグラディウスのため、開拓《かいたく》を提案《ていあん》したのはルビーウルフだ。山を切り開いて海へ繋《つな》げるための準備《じゅんび》は、着々と進んでいる。

「たしかに落胆《らくたん》する者もいるかもしれないな。志願者《しがんしゃ》のほとんどが、ルビーウルフの近衛《このえ》兵を希望しているのだから。だが、開拓のために人員は不可欠《ふかけつ》だ」

「まぁね」

ジェイドの言葉に、ルビーウルフは頷《うなず》いた。そして小さくため息をつき、自身が座《すわ》っているテーブルの端《はし》に名簿を置きつつ、言う。

「いつも、ご苦労様。今日は楽しめた？」

「あぁ。いろいろ驚《おどろ》くこともあったが」

ジェイドは曖昧《あいまい》に笑う。キャスを少年と間違えて、勝手に落ち込んでいたことは秘密《ひみつ》にしておくことにした。

「そう、そりゃあよかった。どうも、ああいうちまちました踊りは苦手みたいだ。やっぱり宴会《えんかい》は馬鹿《ばか》騒ぎじゃないと、盛《も》り上がらないからね。――ところでさ」

足元に目線を落とし、ルビーウルフはつぶやくように言った。両手を膝《ひざ》の上で組み、親指をもじもじさせながら。

「お前、誰《だれ》かと踊ったことあるの？」

突然《とつぜん》の問いに、ジェイドはきょとんと目を丸くした。どうして彼女がそんなことを気にするのか、わからない。

「いいや、一度もないが」

「だったら、なんであんなに余裕なのさ」

膨《ふく》れっ面《つら》で、ルビーウルフはジェイドを睨《にら》んだ。理不尽《りふじん》な怒《いか》りを向けられて困惑《こんわく》しながらも、ジェイドは事実を述《の》べる。

「男はなんでも完璧《かんぺき》にこなさなければいけないと、老師《ろうし》に叩《たた》き込《こ》まれたんだ」

厳《きび》しい訓練を思い出し、身震《みぶる》いする。けれども、それが真実味を感じさせたのだろう。

ルビーウルフは破顔《はがん》し、ぽつりと呟《つぶや》いた。

「そっか……。よかった」

何が『よかった』なのだろう。しかも、なんだか嬉《うれ》しそうだ。老師の性格《せいかく》はルビーウルフも知っているはずなのに。ジェイドは首を傾《かし》げる。

ルビーウルフは立ち上がり、ジェイドの手を取った。紅玉《こうぎょく》の色をした瞳《ひとみ》が月の仄白《ほのじろ》い光を浴び、柔《やわ》らかな輝《かがや》きを帯びている。

「じゃあさ、教えてよ。中途半端《ちゅうとはんぱ》に覚えただけじゃ、やっぱり悔《くや》しいし」

音楽はないけどね、とルビーウルフが笑った。そしてジェイドの背中に手を回し――顔をしかめる。

「お前、酒臭《さけくさ》いな」

「誰のせいだ」

「あたしのせいだとでも？　油断してぼけっと立ってるほうが悪いんだよ」

下から見上げてくる、勝ち誇《ほこ》ったような微笑《ほほえ》み。その笑顔に抗《あらが》うことができず、ジェイドは彼女の細い腰《こし》を引き寄せ――

「フロスト様、邪魔《じゃま》しちゃだめですよぅ！」

中庭の一郭《いっかく》を仕切る垣根《かきね》の向こうから、フロストが憎々《にくにく》しげな目つきで現《あらわ》れた。尻尾《しっぽ》にしがみついたキャスをずるずると引きずっている。その後ろからも見知った顔がわらわら出てきた。アーリアにエルミナ、ケーナまで勢ぞろいだ。

「見つかっちゃいましたわね」

エルミナが残念そうに言う。しかしジェイドはそれどころではない。なんだか、とても恥《は》ずかしい現場を見られたような気がする。

ルビーウルフはすぐさまジェイドから身を離《はな》した。つまらなそうに溜《た》め息をこぼし、聞き逃《のが》してしまいそうなほど小さく舌打《したう》ちした。それから余裕《よゆう》の笑顔を見せ、ひょいっと肩《かた》をすくめる。

「残念。また今度ね」

観客がいることをルビーウルフは知っていたのだろうか。彼女の勘《かん》ならあり得る。すべ

て知ったうえで、単純《たんじゅん》に踊りを楽しみたかっただけなのかもしれない。

けれど、もし気づいていなかったのなら。邪魔が入らなければどうなっていたのだろう。訊《き》いたら答えてくれるだろうか。しかし――

ルビーウルフはフロストやキャスたちのもとへ駆《か》けていき、小突《こづ》き合いながら笑っている。彼女が女王となる以前には、考えられなかった光景だ。

この明るさがグラディウス全体に広がっていけばいいのに。――いや、ルビーウルフならきっと可能だ。無条件《むじょうけん》に、そう信じてしまう。

冷たい北風がジェイドの頬《ほお》を撫《な》でた。近々、雪も降《ふ》り始めるだろう。厳《きび》しい季節が始まる。

それでもグラディウスは、寒さになど負けない。春の雪解《ゆきど》けを歓喜《かんき》で迎《むか》えるため、耐《た》え忍《しの》ぶことを知っている国なのだから。

4　恋《こい》するうさぎ

お人形が落ちてる。

その少女を見た第一印象がそれだった。蜜柑色《みかんいろ》の明るい髪《かみ》をきつく巻《ま》いてレースのリボンで二つに結《ゆ》い、桃色《ももいろ》のドレスがよく似合《にあ》う。廊下《ろうか》の片隅《かたすみ》にちょこんと座《すわ》り込んだ女の子は、ルビーウルフの知らない少女だった。

「どちら様？　迷子《まいご》？」

呼《よ》び掛《か》けに、少女は伏《ふ》せていた顔を上げた。涙《なみだ》ぐんだ双眸《そうぼう》は鮮《あざ》やかな青玉《サファイヤ》、頬《ほお》は薔薇色《ばらいろ》、抱《だ》きしめたうさぎのぬいぐるみの耳にも造花《ぞうか》とリボンの飾《かざ》りがついている。

よそから勝手に入ってきたわけではないはずだ。だってここは王城《おうじょう》なのだから。だとすれば、誰《だれ》か高官の娘《むすめ》か親類か。なんにしろ、このまま放《ほう》っておくわけにはいかない。

「お父様の所に行こうと思ったのです……。でも、アンジュ迷《まよ》ってしまいました……」

「親父《おやじ》さんの名前は？」

「アンジュのお父様はロベールという名です。女王陛下《へいか》にお仕えしているのです」

涙ぐみながら、そう言ったアンジュは少し誇《ほこ》らしそうだった。そしてルビーウルフも、この少女の身元が判明《はんめい》して安堵《あんど》する。

ロベール・エルカインド。グラディウスの元魔導騎士《まどうきし》で、つい先頃《さきごろ》、宰相《さいしょう》となった人だ。彼の家族にはルビーウルフも会ったことがあるけれど、末っ子の娘は当時十歳《さい》で、自宅《じたく》にこもっていた。

怖《こわ》がりだから、とアンジュの兄たちが庇《かば》っていたのもわかる。抱いているぬいぐるみのせいでそう思うのかもしれないが、子うさぎのような印象だ。人前に出したくない兄たちの気持ちも納得《なっとく》できるほどアンジュは愛らしい少女だった。

ロベールが宰相となったことで、その家族が近々王城に移《うつ》り住んでくることは知っていた。いくつもの棟《とう》を渡《わた》り廊下で繋《つな》いだ構造《こうぞう》をしているグラディウス王城だから、慣《な》れていないとすぐ迷ってしまう。けれど、ルビーウルフもアンジュの家族が暮らす部屋を把握《はあく》していないから送っていくこともできない。

ルビーウルフは狼《おおかみ》のフロストとケーナを引き連れ、自室に戻《もど》る途中《とちゅう》だった。体が鈍《なま》らないよう、新兵訓練に連日参加しているのだ。だから今は愛用の〈導《みちび》きの剣《けん》〉ではなく、模《も》造刀《ぞうとう》を携《たずさ》えている。〈導きの剣〉は見た目が派手《はで》だから、もし帯刀していたらアンジュを怯《おび》えさせていたかもしれないと思ってルビーウルフはほっとした。

アンジュは大きな瞳《ひとみ》で物珍《ものめずら》しそうに狼たちを見つめていた。フロストは見知らぬ少女を警戒《けいかい》して距離《きょり》を取っているけれど、ケーナはおとなしく視線を受け止めている。

狼なんて見たことがないのだろう。きっと犬だと思っている。そうでなければ普通《ふつう》は怖《こわ》がるものだ。王城に仕える者たちも慣れてしまって、今ではすっかり犬扱《あつか》いだし。きゃあきゃあ喚《わめ》かれても面倒《めんどう》だから、わざわざ狼だと教える気もない。

「とりあえず親父さんの所に行こうか。連れて行ってあげる」

「お父様のこと、知ってるのですか？」

「まぁね。世話になってるよ」

ルビーウルフはアンジュの手を取り、立ち上がらせる。

「ありがとうございます。ええっと、あの……お名前は？」

「ルビーウルフ」

端《たん》的に答えると、アンジュはその名前を反芻《はんすう》してルビーウルフの手を強く握《にぎ》り返した。

そして恥《は》ずかしそうに、うさぎのぬいぐるみをぎゅっと抱《かか》え込んで俯《うつむ》く。しかし、歩くたびに跳《は》ねて揺《ゆ》れる巻き髪のお下げが、まるで浮《う》かれたウサギみたいだなと思ってルビーウルフはこっそり笑いを漏《も》らした。

父親の所に連れていくと言ったものの、ルビーウルフもロベールの居場所《いばしょ》を知らなかった。だから向かった先は、ロベールの居場所を知っていそうな人の所。

「あぁ、お父様！」

ジェイドの執務室《しつむしつ》に通したとたん、アンジュはそこにいた壮年《そうねん》の男に駆《か》け寄って抱きついた。鉛色《なまりいろ》の髪と鉄紺《てつこん》の瞳《ひとみ》が落ち着いた印象を与《あた》えるその人こそ、ロベール・エルカインド。アンジュの父だ。ロベールはソファに座《ざ》したままアンジュを抱きとめて目を丸くし、それから立ち上がってルビーウルフに敬礼《けいれい》を寄越《よこ》した。

「なんだロベール、ここにいたのか。探《さが》す手間が省けてよかったよ。落とし物を届《とど》けにいこうと思ってたんだ」

「ルビーウルフ、人の家の子を物か荷物みたいに言うものではないよ」

ロベールと対座《たいざ》していた金髪《きんぱつ》の騎士――ジェイドが呆《あき》れたように言う。しかしロベールは首を横に振《ふ》り、構《かま》いませんと微笑《ほほえ》んだ。そしてルビーウルフに深々と頭を下げ、アンジュを抱き上げる。

「一人で部屋から出てはいけないよ、アンジュ。どうしても外に出たいなら兄さんたちに付き添《そ》ってもらいなさい。——そもそも、どうして出歩いていたんだ？」

「うさぎさんの尻尾《しっぽ》が取れてしまったのです。せっかくお父様が買ってくださったのに……」

言って、アンジュは白い毛玉のようなものをロベールに差し出した。

「タニアは縫《ぬ》ってくれなかったのか？」

「お母様はお裁縫《さいほう》が下手っぴです。お母様にお願いしたら尻尾を小さく縫いすぎて、なくなってしまいます」

ぷくっと頬《ほお》を膨《ふく》らましてぬいぐるみを抱え込んだアンジュの言葉にロベールは苦笑《くしょう》する。

娘《むすめ》の口から妻の弱点を暴露《ばくろ》されて、気恥《きは》ずかしいのだろう。

「仕方ないな。あとで直してあげるから、今はおとなしく部屋に戻りなさい」

「わかりました。でも、お父様。アンジュはもう十一歳《さい》です。立派《りっぱ》なレディです。抱っこなんて子供《こども》扱いはやめてください。紳士《しんし》が見てらっしゃるのに、恥ずかしいです」

ぬいぐるみを抱いてレディだなんて言われても、微笑ましいだけでまったく説得力がない。ルビーウルフとジェイドが笑いを堪《こら》えて見守る中、ロベールは名残惜《なごりお》しそうに娘を腕《うで》から下ろした。

「そろそろ子離《こばな》れの時期ですね」

「いいえ、まだ早いですよ。末っ子で、女の子ですから。まだまだ手放せません」

ジェイドの指摘《してき》にロベールは顎《あご》を反《そ》らせて冗談《じょうだん》っぽい口調で言った。生真面目《きまじめ》な彼だが、娘には甘《あま》いようだ。また子供扱いして！　と憤慨《ふんがい》するアンジュに手を焼くロベールが可笑《おか》しくて、ルビーウルフはとうとう声を立てて笑い出してしまった。そんなルビーウルフに、ジェイドが苦笑を向ける。

「それより、ルビーウルフ。その格好《かっこう》だと、さてはまた新兵訓練に参加していたな。運動になるから止めはしないが、彼らは素人《しろうと》同然なんだから、あまり本気で相手をするなよ。せっかくの志願者《しがんしゃ》が逃《に》げ出してしまう」

ルビーウルフが腰《こし》に佩《は》いた模造刀を指差し、ジェイドは言った。

男物の古着を無造作に着て剣《けん》を携《たずさ》えたルビーウルフの勇ましい姿《すがた》は、もはやグラディウス王城の名物だ。彼女が王族らしく正装していることのほうが珍しい。身軽で着飾らない服装を好むのをもったいないと嘆《なげ》いていた女官たちも、葡萄酒《ワイン》色の短髪《たんぱつ》と紅玉《こうぎょく》の瞳が映《は》えるのならどんな格好でも良いと今ではすっかり諦《あきら》めている。ジェイドも妥協《だきょう》してくれているのだが、もう少し教養を磨《みが》くことに専念《せんねん》して欲《ほ》しいというのが本音なのだろう。それをわかっているから、ルビーウルフは反論《はんろん》することなく、わかってるよと言って肩《かた》をすくめるだけに留《とど》まった。

ロベールはルビーウルフとジェイドに敬礼を送ってから、アンジュの手を引いて執務室を辞そうとした。それをルビーウルフが呼び止める。

「仕事の話をしてたんじゃないの？　部屋の場所教えてくれたら、代わりに送っていくよ」

「いいえ、もう終わって雑談《ざつだん》していましたから。お気《き》遣《づか》い感謝《かんしゃ》いたします」

頭を下げ、晴れやかに笑っているロベールの姿に、ルビーウルフは養父の面影《おもかげ》を重ねた。アンジュを見るロベールの瞳《ひとみ》はモルダや仲間たちを思い出させる。それだけで、アンジュがロベールにどれくらい大切にされているか、手に取るようにわかるというものだ。

行くよ、と父親に促《うなが》されたアンジュは、どういうわけかその場から動かなかった。俯《うつむ》き、上目遣いの青い眼差《まなざ》しをルビーウルフたちに向けてくる。ぬいぐるみの頭に顔を半分埋《う》めるようにして、もじもじと恥ずかしそうに切り出した。

「あの……また、ここに来てもいいですか？　アンジュ、ケーナちゃんと遊びたいです」

ここに連れてくる間に、アンジュはケーナの砂色《すないろ》の毛皮に触《ふ》れて大層《たいそう》気に入ったようだった。穏《おだ》やかな性格《せいかく》のケーナだから、子供の相手をさせても問題ないだろう。

「いいよ。ケーナは遊んでくれる人が好きだから。迷子《まいご》になってもケーナと一緒《いっしょ》なら安心だし。明日もこの時間にケーナたちを連れてくるから、遊びにおいで」

言いながら、ルビーウルフはアンジュの頭を撫《な》でてやる。蜜柑色《みかんいろ》の髪は子供独特《どくとく》の柔《やわ》らかさで、手に心地《ここち》いい。アンジュは頰を紅潮《こうちょう》させ、嬉《うれ》しそうに笑った。

†

それからというもの、アンジュは毎日のように顔を見せるようになった。ルビーウルフがケーナを連れて訪《たず》ねて行くと、アンジュは執務室《しつむしつ》のソファに腰掛《こしか》けて、子供向けの読み物を読みながらおとなしく待っている。時には、ジェイドがその本を読み聞かせしてやっていることもあった。

道を覚え、迷《まよ》うことなく一人で来ることができる場所がアンジュにとって限《かぎ》られているし、ここなら自動的にジェイドがアンジュの護衛役《ごえいやく》になるから安心だ。しかし——

ケーナと遊ぶというのは、どこか口実めいているように感じられた。たしかに毎日、ケーナと球遊びをするアンジュは楽しそうだ。自然とルビーウルフが付き添《そ》うことになるし、ジェイドも時間があれば付き合う。ジェイドにロベールの働きぶりを聞かされる時など、アンジュは本当に嬉しそうだ。父親を褒《ほ》められることが誇《ほこ》らしいのだろう。場合によってはルビーウルフにも理解《りかい》できない難《むずか》しい話をして、二人で話し込《こ》むこともある。

アンジュの目的は、そこに重点が置かれているのではないかとルビーウルフは察した。

最初にここへ連れてきた時だって、父親に甘《あま》えるのを紳士《しんし》の前だからと恥ずかしがっていた。あの場でロベール以外に紳士と呼べるのはジェイドしかいない。アンジュは彼の目を気にして、レディだなんだと拘《こだわ》っていたのだ。

「考えすぎだろう。アンジュはまだ子供《こども》なんだから、単純《たんじゅん》にケーナと遊びたいだけだ」

「そんなこと言って、実は嬉しいんじゃないの？」

アンジュがケーナとじゃれ合うのを眺《なが》めながら、ルビーウルフはにまにま笑って対座しているジェイドの表情《ひょうじょう》を窺《うかが》った。

冬の長いグラディウスは、まだ雪が深く空気は刺《さ》すように冷たい。だからアンジュがケーナと遊ぶのは、いつもこの執務室だ。小一時間ほど遊んで、疲《つか》れると昼寝《ひるね》をしたり茶を飲んだりして休憩《きゅうけい》してから、通い慣《な》れた足取りで帰っていく。

ちなみにフロストは不在だ。アンジュはフロストにも遊びに参加するよう要求するから、それをうざったく思って、この時間になるとどこかに姿《すがた》を隠《かく》してしまう。

「だって、ケーナだけをアンジュの部屋まで行かせるって言ったら、それは嫌《いや》だって言うんだ。つまりアンジュはここに来たいんだよ。誰《だれ》かさんに会いたくて」

ソファに腰掛け、茶を啜《すす》りながらルビーウルフは言う。しかしジェイドは無関心を装《よそお》って受け流した。たしかに、十一歳の子供に女として慕《した》われても困《こま》るのはわかる。けれど、そんな淡白《たんぱく》な態度《たいど》でいられるのはルビーウルフにとって心底つまらない。そこで次の一手を考えた。

アンジュから預《あず》かっているぬいぐるみをきつく抱《だ》き、上目遣いでジェイドを見つめる。

「アンジュはジェイド様のことが好きですぅ」

語尾《ごび》を伸《の》ばして甘ったるく脚色《きゃくしょく》し、アンジュの仕草を真似《まね》てみた。するとジェイドは咳《せき》払《ばら》いして横を向く。頰《ほお》がほんのり赤い。やはり、まんざら嫌でもなさそうだ。その様子が可笑しくて、ルビーウルフはけらけら笑う。

「ほら、照れてる。いいじゃん、アンジュ可愛《かわい》いし」

「いや、これはアンジュではなくて……」

「何をお話ししているのですか？」

ジェイドが何か弁明《べんめい》しようとしたところへ、アンジュが駆《か》け寄ってきて訊《たず》ねた。なんでもないよ、と微笑《ほほえ》みながらジェイドが答えると、アンジュは素直《すなお》に納得《なっとく》する。

「アンジュ、こっちにおいで」

ルビーウルフはアンジュを呼び、隣《となり》に座《すわ》らせた。遊ぶうちによれてしまったリボンを結び直してやる。無邪気《むじゃき》なアンジュが懐《なつ》いてくるのを妹ができたみたいに思って、つい構いたくなってしまうのだ。

まだ遊び足りないケーナが布《ぬの》と木毛《もくよう》で拵《こしら》えた球を銜《くわ》えて持ってきて、アンジュやルビーウルフを遊びに誘《さそ》う。そういえば、アンジュが疲《つか》れを訴《うった》えるにしてはまだ早い時間だ。

「もう飽《あ》きたのか？」

「いいえ、楽しいです。ケーナちゃんはすごいですよ。いろんな物を並《なら》べて、アンジュが持ってきてってお願いした物を見分けて持ってきてくれるのです。飽きたりなんてしませんでも、ルビーウルフ様とジェイド様がとても楽しそうにお話ししてらっしゃるから……」

アンジュは不安そうな表情になって、ルビーウルフとジェイドの顔を交互《こうご》に見やる。きっと、ジェイドをルビーウルフに独《ひと》り占《じ》めされているように感じて不満なのだろう。

「アンジュはケーナと遊ぶのと、茶を飲んだり話をしたりするの、どっちが目的でここに来るんだ？」

ルビーウルフの確信《かくしん》めいた問いに、アンジュはわかりやすく頬を染《そ》めた。その頬に両手を当て、恥《は》ずかしそうに俯いて喋《しゃべ》りだす。

「ケーナちゃんと遊ぶのは大好きです。でも……ここに来るとアンジュの大切な方に会えるのです。初めてお会いした時、その方はアンジュの恋心《こいごころ》のど真ん中を射抜《いぬ》いたのです。きゃあ言っちゃった！　恥ずかしいです！」

ルビーウルフの膝《ひざ》からぬいぐるみを引ったくり、アンジュはばたばたと慌《あわ》ただしく部屋を出て行った。その後ろ姿を見送ったルビーウルフとジェイドの間に、しばし沈黙《ちんもく》が落ちる。

「ここに来るとぉ、アンジュの大切な方に会えるのですぅ」

「復唱《ふくしょう》しなくていい……」

アンジュの言葉を真似てからかうと、ジェイドは心底困った顔で天井《てんじょう》を仰《あお》ぐ。それを笑いながら、ルビーウルフもなんだか複雑《ふくざつ》な気持ちになった。今はまだ子供のアンジュでも、あと五、六年もすれば淑女《しゅくじょ》と呼ぶに差し支《つか》えなくなる。そう考えるといっそう複雑になり、その感情の原因《げんいん》がわからなくてルビーウルフは首を傾《かし》げて頭を掻《か》いた。

アンジュが出て行き、ルビーウルフにもジェイドにも遊んでもらえないと悟《さと》ったケーナは、つまらなそうに球を齧《かじ》って気分を紛《まぎ》らわしていた。

†

「あの、シャティナ陛下《へいか》」

いつものように訓練を終え、ケーナを連れてジェイドの執務室へ向かう途中《とちゅう》。ルビーウルフを呼び止めたのはアンジュの母、タニアだった。

蜜柑色《みかんいろ》の髪《かみ》を結《ゆ》い上げ、おっとりした眼差しはアンジュと同じ鮮《あざ》やかな青。控《ひか》えめで思《し》慮《りょ》深く、微笑めば少女のように華《はな》やかな人だ。小柄《こがら》で少しばかり幼い顔立ちのせいか、実際の年齢《ねんれい》よりずいぶん若《わか》く見える。そしてルビーウルフを元の名である『シャティナ』と呼《よ》ぶのは、夫と同じく真面目《まじめ》な彼女らしい癖《くせ》だった。

「タニア、『シャティナ』はもうやめてよ。どうしたって馴染《なじ》まないんだ」

「申し訳《わけ》ございません。つい……」

「謝《あやま》らなくていい。慣《な》れないのはお互《たが》い様なんだ。少しずつ『ルビーウルフ』に直していってくれたらいいよ。――で、何かあったの？」

恐縮《きょうしゅく》そうに頭を下げるタニアに、ルビーウルフは微笑みを向ける。行方《ゆくえ》不明になっていた姫君《ひめぎみ》を十五年間ずっと『シャティナ』と呼んでいた人々に『ルビーウルフ』という名前を押《お》し付けているのだから、あまり強く拒《こば》むのも悪い気がした。

「このところ、娘《むすめ》が大変お世話になっているようで……。その、アンジュは何かご迷惑《めいわく》をお掛けしているのではないかと……」

「そんなことないよ。あたしにもジェイドにも懐《なつ》いて、ケーナとも仲良くなったし。フロストは嫌がって逃《に》げちゃうけど、あいつはもともと構われるのが嫌《きら》いだから仕方ないね」

苦笑《くしょう》し、ルビーウルフが肩《かた》をすくめるとタニアは安堵《あんど》の表情を浮《う》かべた。そんなに心配するほどアンジュは素行《そこう》の悪い娘ではないのに、過保護《かほご》なのだろうか。それとも——

「そんなにびくびくしなくてもいいんだよ。もしアンジュが何か悪戯《いたずら》をしてもタニアやロベールを咎《とが》めたりしない。子供はやんちゃなくらいがいいからな」

子供の悪戯をいちいち咎めていては、ルビーウルフは命がいくつあっても足りない。だってジェイドにちょっかいを出して遊んでいるのはルビーウルフ自身だ。調べ物をするために彼が立ちながら本や書類を読んでいる背後《はいご》に回って膝裏《ひざうら》を蹴《け》るなどして、よく怒《おこ》られる。何かに集中している時のジェイドはルビーウルフが呼んでも反応《はんのう》がなかったりするから、それが気に食《く》わないのだ。

しかしタニアは慌てた様子で首を横に振った。

「いいえ、違《ちが》います。その逆《ぎゃく》なのですわ、陛下。もしもあの子がご迷惑をお掛けするようなことがあれば、厳《きび》しく叱《しか》ってやってほしいのです」

これはまた、珍《めずら》しい注文だ。教育熱心なのかもしれないが、アンジュはそんなに悪さをするような子供でもない。むしろ礼儀《れいぎ》正しくて素直で可愛《かわい》らしい。

ルビーウルフが首を傾げていると、タニアは一礼して去っていった。

「わかんないな。アンジュは良い子だよね？」

傍《かたわ》らのケーナに問うと、ケーナは尻尾《しっぽ》を振《ふ》ることで同意を示《しめ》した。

別に、アンジュがジェイドに付きまとっていたって気にならない。ただ、タニアの言葉が胸《むね》に引っ掛《か》かっていた。だからルビーウルフは翌日《よくじつ》から訓練を早めに切り上げて、アンジュが来る前から執務室《しつむしつ》に居座《いすわ》っていたのだが――

†

「……どうも落ち着かないな」

本棚《ほんだな》の前で分厚《ぶあつ》い本を読みながら、ジェイドは溜《た》め息混《ま》じりにつぶやいた。

「何が？」

「おとなしく座っていてくれるならいいのだが、油断《ゆだん》すると何をされるかわからない」

ルビーウルフがちょっかいを出すのを、ジェイドは恐《おそ》れているようだった。半眼《はんがん》でルビーウルフを睥睨《へいげい》してくる。そんなに嫌《いや》だったのかと反省する反面、少しばかりむかっとしてしまう。だって、アンジュが付きまとっていても文句《もんく》なんて言わないくせに。

「あたしだって、嫌がらせがしたくてちょっかい出してるんじゃないよ。なんかこう、無視されるのが嫌っていうか、反応がないとつまんないっていうか」

「構ってほしいのか？」

「そこまでは言ってない。曲解するな」

ソファに座ってふんぞり返り、唇《くちびる》を尖《とが》らせる。否定《ひてい》したものの、実はその通りだ。ジェイドに構ってもらえないと、どうしても振り向かせたくなってしまう。

そんなルビーウルフの心中を見透《みす》かしたように、ジェイドは軽く笑いを漏《も》らした。翠《みどり》の瞳《ひとみ》が穏《おだ》やかに細められる。

どうも最近の彼はルビーウルフの言動を鷹揚《おうよう》な目で見ているようだ。ずっと折り合いが悪かったフロストとも今では互いに不可侵《ふかしん》なようで、理解しあっているわけではないけれど、いがみ合うことはなくなっている。以前のようにフロストの目を気にしなくてもよくなったせいか、余裕《よゆう》を手に入れたらしい。

これ以上踏《ふ》み込《こ》んだことを話すと、こちらが不利になってしまう。そう悟《さと》ったルビーウルフは、ジェイドがアンジュのためにと用意してあったマフィンを一つ失敬《しっけい》した。それを半分に割《わ》って片方を自分の口に入れ、もう半分を足元に寄り添《そ》っているケーナに与《あた》える。

ミルクと卵《たまご》の香《かお》りがふわりと広がり、その中に少し酸味《さんみ》があった。きっとチーズを加えているのだろう。素朴《そぼく》な味わいに、ルビーウルフの機嫌《きげん》が少しだけ上昇《じょうしょう》する。

マフィンでほっこりしたのも束《つか》の間、何か薄《うす》い板のような物で頭を軽く叩《たた》かれた。頭上から差し出されたそれを受け取り、ルビーウルフは眉根《まゆね》に皺《しわ》を寄せる。それはアンジュがここで待っていた時に、気に入って読んでいた子供向けの読み物だった。美しい装丁《そうてい》の表紙には鈴蘭水仙《すずらんすいせん》の精《せい》らしき女の子と、羊飼《ひつじか》いの少年が描《えが》かれている。いかにも女の子が好みそうな、恋《こい》のお伽話《とぎばなし》といった感じだ。

「暇《ひま》そうだから、それでも読んでおくといい。わからない言葉があれば辞書を引け。本棚にあるから」

読み書きがまだ不十分なルビーウルフにとっては、絵本を読むのだって一苦労だ。つまり、時間を持て余《あま》しているくらいなら勉強をしろとジェイドは言いたいらしい。

本心は勉強なんて面倒《めんどう》だと思いつつも、本を放《ほう》り出す気にはならなかった。十一歳《さい》のアンジュが読んでいたのに、投げ出してしまうのはなんだか情《なさ》けないように感じたのだ。

しかし、表紙を開いたとたんに、うっと呻《うめ》いてルビーウルフは嫌な汗《あせ》をかいた。見覚えのある単語が少ししか見当たらない。読み取れる言葉を無理やり繋《つな》げて読んでみると『青い蝶《ちょう》に・たくさんのお菓子《かし》・持ってきた・空色の・牛』となった。意味がわからない。どんな牛だそれはと八つ当たりをつぶやき、本を閉《と》じてしまった。それから、ふと思い出すことがあって勢《いきお》いよく立ち上がり、閉じた本をジェイドに突《つ》き返す。

「こんなの、難しくて読めない。読み聞かせしてよ」

アンジュがここでルビーウルフとケーナを待っていた時、ジェイドはアンジュに本の読み聞かせをしてやっていた。それを思い出したのだ。

しかし、ジェイドは呆《あき》れたように溜め息をこぼした。失望ではないけれど、十一歳の子供より教養のない女王に対して、掛ける言葉もないといった感じだ。

「ルビーウルフ、勉強というのは自分で辞書を捲《めく》って調べるからこそ身につくんだ。ある程度《ていど》読めるようになったら音読して本当に理解しているのか確かめることも必要だが、まず大雑把《おおざっぱ》でもいいから文章を読み取れるように努力してくれ。そうでなければ読み聞かせをしても、ただ『聞いているだけ』になってしまう」

「そんなこと言われたって、辞書に書いてある言葉も読めないいんだ。それじゃあいつまで経《た》っても覚えられない」

文字を目で追うという習慣を持たなかったルビーウルフにとって、辞書は絵本より難解《なんかい》な言葉に溢《あふ》れた書物でしかない。だから読めない単語は、誰かに音読して教えてもらうしかないのだ。しかし、厳《きび》しい師《し》のもとで育ったジェイドには、十五歳になっても文字が読めない感覚がどういうものなのか理解しがたいのだろう。

それでもジェイドは失言したことを悟《さと》り、己《おのれ》を基準《きじゅん》にものを言ってしまった後悔《こうかい》を表情に出した。謝罪の言葉を述《の》べようとした彼に、ルビーウルフは本を押し付けてきつく睨《にら》む。

「できる人間が、そうでない奴《やつ》に謝るのって侮辱《ぶじょく》だよ。剣《けん》の試合で、勝ったほうが負けた相手にごめんなさいなんて言ったらすごい嫌味だろ。それだったら、もっと修行《しゅぎょう》しろとか激励《げきれい》されるほうがやる気も出る。それと同じだ」

謝る機会を奪《うば》われたジェイドは閉口《へいこう》するしかない。険悪《けんあく》な空気を嗅《か》ぎ取ったケーナは困ったようにきゅうきゅう鼻声を出しながら、金色の目で二人の顔色を窺《うかが》っていた。何も悪くないのに、いたたまれない思いをしているケーナを気の毒に思ってルビーウルフは表情を和《やわ》らげる。

「ケーナは悪くないよ。ただ、あたしは少し頭を冷やしたいから外で素振《すぶ》りでもしてこようかな。ケーナはここでアンジュを待って、遊んであげて」

ケーナの頭をぽんぽんと軽く叩《たた》くように撫《な》で、ルビーウルフはジェイドに背を向けた。

それから肩越《かたご》しに振り返り、皮肉めいた笑いを彼に送る。

「邪魔《じゃま》者は消えるから、アンジュと仲良くね。でも、歳《とし》の差だけは忘《わす》れるなよ。もしアンジュに妙《みょう》な真似《まね》したら、一生軽蔑《けいべつ》するから」

「待て、何の話だ」

ドアに向かって歩き出したルビーウルフの腕《うで》を摑《つか》んで、ジェイドは苦い表情に汗を浮《う》かべていた。頭痛《ずつう》でもするのか、こうべを垂《た》れて額《ひたい》に手を添《そ》える。

「なぜ、そこでアンジュが出てくる？　何かひどい勘違《かんちが》いをしてないか？」

ルビーウルフは口を噤《つぐ》んだ。言いがかりだと、彼女自身がよくわかっている。ジェイドがアンジュに優《やさ》しいのは、子供に対する慈《いつく》しみの思いがあるからだ。

それでも、どういうわけか苛々《いらいら》してしまう。アンジュはまだ子供だけど、成長すればきっと綺麗《きれい》になる。タニアに似《に》て、しとやかさも身につけるだろう。それに何より、ルビーウルフよりも立派《りっぱ》な素養がある。そんなアンジュがジェイドのそばにいると、妙に落ち着かない気分になるのだ。

それがアンジュに対する劣等《れっとう》感だとしたら、みっともないにも程《ほど》がある。子供相手に卑《ひ》屈《くつ》になっている姿なんて、誰《だれ》にも見せたくない。

ジェイドの手を振り払《はら》い、足早に立ち去ろうとした。けれどジェイドも諦《あきら》めなかった。もう一度ルビーウルフの腕を捕《つか》まえ、今度は力任《ちからまか》せに振り向かせる。そして彼女の両肩に手を添え、厳《きび》しい顔つきで見下ろした。紅《あか》と翠《みどり》の眼差《まなざ》しが、ぶつかってせめぎ合う。

それは一瞬《いっしゅん》のことだったのか、長い間だったのか、ルビーウルフにはわからない。ただ、睨み合いは先に視線を外したら負けだ。意地とか自尊心《じそんしん》ではなく、ほぼ本能でこの勝負から退《ひ》きたくなかった。負けを認《みと》めることは、自然界なら捕《と》って食われてもいいという諦念《ていねん》を示《しめ》す。

負ける気などないルビーウルフに対し、ジェイドは意を決したように口を開いた。

「品格《ひんかく》を疑《うたが》われるような真似をしたなら、それは素直に謝《あやま》るし、改める。だが、妙な勘違いをされたままでは俺《おれ》も納得《なっとく》いかないな。――この際《さい》だからはっきり言うぞ。俺は他の誰でもなく……」

ルビーウルフの肩を掴んでいるジェイドの手に力がこもった、その時。

「お待ちなさい！」

ドアが勢いよく押《お》し開けられ、甲高《かんだか》い怒声《どせい》が響《ひび》いた。声の主――アンジュは愛らしい目をきつく吊《つ》り上げ、ふっくらした唇《くちびる》を怒《いか》りに戦慄《おのの》かせていた。抱かれたうさぎのぬいぐるみは首を絞《し》め上げられ、今にも縫《ぬ》い目がはち切れて綿《わた》が飛び出《だ》そうになっている。

嫉妬《しっと》の匂《にお》いを撒《ま》き散らしながら、アンジュはルビーウルフとジェイドに歩み寄った。そして二人の間に割って入り、腕をうんと伸《の》ばしてジェイドに指を突きつける。

「なんですの、あなた！　アンジュのルビーウルフ様に何をなさるおつもり　前々から怪《あや》しいとは思っていましたが……やっぱりそういう目でルビーウルフ様を見ていたのですね！　汚《けが》らわしいです不潔《ふけつ》です！　男同士なのに！」

ジェイドに怒《いか》りをぶつけ、アンジュは肩で息をする。しかし、そんなアンジュの沸騰《ふっとう》具合とは裏腹《うらはら》に、ルビーウルフとジェイドは二人揃《そろ》って眉間《みけん》に皺《しわ》を寄せていた。まさかと思い、ルビーウルフは落ち着いた声音《こわね》でアンジュに問う。

「アンジュ、今なんて言った？」

「ジェイド様は男色家だったのです。男同士でべたべたするなんて理《ことわり》に反します。だから近寄っちゃだめです。ルビーウルフ様をそっちの世界に引き込もうだなんて、アンジュが許《ゆる》しませせむぎゅぅ」

言葉の最後が妙《みょう》な鳴き声みたいになったのは、ルビーウルフが背後《はいご》からアンジュの両頬《りょうほお》をつねったからだ。痛《いた》さににじたばた暴《あば》れ、拘束《こうそく》を逃《のが》れたアンジュは非難《ひなん》がましい目をルビーウルフに向ける。

「何をなさるのですかルビーウルフ様。アンジュはただ、愛するルビーウルフ様をお守りしようと」

「女だから。あたし」

アンジュの言葉を遮《さえぎ》って、はっきりと告げた。抗議《こうぎ》しようと口を開いたまま固まってしまったアンジュの頭と顎《あご》を掴み、かくんと元に戻《もど》してやる。

言動や服装《ふくそう》のためか、昔から男に間違われることは何度かあった。しかし、間違われた挙句《あげく》に惚《ほ》れられたなんて初めてだ。アンジュが懐《なつ》いているのは、てっきりジェイドだと思っていたのに。

そして、そのジェイドはというと、ルビーウルフに背を向けて肩を震《ふる》わせていた。必死に笑いを堪《こら》えている。自分が男色家と言われたことは聞こえていなかったのか、それともそんなことに腹を立てる余裕《よゆう》すらなくなるほど可笑《おか》しいのか。たぶん後者だなと悟《さと》ってルビーウルフは舌打《したう》ちした。あとで一発殴《なぐ》ってやると心に誓《ちか》う。

硬直《こうちょく》を脱《だつ》したアンジュは、その場にへなへなと座《すわ》り込んでしまった。ぬいぐるみを胸《むね》に抱《かか》え、鼻をぐずぐず鳴らして泣き出す。そして涙《なみだ》まみれの青い瞳《ひとみ》で、ぎりっとルビーウルフを睨《にら》み上げた。

「迷子《まいご》になったアンジュを助けてくれた貴公子《きこうし》だと思っていたのに、詐欺《さぎ》です！　なんたる非道！　女王陛下《へいか》に罰《ばつ》してもらうがいいです！」

子供《こども》らしく愛らしかった彼女はどこへ行ったのか。素直ないい子だと思ったが、どうも己《おのれ》の感情に素直すぎるようだ。簡単《かんたん》に言うと自己《じこ》中心。タニアが心配していたのはこれだったんだなと今さらながらに理解し、たしかにこれはえらい迷惑《めいわく》だと苦笑《くしょう》するしかない。アンジュの兄たちが妹を隠《かく》したがっていたのも、可愛《かわい》い妹を人目に触《ふ》れさせたくないというよりアンジュのわがままっぷりを知られたくなかったからだろう。

ルビーウルフは腰《こし》をかがめ、座り込んでいるアンジュと目線を近くした。そして唇を割り、白い歯を見せてにたりと笑う。

「悪いけど、あたしは女王陛下とは会えないなぁ。鏡を持ってきてくれたら会えるかもしれないけど」

その言葉の意味を、アンジュはすぐに解釈《かいしゃく》できなかったらしい。しばし訝《いぶか》しそうに首を傾《かし》げ、それからみるみる顔色を失っていった。

「だ、だって、女王陛下のお名前はシャティナ様だとお父様とお母様が……」

「それは昔の名前。今はルビーウルフだよ。狼《おおかみ》に育てられた盗賊《とうぞく》だ。ここにいるケーナともう一頭のフロストはね、あたしの母さんの曾孫《ひまご》と孫で、狼なんだよ」

笑《え》みを含《ふく》んでルビーウルフが教えると、アンジュはゆっくり首を巡《めぐ》らせた。その視線《しせん》の先には、傍観《ぼうかん》を決め込《こ》んだケーナがいる。床《ゆか》に伏《ふ》せて苦笑《くしょう》を浮《う》かべているが、その表情の変化はルビーウルフにしかわからない。アンジュから見れば、わずかに細められた金色の目は恐《おそ》ろしかったことだろう。びくりと身を震わせてすくみ上がる。

「あまり子供をいじめるな。男に間違《まちが》えられたことは、その、災難《さいなん》というか……。ともかく、アンジュだって悪気があったわけではないのだし」

ジェイドがルビーウルフを窘《たしな》めたけれど、目尻《めじり》に浮いた涙が失笑の名残《なごり》を感じさせてますます腹立《はらだ》たしい。

「男に間違えられたことで怒《おこ》ってんじゃないよ。その後の態度が良くないだろ。それからジェイド、お前笑いすぎ。あとで殴るから」

暴力《ぼうりょく》を予告したルビーウルフにジェイドは肩をすくめて、それは嫌《いや》だなと苦笑まじりに答えた。そしてアンジュに手を差し伸べる。

「アンジュも反省しているよな？　素直に謝《あやま》ればルビーウルフは許してくれるよ。さぁ、立って」

差し出された手とジェイドの顔を、アンジュは交互《こうご》に見つめ——失っていた顔色が精彩《せいさい》を取り戻した。むしろ以前よりも生き生きとした光が瞳に宿っている。ジェイドの手を取ったアンジュは頰を染《そ》めてうっとりと微笑《ほほえ》んだ。

「さようなら過去《かこ》の恋《こい》。こんにちは運命の出会い」

「えっ⁉」

アンジュの変わり身の早さに、ジェイドは頰を引きつらせた。まったく反省の色が見えないアンジュの脳天《のうてん》に、ルビーウルフは無言のまま拳《こぶし》を振《ふ》り下ろす。きゃんっ、と犬が蹴《け》られたような悲鳴を上げ、アンジュは頭を抱《かか》えてうずくまった。

「タニアが言ってたよ。アンジュが迷惑を掛《か》けるようなら、厳《きび》しく叱《しか》ってやってくれって」

ルビーウルフは拳をぐっと握《にぎ》り、にっこり笑ってアンジュを見下ろした。アンジュはわたわたと這《は》うようにジェイドの背後《はいご》に隠れる。

「ひどい、お母様の裏切《うらぎ》り者！　助けてください、ジェイド様！」

「ルビーウルフ、暴力は良くない。相手は子供なんだから」

ジェイドがアンジュを庇《かば》ったのを、ルビーウルフは半眼で睨みつけた。

「子供が悪さをしたら、大人がこうやって叱るもんだ。あたしなんか、どれだけモルダの拳骨《げんこつ》食らったことか」

「それで素直に育てばいいが、アンジュにはそういう習慣《しゅうかん》はないんだ。ここは俺に任《まか》せてくれ」

言うと、ジェイドは片膝《かたひざ》をつき、アンジュがルビーウルフに殴《なぐ》られた拍子《ひょうし》に放《ほう》り出してしまったぬいぐるみを拾い上げた。ぽんぽんと軽く叩《たた》いて埃《ほこり》を落とし、そっとアンジュの手に戻してやる。

「アンジュ、気持ちは嬉《うれ》しいが俺にも片恋の相手がいるんだ。できれば、その思いが実を結ぶように祈《いの》っていて欲《ほ》しい。アンジュにならきっとたくさんの求婚者《きゅうこんしゃ》が現《あらわ》れるよ。その中から生涯《しょうがい》を共にする相手を見つけ出す目を、今は養う時期なんだ。将来《しょうらい》、その相手を見つけた時には、アンジュの好きな花をお祝いに贈《おく》らせてくれないか」

はっきりと断《ことわ》りながらも、アンジュの自尊心《じそんしん》を傷《きず》つけない配慮《はいりょ》も忘れない。ちょっと気取りすぎじゃないのかとルビーウルフは思ったけれど、アンジュは彼の言葉を受け止めて噛《か》み締《し》めているようだった。黙《もく》し、うさぎのぬいぐるみを抱きしめている。

「……鈴蘭水仙《すずらんすいせん》」

小さくつぶやかれたのは、白い花の名だった。釣鐘状《つりがねじょう》で、花弁《かべん》の縁《ふち》には緑の斑点《はんてん》が行儀《ぎょうぎ》よく並《なら》ぶ可愛らしい花。雪の塊《かたまり》とも呼ばれるその花を、アンジュは所望《しょもう》した。

そういえば、この部屋でアンジュが読んでいた本の表紙に描《えが》かれていたのも鈴蘭水仙だった。ジェイドに読み聞かせしてもらった本だから、とっさに思いついたのだろう。

「鈴蘭水仙がいいです。綺麗《きれい》なリボンで束ねて、両手一杯《いっぱい》にです。どんな季節にでも、絶対《ぜったい》ですよ。嘘《うそ》をつく人、アンジュは嫌《きら》いです」

「わかった。約束だ」

ジェイドが承諾《しょうだく》して頭を撫《な》でてやると、アンジュはようやく笑顔を見せた。そのあどけない表情は年相応《そうおう》の少女らしく瑞々《みずみず》しい。けれど、今日はもうケーナと遊ぶ気にもなれないのだろう。気まずそうにお辞儀《じぎ》をして、出て行ってしまった。

「お見事」

ルビーウルフは気のない拍手《はくしゅ》をジェイドに送った。どういうわけか、彼の働きを素直に賞賛《しょうさん》する気にはなれない。どうもすっきりしないのだ。その原因《げんいん》は――

「片恋ってほんと？」

単なる好奇心《こうきしん》だ。他意はない。しかし、立ち上がったジェイドは肩《かた》をすくめ、翠《みどり》の瞳で

ルビーウルフを見下ろしてくる。

「アンジュを納得《なっとく》させるための方便だが、気になるのか？」

綽然《しゃくぜん》とした態度《たいど》で言われ、むかっとした。ぷいっと横を向いて唇《くちびる》を尖《とが》らせる。

「別にぃ。——あ、そうだ」

あることを思い出し、ルビーウルフはジェイドに歩み寄る。そして拳を強く握り、ジェイドの腹《はら》に叩《たた》き込んだ。

「なんだ、どうした？」

ジェイドはまったく応《こた》えていない。鍛《きた》えた腹筋《ふっきん》はびくともしなかった。むしろ、殴ったルビーウルフの拳がびりびりと痛《いた》んだほど。

「さっき殴るって予告したから。実行」

「なるほど」

拳の痛みを隠し、しれっとした態度で言うとジェイドは合点《がてん》がいったように笑った。まだ少しすっきりしない感じがするけれど、ここで納得しておいたほうが身のためだという気がして、深く追及《ついきゅう》しないでおく。

二人の傍《かたわ》らでは、ケーナが眠《ねむ》そうに大きな欠伸《あくび》をしていた。

その数日後のこと。

フロストが憔悴《しょうすい》しきった様子でルビーウルフの部屋に引きこもるようになった。なんでも、アンジュがお気に入りのハンカチを失くして、それを匂《にお》いで探《さが》し当ててやったフロストに付きまとうようになったのだとか。普段《ふだん》、他者に対して無関心なフロストが気まぐれを起こしたばっかりに災難なことだ。

どうも、アンジュは熱しやすく冷めやすい、しかも優《やさ》しくしてくれた相手に対してすぐ熱を上げては付きまとうという困った性格《せいかく》の持ち主だったようだ。

自身の経験《けいけん》からフロストを気の毒に思ったルビーウルフはロベールを呼《よ》びつけ、子供の躾《しつけ》はもっとしっかりね、と苦言を呈《てい》しておいた。しかし、アンジュのことだから親の言うことなど右から聞いて左へ抜《ぬ》けていきそうな気がする。

とりあえずアンジュの熱が冷めるまで、もしくは彼女にとって最良の人が現れるまで、誰かが生贄《いけにえ》にならなければいけないんだろうなと思ってルビーウルフは嘆息《たんそく》し、ジェイドがアンジュに鈴蘭水仙を贈る日が早く来ることを切に願った。

5　憂愁《ゆうしゅう》の魔女《まじょ》と憂世《ゆうせい》の弟子《でし》

「衣食住は提供《ていきょう》するわ。あとは勝手に育ちなさい」

それが、彼女の最初の言葉だった。

†

ジェイドがエリカのもとに引き取られてから、もうすぐ十二年。時間の流れから切り離《はな》されたように若《わか》さを保《たも》つ美貌《びぼう》の老魔導師《まどうし》は、柳眉《りゅうび》をきりりと吊《つ》り上げて、相談を持ちかけたジェイドを睥睨《へいげい》していた。

「何をふざけたこと言ってるのよ冗談《じょうだん》じゃないわよ馬鹿《ばか》じゃないの？」

息継《いきつ》ぎなしで吐《は》き捨《す》てて、手にした杖《つえ》でとんとん床《ゆか》を突《つ》き鳴らす。苛立《いらだ》っている時の、彼女の癖《くせ》だ。

「あなたがいなくなったら、誰《だれ》がこの家の掃除《そうじ》をするの？　洗濯《せんたく》なんて自分でやりたくないわ、手が荒《あ》れるじゃない」

「老師、弟子と召《め》し使いを混同《こんどう》しないでください……」

反論《はんろん》一つするのだって、ジェイドにとっては命懸《いのちが》けだ。エリカが少し動いただけで、さっと身構《みがま》えて後退《こうたい》する。しかし、そんなジェイドの警戒《けいかい》とは裏腹《うらはら》に、エリカは不機嫌《ふきげん》そうに髪《かみ》を掻《か》きあげただけだった。

ジェイドがエリカのもとへ引き取られたのは、彼が三歳《さい》の頃《ころ》だった。両親を亡《な》くしたばかりの彼を受け入れてくれる縁者《えんじゃ》はおらず、もはや親戚《しんせき》とも呼《よ》べない細い縁《えにし》を辿《たど》ってエリカに白羽の矢が立ったのだ。

山の中にごろんと転がった、巨大《きょだい》な岩の邸宅《ていたく》。その門前で置き去りにされ、夜になるまで待った。白魔女と呼ばれるエリカを恐《おそ》れたジェイドの親類に、そう言いつけられたのだ。エリカと顔を合わせたくなかったのだろう。

夜になってからドアを叩《たた》いて、顔を出したエリカに手紙を渡《わた》した。ジェイドの親類がエリカに宛《あ》てたものだ。それを読んでジェイドの顔を見て、彼女が発した言葉が例の一言。育児放棄宣言《ほうきせんげん》とも取れる発言だが、彼女は嘘《うそ》はつかなかった。六歳になる頃にはエリカに代わって家事をこなし、与《あた》えられた食材で好きなものを作って食べた。おかげでジェイドももうじき十五歳になる。それは、彼が前々から決意していた巣立ちの時期だった。

「十五になれば騎士《きし》の試験を受けられるのです、老師」

そのために、この地を離れることを許《ゆる》して欲《ほ》しいと請《こ》うたのだ。しかしエリカは、それを快諾《かいだく》してはくれなかった。

「騎士になる必要なんてないでしょう。名声が欲しいなら、私の知識《ちしき》と技術《ぎじゆつ》を全部見て盗《ぬす》めばいいことだわ」

「名声になど興味《きようみ》はありません」

今度は身構えることなく、挑《いど》む気持ちではっきりと告げた。これはもう決めたことなのだ。たとえエリカに止められても、必ず騎士になる。

けれど、認めてもらいたかった。この厳《きび》しくて傲慢《ごうまん》な天才に。

「……あなたがコルコットの名を持っている限《かぎ》り、父親の濡《ぬ》れ衣《ぎぬ》があなたにも降《ふ》りかかってくるわ。——忘《わす》れてしまいなさい、復讐《ふくしゆう》なんて。不幸になるだけよ」

エリカの言葉に、ジェイドは唇《くちびる》を噛《か》んだ。

無実の罪《つみ》を着せられて死んだ父の無念を晴らす。そのために、ジェイドは騎士となってグラディウス王城《おうじよう》に舞《ま》い戻《もど》るのだ。しかし、復讐だけが目的ではない。死んだ者のための復讐など所詮《しよせん》は自己《じこ》満足に過《す》ぎないが、ジェイドは騎士となることで、ただ一人の人を救いたいのだ。

「殿下《でんか》はいずれ王城に戻られます。その時に、傍《そば》にいてお救い申し上げたいのです」

約十二年前——ジェイドの父が賊臣《ぞくしん》蔓延《はびこ》る王城から連れ出し、行方《ゆくえ》不明となってしまった王女。彼女はきっと生きているのだと、ジェイドは信じていた。それは単に、父が命懸けで守ろうとした姫君《ひめぎみ》が死んでいるなんて信じたくなかっただけかもしれない。けれど、幼《おさな》い頃からジェイドには王女に対する畏敬《いけい》の念があった。三歳の頃の記憶《きおく》なんてほとんど残っていないけれど、揺《ゆ》り籠《かご》の中にいた王女の、あの鮮《あざ》やかな葡萄酒《ワイン》色の髪《かみ》と紅玉《こうぎょく》の瞳《ひとみ》は忘れることができない。清潔《せいけつ》な産着《うぶぎ》に包まれて、まるで宝石箱《ほうせきばこ》に鎮座《ちんざ》する本物の宝石だった。

今はどこでどうしているだろう。彼女も両親を亡くしている身だから、寂《さび》しい思いをしているかもしれない。不遇《ふぐう》であるのなら、一刻《いっこく》も早く救い出したかった。

エリカはジェイドの瞳を覗《のぞ》き込《こ》んだ。初対面では、背《せ》の高い居丈高《いたけだか》な怖《こわ》い人だと思ったけれど、今ではジェイドの背丈も彼女と並ぶほどになって、居丈高な怖い人という印象だけがそのまま残されている。これから、まだジェイドの背は伸《の》びるだろうが、エリカへの畏怖《いふ》は未来永劫《えいごう》変わらないだろう。

「子供《こども》のくせに生意気なこと言うんじゃないわ。——でも、機会くらい与えてやってもいいわね。私と勝負をして、あなたが勝てたら好きなようになさい。困ったことがあれば協力も惜《お》しまないわ。だけど、もし私が勝ったなら破門《はもん》よ。弟子じゃなく、本当の召し使いになってもらおうかしら」

菫色《すみれいろ》の双眸《そうぼう》をすっと細め、赤い唇に艶《あで》やかな笑《え》みを浮《う》かべる。

エリカは手加減《てかげん》を知らない。もしジェイドが負けたら、言葉通りに破門を言い渡《わた》すだろう。そして今まで以上にジェイドを酷使《こくし》する。むしろそれが目的で、勝負をしようと言っているような気もする。

だが、これは好機だ。頭ごなしにジェイドの意志を否定《ひてい》せず、エリカは可能性《かのうせい》を与えてくれる。たとえそれが、ジェイドにとって不利な勝負であっても。

「受けて立ちます、老師《ろうし》」

顎《あご》を引き、ジェイドは気を引き締《し》めて宣言《せんげん》した。それを受けてエリカは笑みを深める。

「良い心がけだわ。私の弟子なら、それくらいの覇気《はき》がなくてはね。――それはともかく、『老師』と呼ぶのはやめなさいよ」

言いながら、エリカは手にした杖《つえ》でジェイドの頬《ほお》をぐりぐりと小突いた。

†

エリカが提案《ていあん》した勝負は、実に単純《たんじゅん》なものだった。ジェイドが十五歳になる日の夜明けまでに、彼女の杖を奪《うば》ってみろというのだ。その期間は四日間。

いくつもの宝石で豪奢《ごうしゃ》に飾《かざ》られた杖だ。それ自体には何の力もないけれど、エリカは杖に縋《すが》って歩く。外見こそ二十四、五の容姿《ようし》だが、実年齢《ねんれい》はかなりの高齢なのだということをジェイドは知っている。昔、一度だけ彼女の本来の姿を目にして、思わず『おばあちゃん』と口走ってしまって以来、染《し》み付いた強烈《きょうれつ》な記憶からつい老師と呼んでしまうのだ。

杖を奪い取るくらい、たいしたことではない。普通《ふつう》に考えれば甘《あま》い試験だ。しかし、その相手がエリカでは、ねずみが山猫《やまねこ》に挑《いど》むようなもの。それでもジェイドは果敢《かかん》に立ち向かっていった。

一度目は、普通に正面から。二度目は背後から。三度目は横合いから……以下略《りゃく》。そのことごとくが失敗に終わり、おまけに毎度毎度、過剰《かじょう》な反撃《はんげき》を食《く》らう。試験が始まって一日で、ジェイドの体は打撲《だぼく》と擦《す》り傷で悲鳴をあげていた。

真っ向勝負では敵《かな》わない。丸一日費《つい》やしてそう再確認《さいかくにん》し、二日目はエリカが油断している隙《すき》を狙《ねら》うことにした。

夕陽《ゆうひ》が窓《まど》から差し込む居間《いま》で、テーブルに道具や塗料《とりょう》を混ぜた蜜蠟《みつろう》入りの小皿をいくつも並べてエリカは爪《つめ》を染《そ》める作業に勤《いそ》しんでいる。杖をテーブルに立て掛《か》け、ジェイドが居間の外から様子を窺《うかが》っていることには気づいていないようだ。

姿勢を低くし、背後から忍《しの》び寄る。足音を極限《きょくげん》まで抑《おさ》えるために、靴裏《くつうら》に木綿《もめん》を貼《は》り付ける細工もしている。勝負を決める一瞬《いっしゅん》、呼吸《こきゅう》すらも止めて一気に杖に飛びかかろうと身を屈《かが》めた。それとほぼ同時。

エリカの脚《あし》がすっと横に伸び、細い足首が杖を引き寄せた。そして、くるりと蹴《け》り上げられた杖はエリカの手中に収《おさ》まり、彼女は振《ふ》り向きもせずに杖でジェイドの頰を殴打《おうだ》した。殴《なぐ》られたジェイドは呻《うめ》いてよろけ、踏《ふ》ん張《ば》ろうとしたけれど、靴裏に細工した木綿が床《ゆか》を滑《すべ》って結局派手に転んでしまった。痛《いた》いし情《なさ》けないし、踏んだり蹴ったりだ。

打たれた頰は腫《は》れて、束ねた長い金髪《きんぱつ》はぼさぼさになり、それを整える余裕《よゆう》もない。みっともなく床にうずくまっている弟子《でし》に見向きもしないエリカは杖を膝《ひざ》に乗せて、何事もなかったかのように作業を再開《さいかい》し——あっ、と悲愴《ひそう》な叫《さけ》び声を上げた。そしてゆっくり振り返り、恨《うら》みがましい眼差《まなざ》しでジェイドを睨《にら》みつける。

「ちょっと、せっかく塗《ぬ》ったのによれちゃったじゃない。服も汚《よご》れたわ。白は汚れが目立つのよ。もう着られないわ、これ。まったく、塗料が乾《かわ》くまで待てばいいのに……空気の読めない男は最低よ」

「す、すいません」

腫れた頰を押《お》さえながら、反射的《はんしゃ》に謝《あやま》っていた。いつでも挑《いど》んで来いと言ったのはエリカなのに。

そんなジェイドの心中を鋭《するど》く察してか、エリカは爪を塗り直しながら言う。

「あなた、こんなところで油を売っている暇《ひま》があるの？　お風呂場《ふろば》の掃除《そうじ》は？」

「やりました」

「窓拭《まどふ》きは？」

「朝一番に」

「今夜の夕飯は何？」

「シチューです。煮込《にこ》み中です」

やるべきことをすべて終わらせたうえで、試験に挑んでいるのだ。ジェイドが何か、仕事を怠《おこた》っていたなら、それを理由に追い払《はら》うつもりだったエリカは溜《た》め息をつくしかない。

塗り直した爪にふぅっと息を吹《ふ》きかけ、両腕《りょううで》を頭上に上げて伸びをする。椅子《いす》の背もたれを覆《おお》い隠《かく》す長い白髪がさらりと揺れた。

「じゃあ、今夜はデザートもつけてちょうだい」

しれっと言い放ったエリカに、ジェイドは非難《ひなん》の目を向けた。普段《ふだん》は美容のためにと、夕食後のデザートは十日に一度の割合でしか所望《しょもう》しないのだ。

「老師、お言葉ですがデザートは三日前にも……」

「甘《あま》い物が欲《ほ》しいの。女は突然《とつぜん》食べたくなるの。いいから、何か作りなさい」

有無《うむ》を言わさない命令だ。ジェイドは渋々《しぶしぶ》立ち上がりながら、頭の中で食料の在庫《ざいこ》とレシピを素早《すばや》く照らし合わせる。卵《たまご》とミルクが残っているから、プティングならできそうだ。でも、それを使うと明後日には食料がぎりぎりになってしまう。明日のうちに下山して買出しに——

そこまで考えて、ジェイドはエリカの目論見《もくろみ》に気がついた。時間稼《かせ》ぎだ。買出しの往復《おうふく》は、早朝に発《た》っても帰ってくるのは夜。エリカは試験の三日目を買出しで潰《つぶ》そうとしているのだ。

あまりに不利な状況《じょうきょう》に追い込まれ、愕然《がくぜん》とするしかない。こんな卑怯《ひきょう》な手を使ってまで自分を召《め》し使いにしたいのかと思って、ジェイドは珍《めずら》しく反抗《はんこう》的な眼差しをエリカに向けた。いつもなら恐《おそ》ろしくてできないことも、切羽《せっぱ》詰まった今では自重する余裕すら失ってしまう。

憤《いきどお》るジェイドに、エリカはいかにも高慢《こうまん》そうな微笑《ほほえ》みを向けた。

「あら、何か不満でもあるの？　この程度《ていど》の逆境《ぎゃっきょう》を乗り越《こ》えられないのに行方《ゆくえ》不明の王女様を救うだなんて、子供の戯言《ざれごと》でしょう？」

そう挑発《ちょうはつ》されれば、不公平な勝負に文句を言うことはできない。ジェイドは押し黙《だま》るしかなかった。無言のまま居間を出て、少しでも時間を短縮《たんしゅく》するために素早く調理に取り掛かる。人使いの荒《あら》さは今に始まったことではないから、エリカの気まぐれには慣《な》れきっていた。

それでも、こんな作為《さくい》的なことをして邪魔《じゃま》をするなんてエリカらしくない。いつものエリカなら、力尽《ちからず》くでジェイドをねじ伏《ふ》せて完敗を認《みと》めさせていたはず。そもそも、ジェイドに勝たせる気がないなら勝負をしようなどと言わなかっただろう。彼女は生来の面倒《めんどう》くさがりだ。

十二年共にいて、エリカの性格《せいかく》は完全に把握《はあく》しているつもりだ。それでも、今回は彼女が何を考えているのかさっぱりわからなかった。

そんな考え事をしていたためか、少しばかり砂糖《さとう》の分量を間違《まちが》えてしまった。しかし作り直しているだけの食料も時間もないし、仕方なしにそのまま食後のデザートとしてプティングをエリカに出したのだが――

「甘いわね」

やはりというか、彼女の舌《した》は多すぎた砂糖を感知したらしい。ぼそりとつぶやかれた言葉に、ジェイドはむすっと拗《す》ねたように反論した。

「すいません、考え事をしていたので。お気に召さなければ、残してくださって結構《けっこう》です」

そんな不遜《ふそん》な態度《たいど》を取ってしまうのも、エリカの考えが読めない苛々《いらいら》からだ。杖《つえ》による一撃が飛んでくることも覚悟《かくご》しての言葉だったが、意外にもエリカは溜《た》め息をひとつ零《こぼ》しただけ。内心、身構《みがま》えていたジェイドは思わず拍子抜《ひょうしぬ》けしてしまう。

菫色《すみれいろ》の双眸《そうぼう》をすっと上げて、エリカは対座《たいざ》しているジェイドに目線を寄越した。

「食べ物の話じゃないわ。甘いものが欲しいと言ったのは私だもの。味はこれでいいわ。私が甘いと言ったのはね、ジェイド。あなたのことよ」

そんな言葉は、この十二年間で飽《あ》きるほど聞いた。エリカは褒《ほ》めるということをほとんどしない人だから。

ジェイドが黙《もく》していると、エリカは続けて言葉を紡《つむ》ぐ。それはいつもより厳しく、いつもより少しばかり落ち着きを欠いた声音《こわね》だった。

「私は杖を奪ってみなさいと言ったけれど、それは別に手癖《てくせ》の悪さを試《ため》したいんじゃないわ。そんな弟子、育てた覚えがないもの。私はね、あなたにどれほどの覚悟《かくご》があるのか見せてごらんなさいと言ったのよ」

苛ついたように、エリカは手にしていた銀のスプーンをテーブルの上に放《ほう》り出す。かららんと硬《かた》い音がした。

「それなのに、あなたは相変わらず私の顔色を窺《うかが》ってばかりじゃない。このままじゃあ、いつまで経《た》っても独《ひと》り立ちなんてできっこないわ。私に逆《さか》らって、それこそ殺すつもりでいらっしゃい」

言いながら、エリカは立ち上がってドア近くの棚《たな》に歩み寄った。引き出しを開け、取り出したものをジェイドに投げて渡《わた》す。それは鞘《さや》に納《おさ》まった小刀だった。

「使うか使わないかは自分で決めなさい。一度受けた勝負から逃《に》げることも許さないわよ。もし、期日までに条件《じょうけん》を満たさなければ、一生この家から出られないと覚悟なさいね。――あなたが飛び込《こ》もうとしている場所は、私なんかよりずっと危険《きけん》で厳《きび》しいのよ。女だからと手加減《てかげん》していたら、気がついた時には死んでいるかもしれない」

言い捨《す》て、エリカは居間から立ち去ってしまった。あとに残されたのは、小刀を握《にぎ》って呆然《ぼうぜん》とするジェイドと食べかけのプディング。

この小刀を抜いて、向かって来いというのか。厳しく、強く、決して敵《かな》わないように見えるけれど、それでもエリカは女だ。刃物《はもの》を向けるなんて、できない。

だが、ジェイドは小刀を手放すこともできなかった。エリカの言葉が正しかったから。

グラディウスの騎士《きし》、それも魔導《まどう》騎士になるには、厳しい試験を突破《とっぱ》しなければいけない。しかしジェイドは父の濡《ぬ》れ衣《ぎぬ》をコルコットの名と共に受け継《つ》いでいる。門前払いを受けるならまだいいが、名乗ったとたんに殺される可能性《かのうせい》だってあるのだ。魔導師は、決して名を偽れないのだから。

たとえ相手が誰《だれ》であっても、非情《ひじょう》にならなければいけないこともある。そうしなければ、守りたいものも守れない。

　ジェイドが守りたいと願うのは、この国の王女。彼女に安寧《あんねい》を与《あた》えられるなら何でもする。敵《てき》であれば女であろうと斬《き》る覚悟も――。

　ジェイドは身震《みぶる》いした。恐怖《きょうふ》ではなく、失望したのだ。自分自身に。

　たしかに甘かった。無意識に、エリカには怪我《けが》を負わせないようにと考えて挑《いど》んでいたのだ。そんな配慮《はいりょ》など必要ないくらい実力の差があると、わかりきっているのに。

　鞘に納まったままの小刀を握り締《し》め、床《ゆか》に目線を落とした。長い前髪《まえがみ》が目に掛《か》かったけれど、払《はら》う気力すらない。

　エリカはジェイドの邪魔《じゃま》をしていたわけではなかった。むしろ期待してくれていたのだ。弟子として、どれほど実力がついたのか、物怖《ものお》じしない胆力《たんりょく》はあるのか、見極《みきわ》めたかったのだろう。

　しかし、その期待を裏切《うらぎ》ってしまった。理不尽《りふじん》だなんだと心の中でエリカを責《せ》めて、彼女の気持ちを考えようともしなかった。

　よくよく考えれば、ジェイドはエリカのことを何も知らない。わかったつもりでいて、

実際は表面だけしか知ろうとしなかった。

こんな山奥《やまおく》に一人で住んでいたのも、白い服を好んで着るのも、誰に会うわけでもないのに常《つね》に隙《すき》なく美しくあろうとする理由も。

もちろん、それに理由なんてないかもしれない。ただの個人《こじん》的な嗜好《しこう》で、そうしているだけかもしれない。けれど問題なのは、ジェイドがそれについて、今までまったく疑問《ぎもん》を持たなかったことだ。幼《おさな》い頃《ころ》からいた環境《かんきょう》に馴染《なじ》んでしまったなんて言い訳《わけ》にもならない。

魔導のことを教えて欲しいと頼《たの》み込んだのはジェイド自身だ。エリカは自分の趣味《しゅみ》や知識を、決してジェイドに押《お》し付けようとはしなかった。むしろ彼女は面倒《めんどう》くさがっていたが、それを説き伏《ふ》せてジェイドは弟子《でし》入りし、あれこれと質問攻《しつもんぜ》めにしていた。

質問をすると、エリカは必ず答えてくれた。普段《ふだん》の居丈高《いたけだか》な振《ふ》る舞《ま》いからは想像《そうぞう》もできないほど理路整然と回答を述《の》べ、ジェイドがそれを理解するまで何度でも教えてくれる。

それなのに、どうしてエリカ自身について何も訊《たず》ねなかったのだろう。ジェイドの何倍も年輪を重ねてきた人なのに。それどころか、彼女は魔導の女神《めがみ》と呼《よ》ばれる、生きる伝説なのに。

エリカが歴史に名を残した功績《こうせき》はすべて把握しているけれど、彼女が魔導を学んだ経緯《いきさつ》もその他の過去も、ジェイドは知らない。それはジェイドが、自分のことだけしか考えていなかったからだ。騎士になるという目的ばかり追い求め、すぐ傍《そば》にあった知識より大切なものに見向きもしなかった。

触《ふ》れずに通り過ぎてしまった十二年間を悔《く》やんでも意味はない。今から大急ぎで問い質《ただ》したところで、時間はまったくないに等しい。だって、騎士になるという目的を諦《あきら》めるつもりはないのだ。二日後には、何があっても王城《おうじょう》へ向かう。

だから、この勝負は負けるわけにはいかない。せめて勝利することで、エリカに恩返《おんがえ》しをしたかった。

†

翌日《よくじつ》、ジェイドは山を下りなかった。家事も一切《いっさい》していない。いつもならエリカが起きてくる前に朝食を用意しているのに、それも放棄《ほうき》した。代わりに、顔を合わせるなり不躾《ぶしつけ》に言い放つ。

「お手合わせ願います、老師《ろうし》」

部屋から出てきたばかりでまだ半分眠《ねむ》そうだったエリカだが、ジェイドの顔をじっと見つめて、それから唇《くちびる》の端《はし》を愉快《ゆかい》げに上げた。

「すぐに行くわ。準備《じゅんび》をするから、少し待っていなさい。どんな時でも身だしなみは大切だからね」

そう言ったエリカの口調は楽しそうに弾《はず》んでいたけれど、表情は心なしか憂《うれ》いを帯びていた。いつも自信たっぷりに微笑《ほほえ》んでいる彼女でも、そういう顔をするのだと今になって気づく。本当に、何も見えていなかったんだなと自分自身が嫌《いや》になってしまう。

自室に戻《もど》ろうとしたエリカの背《せ》に、外でお待ちしていますと告げた。エリカは振り返ることなく、返事もなかったけれど、一瞬《いっしゅん》だけ足を止めたことで聞こえていると意思表示《ひょうじ》をした。

†

トライアンに近い国境《こっきょう》付近とはいえ、もうじき冬を迎《むか》えるグラディウスの秋風は身を切るように冷たい。岩の邸宅《ていたく》を取り囲む木々の葉はほとんどが散り、赤茶けた朽《く》ち葉をジェイドの足が踏《ふ》むと、乾《かわ》いた音を立てて砕《くだ》ける。

空を見上げると、雪雲が北から流れてきていた。北方の地方はすでに雪が降《ふ》り積もっているかもしれない。

行方《ゆくえ》知れずの王女は、この冬をどう過《す》ごすのだろう。父の遺体《いたい》が発見されたのは北にあるレターナの森だから、もしその周辺に身を置いているのなら冬は厳《きび》しいはず。できることなら、温暖な地で平穏《へいおん》に暮《く》らしていて欲しいと願うばかりだ。

ジェイドが思い描《えが》いた王女の姿《すがた》は、赤ん坊《ぼう》のまま成長することはない。父と共に面会したジェイドが伸《の》ばした指先を、ぎゅっと握った小さな手。その温かさが甦《よみがえ》ってくるようで、ジェイドは軽く拳《こぶし》を握った。そして微《かす》かに苦笑《くしょう》する。

ジェイドには、現在の王女の姿は想像することしかできない。王女が生きているのなら、今は十一歳だ。彼女は雪解《ゆきど》けの季節に生まれたから、まだ十二にはなっていない。しかし十を超《こ》えればそれなりに娘《むすめ》らしく育っていることだろう。王女の母——亡《な》くなった王后《おうこう》はとても美しい人だったから、きっと愛らしい少女になっているはずだ。

本来なら王城で、健《すこ》やかに育っているはずだった。ジェイドも、宰相《さいしょう》の息子《むすこ》として彼女に仕えていたことだろう。夢想《むそう》しても詮無《せんな》いことだが、当たり前のように手に入るはずだった未来を奪《うば》われた喪失《そうしつ》感は、いつしかジェイドの心を仇討《かたきう》ちへと向かわせるようになっていた。そして、騎士《きし》になって王城に舞い戻ることを決意したのだ。

ジェイドは懐《ふところ》から金細工のロケットを取り出した。大粒《おおつぶ》の翡翠《ひすい》が飾《かざ》られたもので、中にはジェイドが幼かった頃の肖像画《しょうぞうが》が納《おさ》められている。

死んだ父は宰相だった。子煩悩《ぼんのう》で、ジェイドは父の笑っている顔以外は見たことがない。王の信頼《しんらい》も厚《あつ》く、民《たみ》にも慕《した》われていたと聞く。そんな父とジェイドを繋《つな》ぐ唯一《ゆいいつ》の形見が、このロケットだった。

父を慕っていた騎士が、国に没収《ぼっしゅう》された父の遺品《いひん》を持ち出し、王城を追い出されることになったジェイドに渡《わた》してくれたものだ。母も亡くし、孤児《こじ》となってしまったジェイドを彼はとても気遣《きづか》ってくれた。

ロケットを首から下げ、飾りを握《にぎ》る。亡き父へ短い祈《いの》りを捧《ささ》げていると、邸宅《ていたく》の扉《とびら》が開かれてエリカが姿を見せた。肩《かた》にはうさぎの皮を継《つ》ぎ合わせた白いケープを羽織《はお》っている。深いスリットから伸《の》びた脚《あし》が、吹《ふ》き溜《た》まった朽《く》ち葉をがさりと蹴《け》り上げた。地面を覆《おお》うほどの朽ち葉を、しばらく邪魔くさそうに足でどけていたエリカだったけれど、風に舞う乾いた葉はあとからあとから降ってくる。すぐに諦め、エリカはジェイドに目線を向けた。

「昨日渡したものは？」

「使いません」

エリカの問いに、ジェイドは即答《そくとう》した。

昨晩考え抜《ぬ》き、出した答えだ。刃物《はもの》は使わない。怖気《おじけ》づいたのではなく、やはり恩義のある彼女に刃《やいば》を向ける気にはなれなかった。使うか使わないかの判断《はんだん》は自分でしろとエリカは言ったのだから、そうさせてもらう。その代わり——

「拳《こぶし》でいきます」

右の拳をエリカに向けて突《つ》き出し、ジェイドは宣言《せんげん》した。それに対し、エリカは呆《あき》れたように苦笑する。

「斬《き》り合いでなく、殴《なぐ》り合い？　どちらにしても暴力的《ぼうりょく》よ？　まぁ、私は構《かま》わないけれど。──やる気さえあるのならね」

「こちらにも、少なからず考えがありますので」

言いながら構えを取る。応《おう》じるように、エリカは片足《かたあし》を引いた。杖《つえ》を剣《けん》のように右手だけで構え、唇に艶《あで》やかな笑《え》みを描く。

朽ち葉を蹴立て、ジェイドは駆《か》けた。迎《むか》え撃《う》つエリカは素早《すばや》く身を引き、くるりと杖を翻《ひるがえ》す。杖の先が顔すれすれを横切って、ジェイドは大きく跳《と》び退《すさ》った。

思った通り、エリカは首から上を集中的に狙《ねら》う。それは長年ジェイドを折檻《せっかん》していて身についた癖《くせ》のようにも思えるが、れっきとした理由がある。魔導師《まどうし》にとって、もっとも防《ぼう》御《ぎょ》しなければならないのは顔だ。顎《あご》を砕《くだ》かれでもしたら、呪文《じゅもん》を唱えることができない。

エリカはそれをわかっているから、顔ばかりを狙うのだ。

けれど、もともとジェイドには魔法を使う気などなかった。魔導の女神を相手に呪文を使えば、どんな返り討《う》ちを受けるかわからない。覚悟《かくご》とは、向こう見ずになることではないのだから。

拳を打ち出しては引き、エリカの繰《く》り出す杖の打撃を避《よ》ける。そしてエリカが間合いを詰《つ》める前に、ジェイドは先手を打って踏み込《こ》んでいく。そのたびに、エリカは後ろへ横へと軽《かろ》やかに身を翻していた。

純白《じゅんぱく》の長髪《ちょうはつ》が風に流れて揺《ゆ》れるけれど、ジェイドはそれに触《ふ》れることもできない。息も上がってきていた。対し、エリカの呼吸《こきゅう》は平静そのもの。それどころか綽然《しゃくぜん》と微笑《ほほえ》んでいる。彼女にとっては、暴《あば》れる子ねずみを杖の先で弄《もてあそ》ぶような感覚なのだろう。けれど、ジェイドだって闇雲《やみくも》に拳を打ち出しているのではない。

あと少し、もう少し後ろに。

目算し、悟《さと》られないようにエリカを誘導《ゆうどう》していく。エリカの足が右へ動こうとしたのを察し、その足を狙って蹴りを放った。彼女はそれをあっさりと避け、身を反転させて左へ軽く跳《と》び——

ジェイドの目論見通り、エリカの体がわずかに均衡《きんこう》を崩《くず》す。朽ち葉の下に隠《かく》された罠《わな》に掛《か》かったのだ。しかし彼女は慌《あわ》てず、体勢を立て直そうと姿勢を低くする。地面に手をついたものの、倒《たお》れるには至《いた》らなかった。

生まれた隙《すき》を逃《のが》さず、ジェイドは手を伸ばした。エリカは咄嗟《とっさ》に、杖を持つ手を背中に回して奪《うば》われないよう防御《ぼうぎょ》する。だが、ジェイドだってエリカが杖を庇《かば》うことくらいわかっていた。

振《ふ》りかぶった拳を、エリカの眉間《みけん》に向けて打ち出した。エリカも、まさかジェイドが女の顔を殴りつけるなんて思っていなかったのかもしれない。一瞬だが、両の瞼《まぶた》が固く閉《と》じられた。

ぱこん、と。あまりに軽い音が響《ひび》いた。ジェイドは拳を寸止めし、弾《はじ》いた指をエリカの額《ひたい》に当てたのだ。しかし、筋肉《きんにく》を萎縮《いしゆく》させていたエリカはそんな冗談《じようだん》みたいな攻撃《こうげき》に、せっかく立て直した体勢を再び崩してしまった。ぐらりと仰向《あおむ》けに体が傾《かし》ぐ。倒れる寸前《すんぜん》、ジェイドは彼女の肩《かた》を摑《つか》んで支《ささ》えた。それでエリカは尻餅《しりもち》をつく程度《ていど》で済《す》んだが、緩《ゆる》んだ手からジェイドはすかさず杖を取り上げていた。

しばしの沈黙《ちんもく》。エリカは額を摩《さす》りながらジェイドを睨《にら》んだ。

「舐《な》めた真似《まね》してくれるじゃないの」

「でも、勝負は勝負ですから。俺《おれ》の勝ちです」

杖を奪い返されないよう警戒《けいかい》しつつ、ジェイドはじりじりと後退《こうたい》する。エリカは溜《た》め息をひとつ零《こぼ》し、肩を竦《すく》めた。

「わかったわ。あなたの勝ちでいいから、杖は返してちょうだい」

言いながら、エリカは立ち上がろうとする。それに手を貸し、ジェイドは杖を返却《へんきやく》した。

足にまとわりつく朽ち葉をエリカは杖で掻《か》き分けた。その下——赤茶けた葉に隠されていた地面には、浅く掘《ほ》られた穴《あな》があった。この穴にエリカは足をとられたのだ。そして更《さら》に、杭《くい》に繋《つな》ぎとめていた麻紐《あさひも》の輪が足首に絡《から》んでいる。逃げようとすれば締《し》まる、獣《けもの》を捕《と》らえるための罠だった。

「いくつ拵《こしら》えたの、この小細工」

「たしか……二十箇所《かしょ》ほど」

しれっと答えたジェイドに、エリカは面白《おもしろ》くなさそうな目を向けてきた。こんな罠に掛かった自分が許《ゆる》せないのだろう。

昨晩、刃物は使わないと決意してから、ジェイドはこっそり外に出て、この罠を作ったのだ。そして朽ち葉をかき集め、穴を隠すように散らした。たとえ風に流されても、葉はいくらでも降ってくるのだし、露《あらわ》になったところで目立つほどの穴でもない。麻紐にも土を被《かぶ》せ、見た目ではわからないよう細工しておいた。

自分が足をとられないよう気をつけて、穴のどれかにエリカを引っ掛ける算段だったのだが、どうにか上手《うま》くいった。いや——上手く引っ掛かってくれたのか。

「わかってらしたのでしょう、老師《ろうし》」

服についた土を払《はら》っているエリカに、ジェイドは質《ただ》した。彼女は家から出てきた時、地面を気にしていたのに、何も言わなかったのが妙《みょう》に引っ掛かるのだ。

　エリカは口角を上げ、艶《あで》やかに笑んだ。

「あら、そうでもないわよ。何か仕掛けはあるだろうことはわかっていたけど、まさかこんな、子供《こども》の悪戯《いたずら》みたいな小細工だとは思わなかったもの。いつも大人ぶって真面目《まじめ》くさいあなたが、こんなことをねぇ……。退化《たいか》したの？」

　自分で言った冗談に、エリカはくすくす笑った。それから一息つき、ぽつりと零す。

「お腹《なか》がすいたわね」

　朝食を用意していなかったから、ジェイドも空腹《くうふく》だ。互《たが》いに、小さく腹が鳴ったのを聞き、顔を見交《みか》わして苦笑《くしょう》する。

「昨日のシチュー、残っているので温めます」

　家の中に戻《もど》ろうとしたジェイドをエリカが呼び止めた。そして地面を指差し、厳しい声音で言う。

「待ちなさい」

「温めるくらい自分でできるわ。あなたは小細工の後始末をなさい。罠を全部撤去《てっきょ》するまで、戻ってはだめよ」

　それはつまり、朝食抜《ぬ》きの宣告《せんこく》なんだろうなと思って、ジェイドは重い溜め息をついた。

†

予想に反し、後始末を終えて家に戻ったジェイドを出迎《でむか》えたのはエリカの手料理だった。こんなことは滅多《めった》にない……というか正直、珍事《ちんじ》だ。居間《いま》の食卓《しょくたく》に並《なら》ぶ焼きたてのパンや湯気のたつスープをしげしげと眺《なが》め、何か仕掛けでもあるのかとテーブルの下を覗《のぞ》き見たりする。

「何を警戒《けいかい》しているのよ。私が作ったのだから絶品《ぜっぴん》よ」

「料理できるんですか」

「できるわよ。面倒《めんどう》だから普段《ふだん》やらないだけ。……あなたがここへ来た当初は、ちゃんと作ってあげていたでしょう？　忘《わす》れたの？」

そう言われてみれば、その通りだ。当時はまだ炊事《すいじ》なんてできなかったから、エリカの料理を食べていた。そしてジェイドに家事を教え込んだのもエリカだが、ジェイドがそれを習得するにつれてエリカは家事をしなくなっていき、いつの間にか彼女が料理を作れるということを忘れてしまっていた。

「勝利祝いよ。ありがたくお食べなさい」

促《うなが》され、ジェイドはエリカの正面に座《すわ》った。こうして顔をつき合わせて食事をするのも、あとわずかだと思うと寂《さび》しいものがある。

ふと、ジェイドはエリカの手元を見た。いつもは長く伸《の》ばして綺麗《きれい》に染《そ》められている爪《つめ》が、今は短い。料理の際、邪魔《じゃま》になるので切ったのだろう。

香辛料《こうしんりょう》の効《き》いたスープと、棗《なつめ》と胡桃《くるみ》を練りこんだパン。時間的には少し遅《おそ》めの昼食だが、ジェイドのためにこれだけのものを作ってくれたのだ。それも、己《おのれ》の美を何より重んじる彼女が爪を切ってまで。

「これで食料の在庫は空っぽよ。明日は買出しに行ってちょうだいね」

「はい。必要なものがあれば紙に書いておいてください」

一礼し、ジェイドはスープを啜《すす》った。エリカはテーブルに両肘《りょうひじ》をつき、手を組み合わせてその上に顎《あご》を乗せている。食事に手をつける様子はない。それを怪訝《けげん》に思ったジェイドが食事の手を止めると、エリカは口を開いた。

「よくまぁ、こんなに大きくなったこと。生意気で可愛《かわい》げなんてないし、ちっとも子供らしくなくて――だけど、どこに出しても恥《は》ずかしくないとは思っているわよ。あなたは器用だし、何に関しても覚えが早かったものね」

エリカは微笑《ほほえ》んでいた。それでいて、どこか寂しげでもある。エリカなりに、ジェイドを心配してくれているのだろう。けれど、それでも行かなければいけない。父親の遺志《いし》とか、そういったものを抜きにしても、ジェイドを駆《か》り立てる使命感がある。それは間違《まちが》いなく、王女への畏敬《いけい》と思慕《しぼ》だった。

「……いつ出立するの？」

「買出しから戻れば、すぐにでも」

ジェイドの答えに、エリカは瞼《まぶた》を伏《ふ》せた。そして長くゆっくり息をつく。

「不安ではないけど、あまり愉快《ゆかい》な気分はしないわね。置いて行かれるのは、本当に……」

小さなつぶやきだった。うっすら開かれた菫色《すみれいろ》の瞳《ひとみ》は、どこか遠くを見ている。ジェイドの受け答えを待っているふうでもない。完全な独《ひと》り言だった。

流れた沈黙《ちんもく》に気まずさを覚えたジェイドが言葉を発した。

「ひとつ、お尋《たず》ねしてもいいですか？」

「何かしら」

「どうして、老師《ろうし》はいつも白い服を着ているのですか？」

唐突《とうとつ》な質問《しつもん》に、エリカは面食らったようだ。いつも泰然《たいぜん》と構えている彼女が答えにまごついている様子を見て、ジェイドはしてやったりという気分になる。

少しばかり逡巡《しゅんじゅん》して、エリカはふっと微笑んで見せた。

「白は貞潔《ていけつ》の証《あかし》だからよ」

今度はジェイドが言葉に困《こま》る。この傲慢《ごうまん》な人の口から、そんな殊勝《しゅしょう》な言葉が出てくるなんて。しかしエリカは、きょとんとしたジェイドの顔がいかにも可笑《おか》しいと言わんばかりに声を立てて笑った。

「冗談《じょうだん》よ。白は私に一番似合《にあ》う色だから着ているだけ。ただの好みね」

そう言って、エリカは食事を口に運び始めた。ジェイドは安堵《あんど》すると同時に、やはりこの人には敵《かな》わないと再確認《さいかくにん》する。けれど——

先ほど見せた、あの寂しげな顔は何だったのだろう。ジェイドの身を案じているのもあるだろうが、それとは別に、もっと遠く懐《なつ》かしいものを眺《なが》めるような眼差《まなざ》しだった。

伝説を作りながら、長い時を生きてきた人だ。今でこそ隠遁《いんとん》生活をしているが、これまでにいろんな出会いをして、いろんな別れを経験《けいけん》してきたことだろう。その中に、特別な思いを寄《よ》せた者との別れがあっても不思議ではない。

「……結局、最後まで直らなかったわね」

「何がですか？」

「あなたが、私を『老師』と呼《よ》ぶ癖《くせ》よ」

眉間《みけん》に皺《しわ》を寄せてエリカはジェイドをきつく睨《にら》んだ。ジェイドはパンを千切る手を止め、すいませんと謝《あやま》って畏縮《いしゅく》する。それから、気を持ち直して決然と告げた。

「今生の別れではありませんから、どうぞご心配なさらず」

「当たり前ね。簡単《かんたん》に死なれては、私の名に傷《きず》がつくわ。もっとも、あなたはなかなかしぶとそうだけど」

ふんっと顎《あご》を上げ、エリカは高飛車な笑みを紅《あか》い唇《くちびる》に描《えが》く。

「気をつけて行っておいで、私の愛弟子《まなでし》。王女様を守っておやりなさい」

いつもの泰然とした態度で、しかしその声は今までにないほど優《やさ》しかった。はい、と力強く頷《うなず》き、ジェイドは深々と頭を下げる。

女神《めがみ》の加護《かご》を受け、育ってきた幸運を持っているのだ。だからきっと、自分は死なない。かの王女を見つけ出し、その身を安寧《あんねい》へと導《みちび》くまでは、決して死ねない。だから。

「行って参ります」

別れの言葉はいらない。

†

ジェイドを見送ったエリカは自宅《じたく》の居間《いま》で椅子《いす》に腰掛《こしか》け、暮《く》れゆく空を窓越《まどご》しに眺《なが》めていた。

ジェイドが出て行くことは、彼が言い出すより前からわかっていたことだ。そのための準備《じゅんび》をしていることくらい、一緒《いっしょ》に暮らしているのだからすぐにわかる。父親の知己《ちき》である者たちに手を貸《か》してくれるよう頼《たの》み、足場を整えていたのも見逃《みのが》していたのだ。だから、本当ならこの巣立ちを喜んでやるべきだろう。

それでも、エリカは心から祝福してやることはできなかった。笑って送り出したものの、置いて行かれたという感覚が針《はり》のように体中を苛《さいな》む。

去ってしまう人はまるで、姿を消すことで相手を待たせ、その未練で生きろと言っているようだ。他に心の寄る辺を持たない者が、あとを追ってこないように。それは不器用で、残酷《ざんこく》な優しさ。

「連れて行って欲《ほ》しかったわ。でも、生きろと言われたなら、仕方ないわね。――待っているわよ、いつまでも」

エリカは静かに目を閉《と》じる。

待ち人と、せめて夢《ゆめ》の中でいいから会いたくて。

†

慌《あわ》ただしい足音が近づいてきた。もう慣《な》れてしまって、足音だけで誰《だれ》だかわかる。王城《おうじょう》内で元気よく全力疾走《しっそう》する人物なんてそうそういないのだし。

ノックもなしに勢《いきお》いよく扉《とびら》を押《お》し開け、その人は現《あらわ》れた。

「ねぇ、ちょっと外に出てみて！」

葡萄酒《ワイン》色の髪《かみ》に紅玉《こうぎょく》の瞳《ひとみ》。相変わらず男物の古着を着た少女は、朝も早い時間から晴々しく元気だ。

「ルビーウルフ、すまないが俺はこれから務《つと》めがあるんだ」

ここはジェイドの自室だ。ちょうど朝の身支度《みじたく》を終えて、仕事場に向かおうとしていた矢先の訪問《ほうもん》。朝から快活《かいかつ》な笑顔を拝《おが》めたのは素直《すなお》に嬉《うれ》しいが、外に出ろというのには喜んで従《したが》えない。

ルビーウルフの頬《ほお》と鼻が、寒さのせいか少し赤くなっていた。雪の中で、何かをしていたのだろう。どうせ彼女のことだから、雪合戦をしようだのなんだの言うに違《ちが》いない。

「雪合戦しようよ。もうすぐ春だし、今年最後の大勝負だ」

大正解《せいかい》だ。だんだん、このやんちゃな女王陛下《へいか》の言動が読めるようになってきている自分に気がついてジェイドは苦笑《くしょう》する。

もうじき十六になる女王の名はルビーウルフ。今はそう名乗っているが、生まれた時につけられた名前はシャティナ・レイ・スカーレット・グラディウスだった。この国の、唯《ゆい》

一《いっ》の王族だ。

十五年間、盗賊《とうぞく》として生きてきた少女。それを血筋《ちすじ》のために女王として仕立て上げ、窮《きゅう》屈《くつ》な暮らしをさせている。騎士《きし》として傍《そば》に仕えているものの、それは果たして彼女にとっての平穏《へいおん》なのだろうかと、ジェイドは時々思い悩《なや》むことがある。

そんなことを考えていると、業《ごう》を煮《に》やしたルビーウルフがジェイドの手を掴《つか》み、強引《ごういん》に引っ張《ぱ》った。

「行こうよ。少しだけでいいからさ」

今のルビーウルフにとって、楽しみといえばこんなことくらいだ。彼女がそれで満足するのならと、最近ではこういった遊びの誘《さそ》いにも少しずつ応《おう》じるようになっている。忙《いそが》しいとはいえ、時間はやりくりすればどうにかなるものだ。

ルビーウルフの笑顔に偽《いつわ》りはない。それなら、今はその明るさを信じるだけだ。そして彼女がいつだって本心から笑っていられるよう努める。――この女王は、他人に守られているような大人しい性格《せいかく》ではないけれど。

数年前、老師のもとで決意した気持ちは、今でも揺《ゆ》らぐことなくジェイドを支え続けていた。

6　女王陛下《へいか》の手《て》荒《あら》い看護《かんご》

悪気はなかった。

いや、悪気がなければ何をしてもいいというわけではないのだが、少なくともこんなことになるなんて思っていなかった。

ルビーウルフがジェイドを中庭に連れ出し、雪遊びをしたのは昨日の朝のこと。そしてその晩《ばん》、彼は体の不調を訴《うった》え、熱を出して寝込《ねこ》んでしまった。

ようするに、単なる風邪《かぜ》だ。しかし、その原因《げんいん》はどこにあるのかと問われれば、まず間《ま》違《ちが》いなくルビーウルフのせいだろう。だって、油断《ゆだん》しているジェイドの服の中に、雪の塊《かたまり》を入れたりしたのだし。

そんな悪戯《いたずら》くらいで熱を出されては困《こま》ったものだが、少しはしゃぎすぎたかな、ともルビーウルフは思う。もうすぐ春を迎《むか》え、雪は溶《と》けていくばかりだから、名残惜《なごりお》しむあまり幼《おさな》い頃《ころ》のような遊びをしたくなってしまうのだ。雪なんて、また来年になれば嫌《いや》になるほど降《ふ》り積もるというのに。

それに、ジェイドはこうしてルビーウルフから会いに行かないと、なかなか構《かま》ってくれなくて……別に構ってもらえなかったからといって、どうということはないのだけど。

ともかく、ジェイドが風邪を引いた原因はルビーウルフの悪戯だ。なので、その責任《せきにん》を取ろうと思ったのだが——

「いけません。ルビーウルフ様までお風邪を召《め》してしまわれます」

一晩安静にしていても熱が下がらないジェイドを看病《かんびょう》しているのは女官のアーリアだ。そして彼女の指示《しじ》に従《したが》って、エルミナとキャスが薬や食事を運ぶ。彼女らに任《まか》せておけば問題はないのだが、ルビーウルフはどうしても人任せにしたくはなかった。

「だって、あたしのせいなんだよ。責任持って看病するよ。それに、あたしなんかより、あんたたちのほうが忙《いそが》しいはずだろ？」

「けれど、万一のことがあってはいけませんから。たかが風邪と馬鹿《ばか》にして、こじらせては大変です」

先ほどから、こうした押《お》し問答をジェイドの部屋の前で繰《く》り返している。アーリアはふくよかな体格《たいかく》を利用してルビーウルフを通さない。彼女の言葉はルビーウルフを本心から大事に思ってのことだし、こうして仕事の邪魔《じゃま》をして、手を煩《わずら》わせるのは悪いとも思う。

しかしルビーウルフも頑固《がんこ》だから、一度決めたことを諦《あきら》めるのは嫌だった。

どうやって、この世話焼きの老練者を説き伏《ふ》せようかと考える。そうする間に、アーリアが背《せ》にしている扉《とびら》が控《ひか》えめに開けられ、中からエルミナが顔を出した。そして困り顔でアーリアに耳打ちをする。エルミナの話を聞くうちに、アーリアの表情がだんだん渋《しぶ》くなっていくのも気がかりで、ルビーウルフは急《せ》いて問い質《ただ》した。

「何かあったの？　あたしの前では話しづらいこと？」

「いえ、そのようなことはございませんわ。けれど……」

垂《た》れ目の目尻《めじり》に皺《しわ》を寄《よ》せ、困ったようにエルミナが言う。そしてちらりとアーリアに目線を送り、彼女に意見を乞《こ》うた。

アーリアはルビーウルフの顔をしげしげ眺《なが》めた。そして、ルビーウルフの背後《はいご》に付き従っている狼《おおかみ》たちも交互《こうご》に見やる。それから、少し迷《まよ》った後に嘆息《たんそく》し、言った。

「仕方がありません。ルビーウルフ様にお願いしたほうが、手っ取り早いかもしれませんものね」

ルビーウルフは首を傾《かし》げた。手っ取り早いってなんだろう。部屋の中で、ジェイドは安静にしているのではないのか。状況《じょうきょう》がいまいち想像《そうぞう》できない。

そこへ、栗色《くりいろ》巻《ま》き毛とそばかすの少女、キャスが水を湛《たた》えた手桶《ておけ》を持って廊下《ろうか》の向こうからやってきた。アーリアはそれをキャスから受け取ると、ルビーウルフに手渡《てわた》した。

「期待しています、ルビーウルフ様。どうかジェイド様を説得してください」

看護《かんご》しなければいけない対象を説得。ますます意味がわからない。

眉根《まゆね》を寄せているルビーウルフの背中を、アーリアが押した。さっきまで、あれほど駄《だ》目《め》だ駄目だと言っていたのに。

「どうしてルビーウルフ様に任せるんですか？　駄目ですよ、感染《うつ》っちゃいますよ」

ルビーウルフと同様に、状況を理解していないキャスが不思議そうに訊《たず》ねた。するとアーリアはどこか含《ふく》みのある微笑《ほほえ》みを浮《う》かべる。

「だってね、仕方がないのよキャス。ルビーウルフ様がどうしてもと仰《おっしゃ》るんですもの。世話役をお譲《ゆず》りしないわけにはいかないでしょう？」

なんだか、すごくわがままを通したみたいな言われようだ。なのにキャスは妙《みょう》に納得《なっとく》した顔で、そうですねー邪魔しちゃいけませんよねー、なんて言って、くすっと笑った。何か変に勘繰《かんぐ》られているみたいで、居心地《いごこち》が悪い。

それでも、関門は突破《とっぱ》したのだから良しとしておく。桶の水を零《こぼ》さないように片手で抱《かか》え込んで扉を開けようとしたら、エルミナがルビーウルフの後に続こうとした狼たちに待ったをかけた。

「ジェイド様は咳《せき》をしてらっしゃいますから、フロスト様とケーナ様は外でお待ちくださいね。動物の毛は、喉《のど》に良くありませんから。——わたしの言葉でも、わかっていただけますかしら？」

　狼たちが小首を傾げている姿に、エルミナは不安を覚えたようだ。伝えようという意思に自信がないと、獣《けもの》はそれを上手《うま》く受け取ることができない。だからフロストもケーナも、エルミナが何を言っているのか半分ほどしか理解《りかい》できなかったのだろう。

　それに、彼らがルビーウルフの意思を汲《く》み取ってくれたり言葉を交《か》わしたりできるのは、兄弟同然に育ってきた特殊《とくしゅ》な環境《かんきょう》の賜物《たまもの》だ。そう簡単《かんたん》に、普通《ふつう》の人間が獣と意思疎通《そつう》なんてできはしない。

「フロストとケーナは外で待ってて。咳がひどくなっちゃうから、獣は駄目なんだって」

　ルビーウルフはエルミナと同じ言葉を復唱《ふくしょう》する。それだけでも、狼たちは意味をすぐ理解した。

　ケーナはその場でぺたりと腰《こし》を下ろし、フロストはふいっと身を翻《ひるがえ》して、興味《きょうみ》が失《う》せたようにどこかへ行ってしまった。最近の彼は、ジェイドに喧嘩《けんか》を売ることは少なくなったけれど、それでも仲が良くなったわけではない。今までの威嚇《いかく》から無視《むし》へと、姿勢《しせい》を変えただけのようだ。それも進歩と受け止めて、ルビーウルフは静観することにしている。

「さぁ、お早く」

アーリアに促《うなが》され、ルビーウルフは部屋の中へと入った。そして——

「何やってんの」

ルビーウルフの呼《よ》び掛《か》けに、ジェイドはこちらを振《ふ》り向いて目を丸くした。

金髪《きんぱつ》に翠《みどり》の瞳《ひとみ》の好青年だが、今は熱のせいか、少し顔が赤くて表情もだるそうだ。それなのに、彼は椅子《いす》に腰掛《こしか》けて机《つくえ》に積まれた書類と格闘《かくとう》していた。どうやら、仕事場から自室に持ち込んだらしい。

「何を、って……目を通して署名《しょめい》するだけのものなら、自分の部屋でもできるからな。ルビーウルフこそ、何をしに来たんだ？　風邪《かぜ》が感染ってしまうから、早くここから出て行ったほうがいい」

普段より少し掠《かす》れた声でそう言って、彼はまた一つ紙の束を手に取る。

「今すぐベッドに入って寝《ね》ろ。じゃないと頭から水ぶっかけるぞ」

ルビーウルフが低く唸《うな》るように言うと、ジェイドは再び振り返り、彼女が本当に水の入った桶を抱えていることを視認した。そして恨《うら》みがましい目をルビーウルフに向ける。

「病人に対する仕打ちにしては、それは最悪な部類に入ると思うのだが」

「病人らしく振《ふ》る舞《ま》わない奴《やつ》に、それは適用《てきよう》されないね。いいから、さっさとベッドに入れ」

強い口調で言いつけると、ジェイドは渋々ながら従った。

エルミナやアーリアが困《こま》り果てていた理由はこれなのだろう。ジェイドは集中しだすと他のことに意識《いしき》が向かなくなる傾向《けいこう》があるから、彼女らがいくら注意しても聞く耳を持たなかったようだ。それでルビーウルフに、ジェイドを説得してくれと頼《たの》んだらしい。

ルビーウルフの場合、説得というより脅《おど》しに近かったが、それでもジェイドを安静にさせることには成功した。

騎士《きし》である彼に宛《あて》がわれた部屋は決して広いとは言えないものの、整然と片付けられているため、圧迫感《あっぱくかん》はまるでない。というより、物が少ないのだ。机とベッドと本棚《ほんだな》と衣装《いしょう》棚、という程度《ていど》。盗賊《とうぞく》として育ってきたルビーウルフにとって、男の部屋というのはどうしようもなく散らかっているという印象しかなかったので、なんだか違和《いわ》感がある。時々、ジェイドは男の皮を被《かぶ》った女なんじゃないかと思うこともあるほどだ。

それでもルビーウルフはジェイドの厭味《いやみ》のない男臭《くさ》さが好きで、この部屋にもよく遊びに来る。彼の匂《にお》いはとても穏《おだ》やかで優《やさ》しいから、傍《そば》にいると自然に寛《くつろ》いでしまうのだ。そんな自分に気づいた時は驚《おどろ》いたけれど、同時に嬉《うれ》しくもあった。安心できる場所があるというのは喜ばしいことだ。

ジェイドはベッドで横になり、困ったような目をルビーウルフに向けた。

「言う通り安静にしておくから、そろそろ退室《たいしつ》してくれないか」

「どうして？　迷惑《めいわく》か？」

「そうじゃない。風邪を感染《うつ》したくないと言っただろう？　心配してくれるのはもちろん嬉しいが……」

「でも、お前が風邪を引いたのはあたしのせいだよ」

ジェイドは続けて反論《はんろん》しようとしたが、顔を背《そむ》けて咳《せき》を繰《く》り返した。ジェイドが呼吸《こきゅう》を整えている隙《すき》に、ルビーウルフは素早《すばや》く彼の額《ひたい》に触《ふ》れて熱を測る。やはり平素より体温が高いようだ。

床《ゆか》に下ろした桶《おけ》には、縁《ふち》に手拭《てぬぐ》いが引っ掛けられていた。ルビーウルフはそれを桶の水で軽く濯《すす》ぎ、硬《かた》く絞《しぼ》ってから畳《たた》み直してジェイドの額に乗せた。

「どうせお前のことだから、あたしが出て行ったらまたベッドから這《は》い出すんだろ。ガキじゃあるまいし、病気の時くらい大人しく寝てなよ。見張《みは》っててやるから」

ベッドの縁に腰掛け、ちらりとジェイドの顔を見ながら悪戯《いたずら》っぽく笑ってやった。彼は降参《こうさん》したように溜《た》め息をつく。

「わかった。安静にしていると約束するから、もう少し離《はな》れてくれないか」

この言葉に、ルビーウルフはむかっとした。

「なにさ。やっぱり迷惑がってるんじゃないか。それとも、あたしがお前を襲《おそ》うとでも？　病人になんて手ぇ出さないよ」

「病気でなければ襲うのか？」

「喉《のど》が痛《いた》い時はあんまり喋《しゃべ》っちゃいけないんだよ余計《よけい》に痛《いた》めるから」

かなりわざとらしい話題転換《てんかん》だったが、ジェイドは何も言わなかった。咳が出たから何も言えなかっただけのようにも思えるけれど。

最近、どうもこういうことが頻繁《ひんぱん》に起こるような気がする。少し前まではルビーウルフの所作一つ一つに何かしらの反応《はんのう》をしていたのに、今では慣《な》れてしまったらしく、ちょっとしたことでは動じない。それどころか、冗談《じょうだん》を真面目《まじめ》に、そして冷静に受け止めてしまうので厄介《やっかい》だ。想像していたものと違った返答をされると調子が狂《くる》ってしまう。

「そうだ、何か飲み物持ってきてやるよ。温かくて喉に良さそうなの」

ジェイドの調子に引き込《こ》まれないよう、理由を作って部屋から出た。外で待っていたのはケーナだけで、アーリアたちは他の仕事に移《うつ》ったようだ。

「あいつが出歩かないように見張っててね。すぐ戻《もど》るから」

ケーナに見張りを頼み、ルビーウルフはジェイドの部屋から一番近い給湯室へ向かった。竈《かまど》で湯を沸《わ》かしている間に棚を漁《あさ》り、水飴《みずあめ》入りの瓶《びん》と籠《かご》に入っていた檸檬《レモン》を一つ拝借《はいしゃく》する。

沸いた湯を陶器《とうき》のポットに移し替《か》え、絞《しぼ》りたての檸檬の果汁《かじゅう》と水飴を入れてよくかき混《ま》ぜた。

ポットとカップを盆《ぼん》に載《の》せ、冷めないうちに運ぼうと歩調を速め——ふと思うことがあり、ジェイドの部屋のいくらか手前で足を止めた。そして、そろりそろりと足音を殺して慎重《しんちょう》に歩き出す。

扉《とびら》の前で昼寝《ひるね》をしながら待機していたケーナが、そんなルビーウルフの行動を不思議そうな目で見上げてきた。ルビーウルフは盆を右手で支《ささ》えながら、左手の人差し指を唇《くちびる》に当て、ケーナに『静かにね』と合図をする。そしてノックも呼びかけもしないまま、勢《いきお》いよく扉を蹴《け》り開けた。

そこで見た光景に、想像《そうぞう》はしていたけれど呆《あき》れてしまう。上着を羽織《はお》ったジェイドが机《つくえ》の前に立って、何かの書類を探《さが》しているところだった。

驚いて振り向いたジェイドは一瞬《いっしゅん》だけ啞然《あぜん》として、それから大慌《おおあわ》てでベッドに潜《もぐ》り込んだ。しかし、もう遅《おそ》い。

「大人しく寝てろって言ったよね？　お前は聞き分けのない子供《こども》か？」

「いや、その、少しだけならと思って……すまない、俺《おれ》が悪かった」

ジェイドは素直に謝《あやま》った。けれどルビーウルフは約束を破《やぶ》られたことを不服に思って苛《いら》立《だ》ちを抑《おさ》えることができない。手にしている盆を置くために、机の上にあった書類を片手で払《はら》いのけた。紙の束がいくらか床《ゆか》に散ったけれど、放置して盆だけを机に載せる。

檸檬と水飴の溶《と》かし湯をカップに注ぎ、無言でジェイドに手渡《てわた》した。唇を引き結んで眦《まなじり》を吊《つ》り上げたルビーウルフの表情は近寄りがたいほどに怖《こわ》いためか、ジェイドも何も言わずに受け取った。

どうしてこんなに腹《はら》が立ってしまうのかと、ルビーウルフは自分でも不思議に思う。アーリアが言ったように、たかが風邪と油断《ゆだん》して大変なことになったらと心配する気持ちがあるのは本当だ。しかし、それとは別に、もっと理不尽《りふじん》な……自分でそう認識《にんしき》しておきながら苛立ちを覚えてしまう何かがあるのだ。

ふと、床に散った書類に目線を落とす。そのとたんに、ちりりと胸《むね》が不快感《ふかいかん》を訴《うった》えた。ジェイドの手を煩《わずら》わせて、彼の自由を奪《うば》うもの。けれど、それは本来ならルビーウルフがやるべき仕事で、それをジェイドが代理でやってくれているのだから文句《もんく》は言えない。でも、これのせいでジェイドがルビーウルフを構《かま》ってくれる時間が減《へ》るのも事実で……それは別に、たいしたことではないけれど。

散らばった紙を拾い上げ、書面に目を通してみる。単語は少しなら読み取れたものの、それだけでは何が書いてあるのかさっぱりわからない。しかし——

「ねぇ、これって目を通して名前書くだけでいいんだよね？　だったらさ、あたしが代わりにジェイドの名前書いておくよ。見本の通りになら書けるはずだし」

言いながら、机の上を漁る。すでに署名済《しょめいず》みのものを探し当てたところで、ジェイドが止めに入った。空になったカップを机に置き、ルビーウルフの手から書類を取り上げる。

「後生だからやめてくれ。あんたの字は、少し個性《こせい》的というか……」

「汚《きたな》い？」

「そういう表現方法もあるかな」

ジェイドは控《ひか》えめに肯定《こうてい》した。

自覚はしていたけれど、他人から言われるとやっぱりむかっとしてしまう。子供みたいに唇を尖《とが》らせ、椅子《いす》にどっかりと腰《こし》を下ろした。

「わかったよ。そういうのは全部ジェイドに任《まか》せる。――でもさ、あんまり頑張《がんば》りすぎないでよね。全部お前に押《お》し付けてるって自覚あるから、居心地《いごこち》悪いんだ。それなのに、あたしの悪ふざけが原因《げんいん》で風邪《かぜ》まで引いて……。これでも反省してるんだよ」

ルビーウルフは椅子に座《ざ》したまま姿勢を正し、まっすぐジェイドの顔を見つめた。

ジェイドはベッドに腰掛け、どういうわけか苦笑《くしょう》した。それから少し咳をして、掠《かす》れているけれど穏《おだ》やかな声で言う。

「風邪を引いたのは自業自得《じごうじとく》だよ。少し前から体調が芳《かんば》しくなかったんだ。たぶん、寝不足が祟《たた》ったんだろうな。雪の中を引っ張りまわされたのは、きっかけかもしれないが、遅かれ早かれこうなっていたんだと思う。だから気に病《や》まないでくれ」

それはルビーウルフを安心させるための方便《ほうべん》だろう。たとえ本当に前々から体調が悪かったにしても、きっかけを作ったことには変わりない。ルビーウルフに嘘《うそ》は通用しないと知っているジェイドだから、真実を言いながらも責任《せきにん》は全部自分に向くような言い回しをするのだ。彼の性格上、決してルビーウルフは悪くないと言い張るのだろうから、これ以上は平行線になってしまう。

ルビーウルフは反論《はんろん》を諦《あきら》めた。しかし、不満が消えたわけではない。

「だけど、なんだってそんなに頑張るんだ？　無理して寝込むようなら、余計《よけい》に効率《こうりつ》が悪いよ」

「あまり時間をかけたくなかったんだ」

答えて、ジェイドは先ほどルビーウルフから取り上げて机に戻《もど》した書類を指し示《しめ》した。

「実を言うと、それは急を要するようなものじゃないんだ。ただ、今まで俺に任されていた仕事をすべてロベールに引き継《つ》いでもらうために必要なものだからな。彼にも急がせてしまって、申し訳ないと思っているよ」

ロベールとは、この国の新しい宰相《さいしょう》だ。穏やかで真面目《まじめ》で誠実《せいじつ》な紳士《しんし》。ルビーウルフもジェイドも、彼の働きにはずいぶん助けられている。

「急ぐ必要がないなら、ゆっくりやればいいのに。言ってることとやってることがちぐはぐじゃないか」

「ああ、矛盾《むじゅん》してる。だが、それでも急ぎたいんだ。騎士《きし》として、常《つね》に女王の傍《そば》についていたいからな。そのためなら多少の無理は厭《いと》わない」

「……ふぅん」

力強くて真摯《しんし》な眼差《まなざ》し。それを真っ向から受け、ルビーウルフは言葉に詰《つ》まった。

そんなふうに思ってくれているなんて、想像していなかった。なんというか……嬉《うれ》しい。でも、それを素直に喜ぶと、構って欲《ほ》しいわがままを自分で認めたことになる。そんなのは嫌《いや》だ。だからルビーウルフは気のない素振りで、適当《てきとう》な相槌《あいづち》を打ったのだが。

ジェイドはそれをわかっているのかいないのか、反省したように顔を伏《ふ》せ、言う。

「だが、言われてみれば確《たし》かに急ぐのは良くないな。早く終わらせたいあまり、気づかないうちに手を抜《ぬ》いてしまっていたら大変だ」

また、そうやって真面目に考える。せっかく良い方向へ向いてきたと思ったのに。

けれどルビーウルフは本音を言いたくないから、頰《ほお》を膨《ふく》らまして、うぅーと唸《うな》るしかない。それを見たジェイドは不思議そうに首を傾《かし》げた。

「どうした？　腹《はら》でも痛《いた》いのか？」

「いや、そうじゃなくて……あぁ、もう。お前さっさと寝ろ」

これ以上、拗《す》ねている顔は見せたくない。ルビーウルフは立ち上がり、ベッドに歩み寄った。そしてジェイドの両肩《りょうかた》を掴《つか》み、無理やりベッドに押し付ける。

「手荒《てあら》だな」

「くそ真面目にはこれくらいが丁度《ちょうど》いいよ」

言いながら、ルビーウルフは桶《おけ》の中に浸《ひた》されていた手拭《てぬぐ》いを絞《しぼ》って畳《たた》み、べちっと叩《たた》きつけるようにジェイドの額《ひたい》に乗せた。

「痛い」

「うん。痛いようにわざとやった」

しれっと言ってやったらジェイドは呆《あき》れたように黙《だま》った。それを確認し、ルビーウルフはほっと息をつく。

彼の言葉に翻弄《ほんろう》されると、どうも調子が狂ってしまう。以前はそんなことなどなかったのに。真面目さに冷静さが加わって、どこか焦点《しょうてん》のずれた会話になってしまうことがあるのだ。

ジェイドをからかって遊ぶのはルビーウルフの楽しみの一つだ。なのに、最近のジェイドはちょっとやそっとじゃ動じない。もともと適応力に長《た》けているのか、ルビーウルフの破天荒《はてんこう》な言動にも慣《な》れてしまったらしい。

ルビーウルフにとって、ジェイドは初めての年の近い男友達だ。けれど、こうやって落ちついた態度《たいど》を取られると、たかが三つ四つという年の差がとても大きなものに感じられてしまう。

鷹揚《おうよう》に見守られ、それをルビーウルフが受け入れるということは、彼の傍が安心できる場所だという証拠《しょうこ》。でも、それはなんだか対等じゃない。ジェイドにばかり寄りかかりすぎて、自分が楽をしているようで嫌だ。

それを言うと彼はきっとこう言うだろう。女王が騎士を頼りにするのは当たり前なことだ、と。

今だって充分《じゅうぶん》頼りにしているし、寄りかかっている。だけど、これ以上はいけないと、そんな気がするのだ。理由はわからないけれど、彼の傍で安心しきってしまったら、自分の中にある得体の知れない感情……今はまだ小さく、ぽつんとした何かが膨れ上がってしまいそうで――怖《こわ》い。

そう、怖いのだ。大言壮語《たいげんそうご》を吐《は》いて周囲を驚《おどろ》かせて、その言葉を実行して女傑《じょけつ》とまで呼ばれるルビーウルフが尻込《しりご》みしてしまうのは、本当に小さくて形のないもの。それを直視することと。

けれど、それは嫌悪《けんお》ではない。むしろ魅惑《みわく》的とも言えるのに、畏怖《いふ》を感じてしまうのだ。その事実が、よりルビーウルフを困惑《こんわく》させる。

「ルビーウルフ？　どうかしたのか？」

考え事をしていたため、ぼんやりしてしまった。ジェイドの呼び掛けに、意識を自分の内側から外に向ける。

「どうもしない。病人は余計なこと考えないで、ぐーすか寝て養生してればいいんだ」

ベッドの縁《へり》に腰掛《こしか》けて、ジェイドに微笑《ほほえ》みかけた。こんな小さなことで悩《なや》んでいるなんて悟《さと》られたくないけれど、ジェイドは繊細《せんさい》に気配りができる人だから、何か勘繰《かんぐ》られやしないかと内心では気を張る。しかしジェイドはそれ以上何も追及《ついきゅう》しなかった。代わりに穏《おだ》やかな微笑《びしょう》を浮《う》かべ、瞼《まぶた》を閉じる。

「さっきの飲み物、美味《おい》しかったよ。ありがとう」

礼を述べ、ジェイドはそのまま眠《ねむ》ってしまった。これでようやくルビーウルフも一安心することができる。

「どういたしまして」

つぶやき、ルビーウルフは立ち上がって伸《の》びをした。ジェイドが大人しくなったら、とたんに暇《ひま》になってしまった。外で待っているケーナを招《まね》き入れて話し相手になってもらおうかとも考えたが、それでジェイドの咳《せき》が酷《ひど》くなってしまっては意味がない。

手持ち無沙汰《ぶさた》のまま部屋の中をしばし歩き回り、机《つくえ》の前で足を止めた。あまり弄《いじ》り回すと怒《おこ》られるだろうから、書類に手はつけないでおく——つもりだった。

目に付いた紙を一枚《まい》、拾い上げてみる。文面の一番下にジェイドの名が署名《しょめい》されているから、これは彼の字だろう。流麗《りゅうれい》な字だ。

それを見ていると、個性《こせい》的な字とか言われた先ほどのやり取りを思い出してしまった。これでも一応《いちおう》、頑張《がんば》って練習しているのに。

書面から机に目線を移した。そこにあるのはインク壺《つぼ》と、その台座のペン立てに並んだいくつものペン。

ちら、とジェイドのほうを窺《うかが》い見てみたけれど、彼はすっかり寝入っているようでルビーウルフの行動に気づく様子もない。

それならばと意気込《いきご》んで、ルビーウルフは椅子《いす》に掛けてペンに手を伸ばした。

ふと目を覚ましたら、傍《そば》にルビーウルフの姿《すがた》はなかった。部屋から出て行ったのだろうかと思ったのだが、気配はある。というか、何かガリガリという音がした。首を巡《めぐ》らせて音のするほうへ目を向けると、予想した通りの姿。葡萄酒《ワイン》色の短髪《たんぱつ》の、小柄《こがら》な少女――ルビーウルフがいた。

ジェイドの身長に合わせた椅子はルビーウルフには高めで、つま先が床《ゆか》につかないためか、足をぶらぶらと揺《ゆ》すっている。そして机もルビーウルフの身長には高すぎるから、彼女が何かものを書くには少々難儀《なんぎ》だろう。事実、彼女は机に頬《ほお》をくっつけるような、無理な体勢でペンを握《にぎ》って――

ルビーウルフが何をしているのか悟った瞬間《しゅんかん》、ジェイドは毛布《もうふ》を払《はら》いのけてベッドから這《は》い出した。

「な、何をしているんだ?」

「あれ、もう起きたのか? まだ寝てればいいのに」

紅玉《こうぎょく》の瞳《ひとみ》が瞬《まばた》き、潤《うる》んだ輝《かがや》きを放つ。振《ふ》り返ったルビーウルフは、まったく悪気のない顔だった。それもそのはず、彼女は未使用の紙に字の練習をしていただけ。代わりに名前を書く云々《うんぬん》の会話が頭を過《よぎ》って焦《あせ》ってしまったけれど、取り越《こ》し苦労だったようだ。しかし――

そこらにある文書や書物の文字を真似《まね》て書いたらしいルビーウルフの字は、やっぱりどうしようもなく個性的だった。ペン先にべったりとインクをつけすぎているために文字同士が滲《にじ》んでくっついていたり、そもそも書き方を間違《まちが》っていたり。おまけに力を込めすぎて紙面が毛羽立っている。ついでに言うとペンの持ち方も変だ。まるでスプーンで紅茶《こうちゃ》でも掻《か》き回すように、親指と人差し指だけでペンを挟《はさ》んでいる。あれで辛《かろ》うじて何かを書けるというのだから逆《ぎゃく》にすごいなと感心し、ひどい感想かもしれないが子供《こども》の落書きみたいな筆跡《ひっせき》に思わず苦笑《くしょう》してしまった。

とたん、ルビーウルフは腕《うで》で抱《かか》え込むようにして、さっと紙を隠《かく》した。ふて腐《くさ》れた顔でジェイドを見上げ、珍《めずら》しく自信なさげな声をあげる。

「ま、まだ成長の余地はある、と思う」

「そうだな。まだまだ修行《しゅぎょう》が足りないな」

ジェイドは思ったことを正直に述《の》べた。ルビーウルフは下手な慰《なぐさ》めを言われると余計に機嫌《きげん》を損《そこ》ねるのだと、よくわかっている。

「それより、まだ寝てなよ。あたしのことは気にしないでいいからさ」

ジェイドを心配する素振《そぶ》りで、ルビーウルフは話題を変えようとした。しかし、まだ乾《かわ》いていないインクの上に覆《おお》いかぶさったりしたら服が汚《よご》れてしまうのに。

「おかげさまで、ずいぶん良くなった。熱も引いたし、喉《のど》の具合もましになったな。――それはそうと、いつまでもそんな体勢でいるとインクで服が汚れるぞ」

ジェイドが苦笑して注意すると、ルビーウルフは渋々《しぶしぶ》ながら紙を隠していた腕をどかした。そして自分の筆跡をまじまじと眺《なが》めて不思議そうに首を傾《かし》げる。

「何がいけないのかなぁ」

「自覚がないのか？」

姿勢からペンの持ち方まで見事なまでに間違いだらけなのに。顔を机にくっつけるようにして書いていたせいで頰にはインクがついてしまっているし、普段《ふだん》からこれでは上達も難《むずか》しいだろう。

「たしか、勉強はアーリアやエルミナに教わっているんだったな。彼女たちはこれでいいと言ったのか？」

ジェイドが呆《あき》れていると、ルビーウルフはむっとしたらしい。子供っぽく唇《くちびる》を突《つ》き出して、完全に拗《す》ねてしまった。

「教わるけど、その通りにやると逆に書きにくいっていうか……。ペンの持ち方とか、自分の持ちやすいようにやったほうがいいような気がするから」

「正しい姿勢と正しいペンの持ち方を習得すれば、すぐに上達する。基本《きほん》が間違っていたら、どうにもならないんだ」

それはルビーウルフもわかっていたらしく、彼女は言葉に詰《つ》まる。しばらく反論の言葉を思案していたようだが、ふと何かを思いついたように晴れやかに笑って口を開いた。

「だったら、ジェイドが教えてよ。そしたら言われた通りにやる」

それは一見、ルビーウルフが妥協《だきょう》したようにも取れる言葉だ。しかし、そこに含《ふく》まれる彼女の利をジェイドは悟《さと》った。

ルビーウルフはジェイドに構《かま》ってもらいたいのか、よくじゃれついてくる。それを指摘《してき》すると彼女は否定《ひてい》して機嫌を損ねてしまうから、ジェイドも決して言わないけれど、今の要求だって聞きようによっては一緒《いっしょ》にいたいと言っているようなものだ。

ルビーウルフにとって、ジェイドは単なる友人や仲間といった感覚なのだろう。しかし、こうして時間を共有することを喜んだり望んだりするのは、彼女の中でその感覚に変化が起き始めているということなのでは、と思う。もちろん、それはジェイドにとって都合の良いように解釈《かいしゃく》した場合だが。

本当のところは、寂《さび》しさを紛《まぎ》らわすためなのだろう。彼女は盗賊《とうぞく》として、たくさんの仲間に囲まれて育った。そんな自由な環境《かんきょう》から、急に女王として振る舞わなければならないなんて、窮屈《きゅうくつ》でたまらないはず。その精神的《せいしんてき》な負担《ふたん》を発散するため、ジェイドをからかって遊ぶのだ。

この国のため、多くのことを我慢《がまん》してくれている彼女のほんの少しのわがままだ。無下にするのは忍《しの》びない。

「わかった。では、まず姿勢を正そう。それからインクはあまりつけすぎないように。そして――」

ジェイドの言葉に、ルビーウルフは大人しく従《したが》った。姿勢を正し、ペンの持ち方も改めた。

しかし、慣れない持ち方をしているせいか、書いている最中にぼろりぼろりとペンを落とすわ集中しだすとだんだん前のめりになって姿勢が悪くなるわ、あまり改善《かいぜん》されたとは言えない。というか、一向に良くならない。

「……裁縫《さいほう》はできるんだから器用なはず、だよな？」

一瞬《いっしゅん》、ルビーウルフは先天的に不器用なのではと疑《うたが》ってしまったが、彼女は料理も裁縫も一人前にこなすのをジェイドは知っている。つまり、これはただ単に慣れていないから上手《うま》くいかないだけなのだろう。しかし、自分は当たり前にできることを別の誰《だれ》かが難儀《なんぎ》そうにしているというのは、もどかしくてたまらない。

しばらくは根気よく何度も教えていたジェイドだったが、ルビーウルフが無意識にペンの持ち方を改善前に戻《もど》してしまい、もう見ていられなくなった。背後《はいご》から彼女を抱《かか》え込むようにして、右手を重ねる。

「そんな変な持ち方をしていたら、腕《うで》が疲《つか》れてしまうぞ。それから、左腕の肘《ひじ》を机《つくえ》につけてはだめだ。もっと背筋を伸《の》ばして……まぁ、これは椅子《いす》の高さが合わないから仕方ないかもしれないが」

今度からはルビーウルフの身長に合わせた机と椅子で練習しなければ、とジェイドが考えていると、ルビーウルフがわずかに身をよじった。

「あぁ、すまない。苦しかったか」

「そんなことないけど……」

ジェイドは謝《あやま》り、すぐに彼女から離《はな》れる。すると彼女はほっとしたような、でもどこか残念そうな、曖昧《あいまい》な声音《こわね》を発した。そして彼女自身もそれに違和《いわ》感を覚えたらしく、その違和感の正体を考えるように首を傾げていた。しかし答えは見つからないようで、ふっと溜《た》め息をつく。

「今日はもういいや。なんか、疲れた」

ルビーウルフは俯《うつむ》き気味になって気だるそうな声をあげた。たしかに、今日はこれ以上やっても疲れるだけだろう。日数をかけて、徐々《じょじょ》に慣らしていけば自然に身に付くはずだ。

こういうことは根気が大事なのだから。

ふと見ると、ルビーウルフの手がインクで汚《よご》れていた。熱冷ましのために使っていた水と手拭《てぬぐ》いで、ジェイドはその汚れを拭《ふ》き取ってやり——そういえば、ルビーウルフは頬《ほお》もインクで汚していたなと思い出して、手拭いを彼女の顔へと持っていった。だが、汚れを拭き取る前に、ジェイドはその異変に気がついた。

ルビーウルフの頬が赤く染《そ》まっている。いつもは精彩《せいさい》を放っている紅玉《こうぎょく》の眼差《まなざ》しが、今はどこか物憂《ものう》げに潤《うる》んでいた。

まさか、先ほど後ろから抱《だ》きかかえたのを恥《は》ずかしく思ったのか。しかし、ルビーウルフが今さらそんなことくらいで羞恥《しゅうち》を覚えるはずもない。……たぶん。

困惑《こんわく》したままジェイドが顔を覗《のぞ》きこむと、ルビーウルフはふいっと顔を背《そむ》けた。そして——けふけふっと控《ひか》えめな咳《せき》をした。

「……ルビーウルフ、こっちを向け」

彼女の様子がおかしい理由を悟《さと》って、ジェイドはすぐさま冷静さを取り戻した。ルビーウルフの頬を両手で挟《はさ》み、こちらを向かせる。

「なんか、だるいんだけど」

「そうだろうな。熱があるんだから」

どうも、懸念《けねん》していた通りジェイドの風邪《かぜ》が感染《うつ》ってしまったようだ。両手に伝わるルビーウルフの体温は、明らかに平熱ではない。やはり彼女に看護《かんご》してもらうのは断《ことわ》ったほうが良かったと後悔《こうかい》したけれど、こうなってはもう遅《おそ》い。

「俺《おれ》のベッドで、しばらく休んでおけ。俺は誰かを呼んでくるよ」

言い置き、ジェイドは部屋の外に出た。すると、そこで待機していたケーナがさっと立ち上がって部屋の中を気にする素振《そぶ》りを見せる。きっと、ルビーウルフの体調が良くないことを知って心配しているのだろう。

「いいよ、一人で自分の部屋に戻れるから」

ふわふわした足取りで、ルビーウルフは出て行こうとする。あまり人の世話になるのを好まない性格《せいかく》なのはわかっているけれど、今は少しでも体を休めたほうがいい。

ジェイドはルビーウルフを押《お》し止《とど》めながら、ケーナに言葉をかけた。

「ケーナ、すまないが誰か——アーリアかエルミナを呼んできてくれ。キャスでもいい」

ジェイドの言葉を受け、ケーナは一声吠《ほ》えるとすぐさま駆《か》け出していった。

「ケーナは素直《すなお》で聞き分けがいいな。誰かとは大違《おおちが》いだ」

「悪かったね、素直じゃなくて」

憮然《ぶぜん》としているルビーウルフを部屋の中へ押し戻し、ベッドで横になるよう促《うなが》した。彼女もこれ以上は我《が》を通す元気がないのか、大人しくベッドに転がり込んだ。

「さっきまでと立場が逆転だな」

ジェイドが笑《え》みを含《ふく》みながら言うと、ルビーウルフは悔《くや》しそうに唸《うな》った。しかし反論《はんろん》する気力もないらしい。枕《まくら》を抱きかかえ、だるそうに溜《た》め息を吐《つ》く。それから、ぽつりとつぶやいた。

「やっぱ、好きだなぁ」

「え？」

「なんか居心地《いごこち》がいいんだよね、ここ。ジェイドの匂《にお》いがするから、好きだなぁと思って」

ぼんやりとした口調でそんなことを言われると、なんだか気恥ずかしい。

ジェイドが返答に困《こま》っていると、ルビーウルフはくすっと笑った。どうやら、またからかわれてしまったらしい。だが、そんな冗談《じょうだん》を言う元気があるなら心配は無用だろう。

「体調が戻ったら、またしっかりと勉強をするんだぞ」

「えー」

「今度からは俺が教えるから」

ものすごく嫌《いや》そうな声をあげたルビーウルフだったが、ジェイドが教師役《きょうし》を申し出たと

たん押《お》し黙《だま》った。そして、身を反転させてジェイドに背を向けてしまう。

表情こそ窺《うかが》えないが、彼女は喜んでいると思う。自惚《うぬぼ》れでもいい。そう信じたい。

それからルビーウルフは完全に寝た振りを決め込んで、ジェイドが何を言っても答えなかった。

しばらくそんな状態《じょうたい》が続き、ようやくケーナが戻ってきた。彼女が連れてきたのはアーリアとフロスト。フロストもケーナと同じく、獣《けもの》の感覚でルビーウルフの不調を察したようだ。

アーリアは自分が余計《よけい》なお節介《せっかい》を焼いたためにルビーウルフまで風邪を引いてしまったと詫《わ》びていたけれど、ルビーウルフは笑いながらそれを否定《ひてい》した。それからアーリアに、そのことは秘密《ひみつ》にね、と囁《ささや》いていた。

何が秘密なのかジェイドは知らないけれど、アーリアも安堵《あんど》したように笑っていたので悪いことではないだろう。なら、それで充分《じゅうぶん》だ。

アーリアと狼《おおかみ》たちに付き添《そ》われて自室へと戻るルビーウルフは思いのほかしっかりと歩いていたから、ジェイドはそのまま部屋に留《とど》まった。ジェイドも、まだ体調が完全とはいえないのだ。それでもルビーウルフのおかげで久々《ひさびさ》にゆっくり眠《ねむ》ることができたし、明日にはすっかり良くなっているはず。

ルビーウルフも回復《かいふく》力の高さは普通《ふつう》の人間の比《ひ》ではないから、明日か明後日にはけろっと元気になっていることだろう。

部屋の中、独《ひと》りでベッドに腰掛《こしか》けて、ジェイドは一枚の紙切れを飽《あ》きることなく眺《なが》めていた。ルビーウルフの、あの個性豊《こせいゆた》かな字が筆記された紙だ。

ああやって笑ったり、むきになったり、拗《す》ねてみたり、そういうところはまだまだ子供《こども》じみているけれど、ジェイドをからかう時は大人っぽく微笑《ほほえ》むようになった。

もうじき雪解《ゆきど》けの季節。彼女が十六歳《さい》になる春だ。一つ齢《とし》を重ねたくらいで大した変化はないかもしれないが、もう子供ではない。

それに、ルビーウルフはこの国にとって唯一無二《ゆいいつむに》の存在《そんざい》。背負うものがどんなに大きくても泰然《たいぜん》と構えている彼女は、やはり年齢《ねんれい》には相応《ふさわ》しくない胆力《たんりょく》の持ち主だ。

女王だから守るのではない。ルビーウルフがこの国に必要な存在であると同時に、ジェイドにとってもかけがえのない人なのだ。けれど、その真意はまだ彼女には言わないでおく。だって――

「獣は自由であるべき、だよな」

ジェイドは小さく独《ひと》り言をつぶやいてベッドに横たわり、もう一眠りしようと瞼《まぶた》を閉《と》じた。

7　琥珀色《こはくいろ》の夢《ゆめ》は醒《さ》めない

「では、好き勝手に命じます。あなた、一生その命を賭《か》けてわたくしを守りなさい。わたくしのために五体満足でいなさい。自由などなくてよ。永遠に囚人ですわよ。わたくしのためだけに働く、わたくしだけの騎士《きし》が欲《ほ》しいわ。口答えは一切許《いっさいゆる》しません」

ミレリーナがそう言うと、刑場《けいじょう》に引き立てられた盗人《ぬすびと》の少年は鋭《するど》い眼差《まなざ》しを戸惑《とまど》ったように揺《ゆ》るがせた。少年だけではない。立ち会った執行人《しっこうにん》たちも、王女の突然《とつぜん》の言葉に愕然《がくぜん》としていた。

それでもいい。奇異視《きいし》されることなど気にならない。いいや、むしろ畏怖《いふ》を与《あた》えることで力を誇示《こじ》したかった。

「哀《あわ》れな野良犬《のらいぬ》でも助けたつもりか」

命乞《いのちご》いなどするものかと、少年の瞳《ひとみ》が語っている。砕《くだ》いた黒曜石《こくようせき》のような、鋭い黒。静寂《せいじゃく》の夜に似《に》た黒。

一目で気に入った。彼自身が言う通り、野良犬を拾ってきて飼《か》いたいと親にせがむ子供なのだ。今のミレリーナがやっていることは。

その親が、何も言わないだろうということを知っているからこんなことも平気でできる。

「そうですね。わたくし、犬は大好きです。綺麗《きれい》なリボンをつけて可愛《かわい》いお洋服を着せて――でも、困《こま》ったわ。あなたには似合いそうじゃありませんものね。……それとも、着ます？　可愛いお洋服」

助けるんじゃない。欲しい、と言ったのだ。我《わ》が身を守る番犬が欲しい、と。

だから、その番犬は凶暴《きょうぼう》であればあるほど良い。人を咬《か》んだことがあると噂《うわさ》される犬に誰《だれ》も近寄《ちかよ》らないのと同じように、彼の存在そのものが、生い立ちが、主人であるミレリーナの武器《ぶき》となる。

しばし唖然《あぜん》として、少年は小さく笑った。そしてミレリーナの足元でひざまずく。

ミレリーナは満足そうに微笑み、右手を彼の前に差し出した。

「わたくしの名はミレリーナ・フィリス・トライアン。わたくしが述《の》べた条件《じょうけん》を守り抜《ぬ》く覚悟《かくご》があるのなら、示《しめ》しなさい。――もっとも、拒絶《きょぜつ》など認《みと》めませんけど」

「私の名はロヴィン・リューグ。すべての運命を、この手に委《ゆだ》ねる」

ロヴィンと名乗った少年はミレリーナの手を取ると、その甲《こう》に口づける。

そうして忠誠《ちゅうせい》は誓《ちか》われた。

†

ロヴィンに与えられた部屋はミレリーナの部屋に付属《ふぞく》する控《ひか》えの間だった。普通《ふつう》、そこは王女の世話をする女官が寝泊《ねとま》りする場所だ。男を入れるなんて考えられない。年頃《としごろ》というにはまだ幼《おさな》すぎるミレリーナだが、それでも女だというのに。

「番犬は常《つね》に主人の膝元《ひざもと》で控えているべきです。離《はな》れていては意味がないでしょう？」

さも当然というように、ミレリーナはロヴィンを自室へと招《しょう》じ入れた。

汚《よご》れて穴《あな》が開いていた一張羅《いっちょうら》も、煉瓦色《れんがいろ》の仕着せに着替《きが》えさせられた。トライアンの魔《ま》導《どう》騎士を示《しめ》す制服《せいふく》だ。

ロヴィンはまだ十四歳《さい》。正式に騎士として認められるのは十五からだと思っていたが、それを言うとミレリーナはくすりと笑って肩《かた》をすくめた。

「あなた、グラディウスの出身ですわね。あの国は、騎士となれる年齢は十五からだと聞いたことがあります。けれど、ここはトライアンですわよ。我が国では年齢の制限などありません。剣《けん》を振《ふ》るえて、その中で魔導の扱《あつか》いに突出《とっしゅつ》した者が選ばれるのです。ただ、制限はなくとも子供が騎士になることは普通でしたらあり得ません。どうしたって未熟《みじゅく》ですもの」

未熟、という言葉にロヴィンは唇《くちびる》を噛《か》んだ。

ミレリーナが言った通り、ロヴィンはグラディウスの出身だ。魔導を扱えるということは、貴族《きぞく》の出であることもミレリーナは気づいているはず。それがどうしてトライアンで盗《ぬす》みなどしていたかと言えば、答えは簡単《かんたん》。落ちこぼれの役立たずと見なされたからだ。

代々、魔導師を輩出《はいしゅつ》してきたリューグ家。だが、グラディウスは今、傾《かたむ》きゆく国だ。神国でありながら神具と王を失った国。騎士が仕えるべき王族は、あの国にはもういない。

今は形ばかりの魔導騎士部隊が存在《そんざい》するが、その枠《わく》は限られている。ロヴィンはその試験を受けることすらできないと魔導の師《し》に爪弾《つまはじ》きされたのだ。そのような腕前《うでまえ》で試験を受ければリューグ家の恥《はじ》になる、と。

落ちこぼれはいらない。いっそ、こんな息子《むすこ》はいなかったことにならないだろうか。

落胆《らくたん》した父のつぶやき。兄たちの嘲笑《ちょうしょう》。母の嘆《なげ》き。

そういったものから逃《のが》れたかった。だから家を、国を出た。家族が望む通り、消えてやった。

当てもないままトライアンの王都シューバに流れ着いたロヴィンを受け入れてくれたのは、同年代の少年たちだった。

貴族の出身であるロヴィンから見れば、安物の服を着た市井《しせい》の若者たち。けれど、その時のロヴィンは薄汚《うすよご》れて擦《す》り切れた服と靴《くつ》しか持たず、飢《う》えて痩《や》せていた。彼らのほうが、はるかに上等な暮《く》らしをしていた。

どこから来たのかと声を掛《か》けてきた少年が、ロヴィンの腹《はら》の音を聞いてパンを盗んできてくれた。少年は金を持っていなかったわけではない。盗みそのものを楽しんでいたのだ。お前もやってみろと彼は言った。それで腹が満たせるなら素晴《すば》らしいことだとロヴィンは思った。飢えているところへ食べ物を与《あた》えられたものだから、つい警戒心《けいかいしん》を解《と》いてしまったのだ。魔導が扱えることを話したら、少年はロヴィンを仲間たちに引き合わせてくれた。

落ちこぼれと言われた魔導の腕を、仲間たちは歓喜《かんき》して受け入れてくれた。それが嬉《うれ》しくて、彼らの言うことは何でも聞いた。酒に酔《よ》って支離滅裂《しりめつれつ》になっている言葉でも何でも。お前さえいれば王城《おうじょう》にだって忍《しの》びこめるぞと囃《はや》し立てられれば、その気になって実行した。だが当然、そんな行き過《す》ぎた遊戯《ゆうぎ》は許《ゆる》されるものではない。警備兵《けいびへい》に見つかり、警鐘《けいしょう》が鳴り響《ひび》き、追われる少年たちはロヴィンを殴《なぐ》り倒《たお》して逃《に》げた。警備兵がロヴィンに気を取られている隙《すき》に、自分たちだけ逃げおおせたのだ。

結局、利用されていただけ。友達でも仲間でもなかった。要領《ようりょう》が悪くて逃げられなかったロヴィンは、やはりどこまでいっても未熟な落ちこぼれだったのだ。

「未熟であることが、そんなに嫌《いや》ですか？」

ロヴィンの表情を見て取ったミレリーナが琥珀色《こはくいろ》の瞳で覗《のぞ》き込《こ》みながら言った。砂糖菓子《さとうがし》に似《に》た甘《あま》い微香《びこう》が彼女の髪《かみ》や衣服から香《かお》った気がした。

聞くまでもないことを聞かれ、ロヴィンは返答に困る。するとミレリーナは明るく笑った。

「未熟と完熟なら、どちらがお好き？　わたくしなら未熟のほうがいいわ。だって、熟しきってしまったら、その先がないでしょう？　もう腐《くさ》っていくしかないなんて、嫌じゃありませんか。だったら、一生未熟のままでいたほうがいいに決まっています」

ロヴィンは目を丸くした。そんなこと、今まで考えたこともなかったからだ。ミレリーナは十歳《さい》だと言っていたが、その頃《ころ》のロヴィンは兄たちに追いつきたくて必死だった。大人になればきっと実力がつくだろうと思い、早く大人になりたいと考えていたものだ。

「わたくしも、あなたも、子供《こども》です。だからこそ、わたくしにはあなたが必要なの」

それがどういう意味なのか、その時にはわからなかった。ミレリーナもそれ以上は何も語らず、ただ微笑《ほほえ》むだけ。

しかし、その笑顔はどこか硬《かた》かった。ぎこちないという意味ではない。彼女の微笑みは完璧《かんぺき》だ。完璧だからこそ、作り物くさい。素顔を見せまいとして、鎧《よろい》を着るかのように笑っている印象だ。ミレリーナの微笑みは人を寄《よ》せ付けない。

どうしてそんな笑い方をするのか。それがわかった時、彼女の言葉の意味も同時にわかった気がした。

他の騎士《きし》たちに紹介《しょうかい》された時、彼らはロヴィンに対して明らかに侮蔑《ぶべつ》の眼差《まなざ》しを向けてきた。

そんなもの、ロヴィンはどうとも思わない。それが正しい反応だとわかっているから。

不思議だったのは、彼らがミレリーナに対して物言いたげな視線《しせん》を向けるだけで、実際《じっさい》には何も言わなかったことだ。

騎士たちだけではない。世話役の女官も城内《じょうない》ですれ違《ちが》う高官たちも、汚《けが》らわしいものを見る目でロヴィンを一瞥《いちべつ》するだけだ。ミレリーナの顔色を窺《うかが》うように、揃《そろ》って口を閉《と》ざしている。

王女とはいえ、ミレリーナはまだ子供だ。盗人《ぬすびと》を騎士として仕えさせるなどという戯《たわむ》れを、なぜ誰《だれ》も咎《とが》めないのか。彼女の父である王は、娘《むすめ》の行動を把握《はあく》していないのか。

その疑念が解消《かいしょう》されたのは、王の姿を見た時だ。

無気力な眼差しをした男だった。何かの病なのか、床《とこ》に臥《ふ》して顔色も優《すぐ》れない。倦怠感《けんたいかん》を身に纏《まと》い、見舞《みま》いに訪《おとず》れたミレリーナに何ら言葉をかけるでもなく、重い溜《た》め息をつくばかり。王に付き添《そ》っている王后《おうこう》も、つられたように暗く沈《しず》んでいた。

「お父様は、ここを離《はな》れるべきなのです」

自室に戻《もど》ったミレリーナがぽつりとつぶやいた。

神国であるトライアンは、〈裁《さば》きの天秤《てんびん》〉と呼《よ》ばれる神具を所有する。それを扱《あつか》えるのは王家の血と名を継《つ》ぐ者だけ。

それを、王は拒絶《きょぜつ》しているのだという。そして、その厭《いと》う気持ちを神具は感知し、制裁《せいさい》を与《あた》える。

ミレリーナが話してくれたことは、同じく神国であるグラディウスの出身であるロヴィンも初耳だった。神の子の血を継ぐと言われている王が神具を拒絶しているなど、あってはならないこと。だから誰も口外しないのだ。

「どこか静かな所で心穏《おだ》やかに過《す》ごすことができれば、きっとお父様もお元気になられるわ。お母様の心労もなくなるでしょう。でも……」

王であることに疲《つか》れてしまったのなら、その座《ざ》を明け渡《わた》してしまえばいい。あの調子では、王の心身が持つのもあと数年が限界《げんかい》だろう。だが、その重責《じゅうせき》はすべて次期王へ――王の息子《むすこ》へ丸投げされることになる。

トライアンの王子――ミレリーナの兄ベルンハルトは二十歳《はたち》前後の若者《わかもの》で、彼もまた変わり者だった。誰もがロヴィンに軽蔑の眼差しを向ける中、彼だけは人懐っこい笑みで挨《あい》拶《さつ》に来てくれたのだ。それも、手作りのケーキを携《たずさ》えて。

「ミレリーナをよろしく頼《たの》むね。この子が君を選んだのには、きっと何か意味があるんだ。種明かしをされると大人だってびっくりするくらい、大きな意味がね。私はミレリーナを信じているから、君も信じるよ」

　オレンジの香《かお》りがするケーキを切り分けながら、ベルンハルトはそう言った。

　神国の王子がケーキを作って持ってくることにも驚《おどろ》いたが、こうもあっさり受け入れられたことが何より信じられなかった。いくら妹を信用していようと、得体の知れない罪人《ざいにん》まで信じるだなんて無防備《むぼうび》にもほどがある。

　もしや、ミレリーナの機嫌《きげん》を取るために都合の良いことを言っているのではないか。そんなことを考えたロヴィンだったが、すぐにベルンハルトの笑顔は本物だとわかった。あまり甘《あま》いものは好きでないロヴィンだったが、ミレリーナの手前、ケーキの味を褒《ほ》めたら彼は心底ほっとしたように照れ笑いを浮《う》かべたのだ。

　作り物めいたミレリーナの微笑みとは違う、人の温かみがある笑顔だった。

　しかし、彼のような人が次期王だと思うと確かに不安だった。あまりに純朴《じゅんぼく》すぎて、すべてを委《ゆだ》ねると潰《つぶ》れてしまいそうな気がする。ミレリーナもそれを案じているのだ。兄が父王のようになるのは嫌《いや》だ、と。

ミレリーナに付き従《したが》うようになってから幾日《いくにち》かすると、ロヴィンは城内《じょうない》の様々な事情《じじょう》を把握《はあく》できるようになった。グラディウスに比べると格段《かくだん》に豊《ゆた》かな国であったが、その要《かなめ》たる王家は誰《だれ》もが脆《もろ》そうだった。

王は、じきに使いものにならなくなるだろう。そしてベルンハルトは頼《たよ》り甲斐《がい》があるとは言い難《がた》い。そんな中、必死で強くあろうとするミレリーナは特に、今にも折れてしまいそうで危《あや》うい。しかし、誰もがミレリーナの顔色を窺《うかが》うのは、ベルンハルトが潰れてしまった時に神具を担《にな》える者は彼女しか残っていないからだ。ミレリーナもそれをわかっているから、鎧《よろい》のような笑顔で弱音を隠《かく》す。

そんな少女を支《ささ》えていく。それがロヴィンの生きる方法となった。だから、それ以外のことはどうでもいいのだ。ベルンハルトが王の重圧《じゅうあつ》に耐《た》えられなくても、誰にどんな目で見られようと、知ったことではない。

ミレリーナさえいれば、生きていけるのだから。

†

ひそひそと忍《しの》ぶように言葉が交《か》わされる。そのたびに視線《しせん》を感じた。

なのに、振《ふ》り返ると皆《みな》が一様に顔を背《そむ》けて口を閉《と》ざす。それはつまり、よくない噂《うわさ》を囁《ささや》きあっているということだ。

「何事ですの。言いたいことがあるのなら、目を見てはっきりおっしゃい」

声を潜《ひそ》めて話をしていた女官たちの輪に、ミレリーナは躊躇《ためら》うことなく割《わ》り込んでいった。陰口《かげぐち》を聞き咎《とが》められた女官たちは顔を伏《ふ》せて恐縮《きょうしゅく》の意を示《しめ》すが、ミレリーナは容赦《ようしゃ》しない。琥珀色《こはくいろ》の瞳《ひとみ》を鋭《するど》く吊《つ》り上げている。詫《わ》びたくらいで見逃《みのが》してやるものかと、態度で語っていた。

「姫様《ひめさま》のお耳には、あまり好ましくないお話ですのよ」

諦《あきら》めたように、一人の女官が口を開いた。それでも俯《うつむ》いたまま、ミレリーナと目を合わせようとしない。ミレリーナは何も言わないが、黙《もく》することで話の先を促《うなが》していた。行って良い、と許《ゆる》しが出るまでは、彼女たちは動くことができないのだから。

「実は……この何日かで、持ち物がなくなったという者が出てきているんです。なくなったのは軽食用のお菓子《かし》やパンといった食べ物が多いのですけど、中にはお金の入った小物入れが盗《と》られたという被害《ひがい》もありまして……」

そこまで言って、女官は伏せていた顔を一瞬《いっしゅん》だけ上げた。その時に見たのはミレリーナの顔ではなく、その後ろに控《ひか》える騎士《きし》の少年——ロヴィンだった。

「なくなったのは食べ物がほとんどなのですね。被害が可愛《かわい》いものとはいえ、城内《じょうない》で窃盗《せっとう》とは捨て置けないことではありませんか。それこそ、わたくしに報《しら》せるべきでしょう。なぜ好ましくないと勝手に決め付けて隠《かく》すのですか？　わたくしが子供《こども》だから報告《ほうこく》の必要がないとでも？　それとも、わたくしが知れば悲しい思いをすると、余計《よけい》な気でも回しましたか？」

彼女たちが――いや、噂を囁きあう者たちがロヴィンを疑《うたが》っていると悟《さと》ったミレリーナは威圧《いあつ》的な口調で厳《きび》しい言葉を重ねる。一言二言と加えるたびに女官たちが畏縮《いしゅく》していくのを見て、少しばかり胸《むね》がすっとした。溜《た》め息を零《こぼ》して一拍《いっぱく》置いてから、下がりなさい、と命じる。その途端《とたん》、深く礼をしてから女官たちは逃《に》げるように小走りで去っていった。

「気にしてはいけませんよ。皆、あなたが珍《めずら》しいだけですわ」

ミレリーナは諭《さと》すように言ったが、ロヴィンはそれほど気にしている様子もなく、一礼して承服《しょうふく》の意を示した。彼も、こういった噂の対象にされることくらい覚悟《かくご》していたのだろう。良い心掛《こころが》けだ。

しかし、それで問題が解決《かいけつ》されたわけではない。実際《じっさい》に金品の紛失事件《ふんしつじけん》が起きているなら、その者を捕《と》らえて処罰《しょばつ》しなければいけない。

それにしたって、つまらないものばかり狙《ねら》う犯人《はんにん》だ。小物入れにしまっておくような金なら、少額《しょうがく》なはず。それ以外は食べ物ばかりとなると、よほど腹《はら》が減《へ》っていたのか——王城に仕えているなら、それはありえない。どんな下働きでも、飢《う》えない程度《ていど》に賄《まかな》いは出るのだ。食い意地の張った者がいるなら話は別だが、ロヴィンが疑われているのにはいくつか理由がある。

一つは、彼がミレリーナに仕えるようになってからと紛失事件が起こり始めた時期が重なる、ということ。

そしてもう一つは、彼の前科だ。擦《す》り切れた服と靴《くつ》で街中を徘徊《はいかい》し、飢えを凌《しの》ぐために盗《ぬす》みをしていた浮浪児《ふろうじ》だということはすでに知れ渡《わた》っている。その頃の手癖《てくせ》の悪さが抜《ぬ》けていないのだと、疑いたくなる気持ちはもっともだ。

だが、ロヴィンはほとんどミレリーナから離《はな》れることがない。夜だって、扉《とびら》一枚隔《まいへだ》てたところに控《ひか》えさせているのだ。それでどうやって盗みを働くというのか。

ミレリーナは自分の目を信じている。この目がロヴィンを選んだのだ。だから、彼を疑えば自分の目が曇《くも》っているのだと自身を貶《おとし》めることになる。

迷《まよ》いなどない。信じればいい。ロヴィンを、そして自分を。

しかし、周囲はそれを許してはくれなかった。

ミレリーナが盗難《とうなん》の件を耳にした翌朝《よくあさ》のこと。新しいドレスに合わせて新調した髪飾《かみかざ》りが届《とど》けられた。いつもなら、そういった品を部屋まで持ってくるのは女官や下働きの者なのに、その日はどういうわけか魔導《まどう》騎士だった。それも、三人連れ立って。

品を届けた彼らはちらちらとロヴィンを窺《うかが》い見ていた。きっと、例の噂を耳にして、嫌《けん》疑《ぎ》をかけられている新入りを見に来たのだろう。どこか怪《あや》しいところがあれば指摘《してき》してやろうと、目を光らせている。

「良い品ですわね、気に入りました。さっそく御代《おだい》を工房《こうぼう》に届けてください」

箱を開け、注文通りの品が納《おさ》められていることを確認《かくにん》したミレリーナは試着もせず告げた。贔屓《ひいき》にしている職人《しょくにん》の品であることと、何より騎士たちを早く部屋から追い出したかったからだ。

しかし、彼らは一瞬だけ互《たが》いに顔を見交《みか》わし、うちの一人が意を決したように歩み出た。

「恐《おそ》れながら申し上げます、王女殿下《でんか》。我《われ》らよりも、殿下のすぐ傍《そば》に控えている者のほうが適任《てきにん》かと。街の裏道《うらみち》に詳《くわ》しく、足にも自信がおありと聞き及《およ》んでおります。今から出ても、昼過《ひるす》ぎには戻《もど》って来られましょう」

彼らが何を言わんとしているのか悟り、ミレリーナは騎士たちを鋭《するど》く睨《ね》めつけた。しかし、彼らも追い詰《つ》められた表情で引こうとはしなかった。

見れば、この騎士たちもまだ若《わか》い。皆、二十歳《はたち》前後だろう。歩み出て進言したのは女騎士だった。瑠璃色《るりいろ》の瞳《ひとみ》は切れ長で鋭く、金糸雀色《カナリアいろ》の鮮《あざ》やかな髪《かみ》をきつく束ねている。見習いという修行《しゅぎょう》期間を経《へ》てようやく力を認《みと》められた彼らにとって、ロヴィンは許しがたい存《そん》在《ざい》といったところか。特に女の騎士は希少《きしょう》だが、同性であるため気安いと、王女や王后《おうこう》が近衛《このえ》に求めることが多い。この女騎士もミレリーナの近衛に選ばれるなら自分であると自信があったのだろう。手に入るはずだった座《ざ》を盗人《ぬすっと》に掠《かす》め取られたと、憤《いきどお》っているようだ。しかし、だからといって、こんな試《ため》すような真似《まね》をするとは。トライアン魔導騎士としての誇《ほこ》りがあるなら、つまらない矜持《きょうじ》にしがみつくことがどれほど無様かわかるだろうに。

そう言ってやりたかったが、安易《あんい》に彼らを退《しりぞ》けることはできなかった。

なぜ彼らが髪飾りを持って来たか――本来、これを届ける役目にある者と示し合わせて、仕事を譲《ゆず》ってもらったのだ。誰もがロヴィンを疑っているから、若い騎士たちの無理な頼《たの》みを断《こと》わるはずもない。もしここでミレリーナがロヴィンを使いに出さなければ、ミレリーナ自身もロヴィンを疑っているのだと吹聴《ふいちょう》して回るつもりだろう。何せ、髪飾り一つとはいえプラージュ座の大粒真珠《おおつぶしんじゅ》を使っている品だ。その報酬《ほうしゅう》もかなりの額になる。そんな大金を持たせるには、その信頼《しんらい》に足る人物でなければいけない。

安全を第一に考えて、普通《ふつう》なら使いの者に複数《ふくすう》の護衛《ごえい》をつけるもの。だが、彼らが要求しているのはロヴィン一人で役目を果たすことだ。疑いを晴らしたければやってみせろと暗に言っている。

突《つ》っ撥《ぱ》ねるのは簡単だ。一人で使いに出すなんて非常識《ひじょうしき》な要求、聞くまでもない。だが、示し合わせてこんなことをするのなら、騎士たちにもそれなりの覚悟《かくご》があるのだろう。ちょっとやそっとでは退《ひ》きそうにない。いくらミレリーナのほうが正しくても、ここで我《が》を通そうとすればするほどミレリーナもロヴィンを疑っているように見えてしまう。

この者たちにどう思われようと、痛《いた》くも痒《かゆ》くもない。しかし、押《お》し問答する姿をロヴィンに見せたくはなかった。疑ってなんかいないのに、そう思われるのは嫌《いや》だ。

ほんの一呼吸《こきゅう》の間に、決心した。そもそも悩《なや》む必要などないのだ。

「わかりました。彼に頼みましょう。あなたたちは先に下がりなさい」

ミレリーナの返答に三人は揃《そろ》って絶句《ぜっく》した。まさか、二つ返事で承諾《しょうだく》を得られるとは思っていなかったのだろう。目を白黒させ、ミレリーナを見つめている。

「まだ何か？　下がりなさいと言いましたのよ。聞こえなかったの？」

呆然《ぼうぜん》と立ち尽《つ》くしている騎士たちに、ミレリーナは重ねて退出《たいしゅつ》を命じた。彼らは悔《くや》しそうに唇《くちびる》を引き結び、一礼して背《せ》を向けた。

「そうだわ、待ってちょうだい。あなたたち、騎士になって間もないのでしょう。まだ名前を知りませんもの。教えてくださいな」

立ち去ろうとした騎士たちを呼び止め、ミレリーナは名乗りを命じた。三人はそれに応《おう》じ、振《ふ》り返って胸《むね》に手を当てる。

「フォルト・アプロディール」

「レジス・トゥルビオン」

「グリシーヌ・ベルジュロネット」

堂々とした振る舞《ま》いで名乗りを上げるが、口調は苦々しい。魔導騎士はすべて名家の出であるため、家の名を口にすることが何よりの誇りなのだ。年端《としは》も行かない少女に負かされた直後とあっては、家名を汚《けが》すようでさぞかし悔しいことだろう。だが、それくらいの報《むく》いは受けてもらわなければミレリーナの気が済《す》まない。

「よく覚えておきましょう」

それだけ言って、ミレリーナは三人に背を向けた。扉《とびら》を閉《し》める音がして、足音が遠ざかっていく。何も聞こえなくなったところで、大きく溜め息をついた。

「困《こま》った人たちですわね。こんなつまらないことを考えている暇《ひま》があるなら、武芸《ぶげい》の稽古《けいこ》でもしていればいいのに。——仕方がないから、あなたが行ってくださる？　あまり遠くはないから、昼食に間に合うように帰っていらっしゃい」

手近にあった紙に工房の名と簡単な地図を書きつけながら、ミレリーナはあることを思い出した。地図の下にレソナンシア菓子店《かしてん》という店の名を書き加える。

「この工房の近くに、新しいお菓子のお店ができたんですって。そこの焼き菓子がとても美味《おい》しいって評判《ひょうばん》なの。でも、他の人に頼むとお兄様のお耳に入ってしまうかもしれないでしょう？　わたくしがよそのお菓子を欲《ほ》しがったなんて知ったら、がっかりなさるかもしれないわ。だから、こっそり買ってきてちょうだい」

ロヴィンに紙を渡《わた》しながら、つい小声で耳打ちしてしまった。他に誰《だれ》もいないのに、少しばかりの後ろめたさがそうさせる。けれど、こっそりお菓子を買ってきてもらうだけでもミレリーナには大変なことだった。常《つね》に人に見られる立場にいると、秘密《ひみつ》など何一つ作れやしないのだ。しかし、ロヴィン一人での使いなら誰に見咎《みとが》められるわけでもないし、きっとばれない。

「すぐに戻ってまいります」

紙と髪飾りの報酬、そして菓子を買う金を受け取ったロヴィンは一礼して出て行った。

背を向ける直前の横顔に、ミレリーナはいつもと違《ちが》うものを感じて首を傾《かし》げた。

グリシーヌたちがやって来てから出て行くまで、彼は眉《まゆ》一つ動かさなかった。なのに今、少しだけ、ほんの少しだけ笑ったように見えたのだ。

まだ日が浅いとはいえ、常に傍《そば》にいるミレリーナだからこそ見分けることができた表情の変化だ。彼は笑いもしないし怒《おこ》りもしない。皆は彼を気味悪がるけれど、ミレリーナのように笑いたくもない場面で笑っているより、いっそ楽そうだ。

しかし、それはできない。自分の感情に素直《すなお》になってしまったら、皆が不安になってしまうから。

父王は弱すぎた。兄王子は優《やさ》しすぎる。ベルンハルトは父の若《わか》い頃《ころ》に似《に》ていると、多くの人が言う。もしベルンハルトが王位を継《つ》ぎ、数年しか持たなかったらトライアンはどうなるのか。ミレリーナが、妹姫《いもうとひめ》がいるではないか。あの姫はなかなか気丈《きじょう》そうだ。そうでなくては困る。強くなくては困る。

耳を塞《ふさ》いでも、指の隙間《すきま》から忍《しの》び込《こ》んでくる囁《ささや》き声。聞こえないとでも思っているのか。それともわざと聞かせているのか。それならば、望むままに振る舞ってやろうではないか。力を誇示《こじ》したい。皆がそれを望むから。そうすることで、兄に向けられる期待と落胆《らくたん》を軽減《けいげん》させられるなら。

父が床《とこ》に臥《ふ》すようになってから、ミレリーナに逆《さか》らう者はいない。それはミレリーナをベルンハルトと同列に――いや、それ以上に王位を継ぐものと見ているからだ。

けれど、ミレリーナは王位など欲しくはない。それは兄であって欲しい。父が倒《たお》れる以前はベルンハルトが王として望まれ、その教育を受けてきたのだ。そしてミレリーナは、王となったベルンハルトを支《ささ》えていたい。父のようにはさせない。

だからミレリーナは時々、人々が当惑《とうわく》してしまうようなことをする。

大好きだった祖母《そぼ》が亡《な》くなった時、ミレリーナは涙《なみだ》一つ零《こぼ》さなかった。あれほど懐《なつ》いていたのに、情《じょう》のないこと。まったく子供《こども》らしさがない。冷たい姫君。

そんな声を聞きながら、手のひらに食い込む爪《つめ》の痛《いた》みに耐《た》えていた。

刑場《けいじょう》によく足を運んでいたのも、人の死に興味《きょうみ》があるのかと震《ふる》え上がらせるためだ。

穏《おだ》やかに笑っていながら、何をするかわからない少女。そんな王女に王位を継がせるくらいなら、少しくらい頼《たよ》りなくとも優しいベルンハルトに仕えたい。

事実、ミレリーナに対峙《たいじ》する時、誰もが緊張《きんちょう》した面持《おも》ちであるのにベルンハルトと言葉を交《か》わす時は皆が安堵《あんど》の表情を浮《う》かべるのだ。なんとも正直なことだと、面白くなるくらいに。

気丈であれと望むくせに、実際にそうすると恐《おそ》れ慄《おのの》く。大人の考えることはよくわからないが、ミレリーナはこれですべて丸く収《おさ》まると信じていた。だから、その通りに行動していた。

しかし、刑場にこもった臭気《しゅうき》はいつも吐《は》き気を誘《さそ》った。執行《しっこう》の現場《げんば》を見ていなくても、その場の空気に中《あ》てられる。

軽い眩暈《めまい》に耐えきれず、今日はもう帰ろうと思った時だった。彼を見つけたのは。

見た瞬間《しゅんかん》、まず驚《おどろ》いた。彼は苦痛《くつう》を与《あた》えられる懲罰《ちょうばつ》を目の前にして、暴《あば》れもしなければ泣き喚《わめ》くこともなかったのだ。わずかに伏《ふ》せた目は、まるで眠《ねむ》る前に読書でもしているかのように落ち着いていた。

漆黒《しっこく》の髪《かみ》と黒曜石《こくようせき》の瞳《ひとみ》。それがいっそう、静寂《せいじゃく》の夜を思わせる。

先日、王城《おうじょう》に盗人《ぬすびと》が忍《しの》び込んだのだが、その時に捕《と》らえられたのが彼らしい。まだ若く、みすぼらしい身なりなのに、魔導《まどう》の知恵《ちえ》を持っているのだとか。刑場の管理を司《つかさど》る者たちがそんな話をしているのを聞いて、より興味が湧《わ》いた。

気がついたら、ミレリーナは刑の執行に待ったをかけていた。

傍に寄ってみれば、黒い瞳をより暗くしているものは厭世《えんせい》であるとわかった。自分を取り巻《ま》くものへの対峙の仕方が違うだけで、彼と自分は同類だとミレリーナは感じた。

自分にない力を持つ者。ミレリーナの目を引いたように、人の目を惹《ひ》きつける静寂と、それに相反して人に蔑《さげす》まれる罪《つみ》を負う。自身以外を拒絶《きょぜつ》しているが、もし忠誠《ちゅうせい》を誓《ちか》わせることができるなら、主人のみに依存《いぞん》して、決して裏切《うらぎ》ることはないだろう。

自分よりずっと年上の、大人の騎士ではだめなのだ。彼らはミレリーナを王女としての価値《かち》だけで見ているから。

だから、欲《ほっ》した。ミレリーナをただの人間として見て、その上で忠誠を誓う者を。世を厭《いと》い、主人以外には盲目《もうもく》である者を。

欲《ほ》しかったのは捌《は》け口かもしれない。ベルンハルトにさえ見せられない自分の暗い感情も、口を横一文字に引き結んだ彼にならら聞かせられるような気がしたのだ。

それに、罪人を傍に置けば、また人々はミレリーナを奇異視《きいし》して恐れる。一石二鳥だった。

ロヴィンはミレリーナの求めに応じ、忠誠を誓った。ミレリーナの目に狂《くる》いがなければ、彼は裏切ったりしない。今のロヴィンにとって、ミレリーナこそが生きる資本《しほん》なのだから。

「早く帰っていらっしゃい」

ロヴィンが出て行った扉《とびら》を見つめ、ミレリーナはつぶやく。

しかし、昼を過《す》ぎても夕刻《ゆうこく》になっても、彼は戻《もど》ってこなかった。

彼の帰りを待ちわびていたのはミレリーナだけではない。グリシーヌたちもだ。いや、彼女らは帰りを待っているというより、戻らないまま時が過ぎるのを待っていたというほうが正しいだろう。

「やはり、あの者が一連の……」

「汚《けが》らわしい賊《ぞく》め」

王城の門が一番よく見える廊下《ろうか》の窓。そこでじっと外を眺《なが》めていたミレリーナの耳に、足音と共に声が届《とど》いてきた。背後《はいご》でぴたりと足音が止まる。

「ミレリーナ様、こちらにおいででしたか」

窓硝子《まどガラス》に手をついているミレリーナに、聞き覚えのある声がかけられた。グリシーヌだ。瑠璃色《るりいろ》の瞳が、今朝と違《ちが》って勝ち誇《ほこ》ったように生き生きとしている。

彼女と共にいるのはフォルトとレジス。先ほどの話し声は彼らのものだったようだ。

ミレリーナは振《ふ》り返ったが、何も答えなかった。グリシーヌは構《かま》わずに言葉を続ける。

「なかなか戻られませんね、ロヴィン殿《どの》は。まさか、よく見知った街で迷《まよ》われたなどということはありますまい。いったい、どちらで道草を食っておられるのか」

「譬《たと》えでなく、本当に道草を摘《つ》んで食っているのでは？　ここでの食事は口に合わないのかもしれませんね」

グリシーヌの尻馬《しりうま》に乗ってレジスが言うと、フォルトは憚《はばか》りもせず失笑《しっしょう》した。

ミレリーナは振り返ったまま、三人をじっと見つめて口を噤《つぐ》んでいた。しかし、それは言い返すことができない悔《くや》しさで何も言えないという表情ではない。まだミレリーナは待っているのだ。だから、つまらないことは言うなと目だけで語る。

ミレリーナが落胆《らくたん》しているものと思って見に来たのだろうグリシーヌたちは、互《たが》いに顔を見合わせて肩《かた》をすくめた。強情《ごうじょう》な姫君《ひめぎみ》だ、とでも言いたげだ。

特に彼らと話すことなどない。ミレリーナは再び窓に顔を向けた。諦《あきら》めて立ち去っていく三人の足音を聞きながら、つぶやく。

「わたくしが、いけなかったのですね」

窓についた手を強く握《にぎ》り締《し》めた。

†

地図に記された工房《こうぼう》の名はロヴィンも知っているものだった。グリシーヌが言ったように裏道《うらみち》もよく知っているから、最短距離《きょり》の道順を頭に思い描《えが》くのも容易《ようい》だ。

それにしても、ミレリーナにはいつも驚かされる。躊躇《ためら》うことなく使いに出されるとは思わなかった。彼女が一言拒否《きょひ》の言葉を発すれば、騎士《きし》たちを退《しりぞ》けることなど簡単《かんたん》だったのに。

彼女はロヴィンのために、拒否しなかったのだ。疑《うたが》っていないと示《しめ》そうとした。そして、それが押《お》し付けがましくない。心から信じてくれているのだと感じた。

かつての仲間たちとは違う。上辺だけの信頼《しんらい》ではない。ロヴィンを利用しようとしていることをはっきり告げているが、うそ臭《くさ》い優《やさ》しさや情《なさ》けで傍《そば》に置かれるよりよっぽど良い。

犬が欲しいと言って罪人《ざいにん》を騎士にした少女が他にどんなことを言い出すのか。純粋《じゅんすい》に興味《きょうみ》を持った。だから忠誠《ちゅうせい》を誓《ちか》った。彼女なら面白《おもしろ》いものを見せてくれると、そう感じた。

そしてさっそく楽しませてくれた。大人をたじろがせる気迫《きはく》の持ち主であっても、評判《ひょうばん》の菓子《かし》を欲しがるところはただの子供《こども》だ。直前までの大人ぶった顔とあまりにかけ離《はな》れていたものだから、つい笑ってしまった。

きっと、あれが彼女の本当の顔なのだろう。ミレリーナがしゃんと背筋《せすじ》を伸《の》ばして懸命《けんめい》に背伸びをしているのは、周囲がそうあって欲しいと望んでいるからだ。近くにいればすぐにわかる。そしてミレリーナは皆《みな》のため、何より兄のためにその期待に応《こた》えようとしている。

つま先で立ち続けてきた少女が、ほんの少し足休めをする瞬間を手助けできる。今まで落ちこぼれとして育ったロヴィンが味わったことのない優越感《ゆうえつかん》だった。たった数日の付き合いなのに、すでに離れがたい。

ミレリーナがロヴィンを利用するつもりで仕えさせているのと同じように、ロヴィンもまた自分のために彼女の傍にいる。きっと、それでいいのだ。互《たが》いの益が絡《から》まりあって、この関係が成り立っているのだから。

早く仕事を済《す》ませてミレリーナのもとへ帰ろう。そう思い、確認《かくにん》のためにもう一度だけ地図に目を通す。自分が今いる場所から工房のある区画へ行くには、生活水準《すいじゅん》が比較的《ひかく》低い居住区《きょじゅうく》を突《つ》っ切るのが早い。とはいえ、その居住区を避《よ》けて通っても馬車を使えば大して変わらないから、王家や中央区に屋敷《やしき》を構《かま》える貴族《きぞく》などは庶民街《しょみんがい》を通ることはない。

紙を上着のポケットにしまい、民家と民家を隔《へだ》てる柵《さく》を飛び越《こ》えた。無断で庭を横切って裏通りへ出る。

王都といえど、庶民街の裏通りは狭《せま》くて雑然《ざつぜん》として、人の往来《おうらい》も少ない。安価《あんか》な食事と酒を出す宿場の裏には根菜の入った籠《かご》などが廃材《はいざい》といっしょくたに置かれ、いかにも汚《きたな》らしい様子だ。もしかすると野菜のいくつかは腐《くさ》っているのかもしれない。すえた臭《にお》いがする。

しかし、そんな空気が懐《なつ》かしくもあった。ほんの十数日前まで、ロヴィンはこういった裏道の軒下《のきした》で雨風を凌《しの》いでいたのだから。

鍵《かぎ》が壊《こわ》れていて、雨の時にはよく潜《もぐ》り込んでいた民家の納屋《なや》の前に差し掛《か》かる。懐かしさにほんの一瞬だけ目を奪《うば》われ――壁《かべ》と壁の隙間《すきま》から伸《の》びてきた手に腕《うで》を捕《と》らわれた。そのまま力任《ちからまか》せに引かれ、物陰《ものかげ》に吸《す》い込まれる。

「ほら見ろ。やっぱりロヴィンだ。いい服着て別人みたいだけどよ」

「まじかよ。幽霊《ゆうれい》じゃないよな？」

ロヴィンの襟首《えりくび》を摑《つか》み、壁に押し付けた少年が勝ち誇《ほこ》ったように言うと、共にいるもう一人の少年が驚《おどろ》きで見開いた目をロヴィンに向けてきた。

ロヴィンはこの二人のことをよく知っていた。しばらく前まで、つるんで盗《ぬす》みをやっていた仲間たちだ。

襟首を摑む手を振り払《はら》おうとするが、この二人は仲間たちの中でも最も体格《たいかく》の良い連中だった。対し、ロヴィンは戯《たわむ》れの腕相撲《ずもう》などでは常《つね》に下位に甘《あま》んじていた。少しもがいたくらいで逃《のが》れられるはずもない。事実、先ほどからずっと相手の腕に爪《つめ》を立てているのに、少年は痛《いた》がる素振《そぶ》りも見せていなかった。

「お前、どうやってお咎《とが》めを免《まぬが》れたんだ？　捕《つか》まったんだろう？　ドジこいて、逃《に》げ遅《おく》れてよ」

ロヴィンを捕らえている少年が言葉の後半を強調して言うと、もう一人は喉《のど》の奥《おく》で忍び笑った。見捨てて逃げたことをロヴィンが恨《うら》んでいると思っているのだろう。詫《わ》びるつもりなどないから、要領《ようりょう》の悪いお前が悪いんだと威圧《いあつ》をかけているのだ。

質問《しつもん》に答える気はない。そもそも、首を圧迫《あっぱく》されていて声が出せない。気を失わないように呼吸《こきゅう》を確保《かくほ》するので精一杯《せいいっぱい》だ。少年はそれをわかったうえで力をかけている。ロヴィンが魔導《まどう》の力を扱《あつか》えると知っているから、呪文《じゅもん》を唱える隙を与《あた》えることがどんな結果を招《まね》くかもよく知っているのだ。

「なぁ、これってもしかして王家の紋章《もんしょう》じゃないか？」

笑っていた少年がロヴィンの胸元《むなもと》を指差して言った。煉瓦色《れんがいろ》の生地《きじ》に映《は》える金糸の刺繍《ししゅう》は、まぎれもなくトライアン王家の紋章だ。それに少年たちは目の色を変え、探《さぐ》るような表情でロヴィンの顔を覗《のぞ》き込《こ》んでくる。

「どういうことだ？　まさか、服を盗んできたのか？」

「おい、見ろよ！　こいつ、すげぇ金持ってる！　手紙もあるぞ」

手が空いていた少年は素早くロヴィンの服をまさぐり、持ち物を物色した。絹《きぬ》に包んだ金は職人《しょくにん》への報酬《ほうしゅう》、手紙はその職人に宛《あ》てた礼と労《ねぎら》いの言葉だ。

手紙を開いた少年は、ロヴィンを押《お》さえていて手が塞《ふさ》がっている仲間に手紙を差し出して見せる。そこに記された差出人の名に、少年たちは驚きで目を見開いた。

「ミレリーナ・フィリス・トライアンって、王女殿下《でんか》の名前じゃないか！　どういうことだ？」

少年はロヴィンの襟元を握《にぎ》った手に力をこめ、さらに首を圧迫する。質問しておいて答えられないようにするとは馬鹿《ばか》かと言いたいが、背中を壁に押し付けられてほとんど宙吊《ちゅうづ》り状態《じょうたい》の今では文句《もんく》の一つも言えはしない。呼吸の際に、苦しい声がわずかに漏《も》れる程度《ていど》だ。

それでも、懸命《けんめい》に抵抗《ていこう》した。びくともしなくても、手を払《はら》い除《の》けようともがく。目は真《ま》っ直《す》ぐ相手を捉《とら》え、奪《うば》ったものを返せと視線《しせん》で訴《うった》えた。

だが、それが逆《ぎゃく》に彼らの興味《きょうみ》をそそってしまったようだ。手紙とロヴィンの顔を見比《みくら》べ、二人で目を見交《みか》わす。そして互いに意思が通じたように、同時に薄《うす》い笑《え》みを浮《う》かべた。

ずっとロヴィンを捕らえていた少年が、おもむろに手を離した。首元で塞《せ》き止められていた血が、どっと頭に流れ込んで一瞬《いっしゅん》だけ目の前が白くなる。咳《せ》き込んで膝《ひざ》をつきそうになるのをどうにか堪《こら》え、すぐさま呪文を唱えようと口を開いた。しかし、一節唱える隙すら与えることなく、手を離した少年はロヴィンの腹《はら》を蹴《け》り上げ、前のめりに倒《たお》れかけたところにもう一人の蹴りが飛んできた。靴《くつ》の硬《かた》いかかとが頰《ほお》を強く打つ。

たまらず、ロヴィンはその場に倒れ込んだ。最初の一撃《げき》が鳩尾《みぞおち》に入り、体の芯《しん》が痺《しび》れるように痛む。二打目では口の中を切った。その傷《きず》は深いらしく、口内に溢《あふ》れてくる血を飲み込むことができずに吐《は》き出す。地面に散った鮮血《せんけつ》を眺《なが》め、顎《あご》が砕《くだ》けていないだけましだと他人事《ひとごと》のように思ってしまった。腹の痛みのせいで、頭がぼうっとしている。

しかし、痛みから立ち直る間もなく髪《かみ》を摑《つか》まれて無理やり顔を上げさせられた。にたりと笑った少年たちの顔が霞《かす》んだ視界に入ってくる。

「危《あぶ》ない危ない。こいつにしゃべらせたら、下手すると火の海だの竜巻《たつまき》だの出して物騒《ぶっそう》だからな」

「でも、どうする？　王女様の手紙を預《あず》かってるってことは、こいつ王城《おうじょう》で働いてるんだろ？　このまま金だけ取って帰しても、俺《おれ》たちのこと全部話されるんじゃないか？」

「そうだな……。とりあえず、ルネのところに連れていくか」

耳がきんきんして、話し声も遠い。彼らが何か話し合っているようだったが、よくは聞こえなかった。しかし、彼らのすることなど予想がつく。

けれど、予想できても抵抗はできなかった。今のロヴィンは自力で立つこともままならないのだ。逃げることなどできるはずもない。

いや、逃げたところでどうなるというのだ。どこに帰るというのだ。役目を果たせず、金も手紙も失《な》くしていたら、王城で噂《うわさ》されている通り盗人《ぬすびと》扱いされてしまう。怪我《けが》をしていようと、自作自演《じえん》と言われて終わるだろう。昔の仲間に出くわして、金を巻《ま》き上げられたなどという話を誰《だれ》が信じるものか。

あの嫌味《いやみ》な騎士《きし》たちや、軽蔑《けいべつ》の目を向けてくる女官たちにどう見られても構《かま》わない。しかし、ミレリーナだけは。大人びていて、それでも幼《おさな》くて、力を欲《ほっ》して罪人《ざいにん》であるロヴィンを膝元に置いた、自分の非力《ひりき》さを理解《りかい》しているあの少女にだけは落胆《らくたん》の目を向けてほしくなかった。

だから、あの場所へはもう帰れない。

琥珀色《こはくいろ》の甘《あま》やかな夢《ゆめ》の中には、もう二度と。

†

明かり取りの天窓《てんまど》から差し込んでくる日差しから朱《あけ》が失われていく。もうじき日が落ちるのだ。暗くなった室内で、誰かがランプに灯《あか》りを灯《とも》した。

昼食までに戻《もど》れと言われたのに。さすがのミレリーナも、もう待ってはいないだろう。ミレリーナに見限《みかぎ》られることもつらいが、何より彼女が周囲の者たちに『そら見たことか』と責《せ》められているだろうと考えると申し訳《わけ》なくて悔《くや》しかった。

ロヴィンが少年たちに連れてこられたのは、商店の品を保管《ほかん》しておく倉だった。国外から買い付けてきた珍《めずら》しい磁器《じき》や陶芸品《とうげいひん》から織物《おりもの》などを広く取り扱う店で、本店を中央区に構える大きな商店だ。倉も店の裏《うら》や郊外《こうがい》にいくつも持っているが、その中の一つは使われることなく、がらんどうの建物だった。

以前は、ロヴィンもよくここで仲間たちと飲み食いしていた。少年たちの集会は、いつもこの場所だったのだ。今も、ロヴィンを連れてきた二人の他《ほか》に、十人前後の若者《わかもの》が雑談《ざつだん》しながら呼《よ》び出した相手を待っていた。

　ここへ連れてこられて、どれほど経《た》った頃《ころ》だろう。蝶番《ちょうつがい》が少し錆《さ》びついているためか、扉《とびら》がきしんだ音を立てて開いた。物が少なく、音や人の声はよく響《ひび》く。

　落日の太陽を背負《せお》い、その若者は靴音《くつおと》を高く響かせて倉の中へ踏《ふ》み込んできた。集《つど》っていた少年たちが一斉《いっせい》に立ち上がり、会釈《えしゃく》する。

　若者は満足そうに一同を眺《なが》め回し、最後にロヴィンに目を移《うつ》した。ロヴィンは今、手を背中《せなか》に回されて、縄《なわ》で柱に繋《つな》がれている。ミレリーナから与《あた》えられた騎士のサーベルも奪《うば》われ、少年たちの玩具《おもちゃ》にされていた。少しでも口を開けばすぐに殴《なぐ》って黙《だま》らせようと、常《つね》に誰かがそばに立っている。

　それを見て、若者は大げさに嘆《なげ》きの表情を浮かべた。

「あぁ、ロヴィン。生きてたって聞いたからすっ飛んで来たのに、こいつらと喧嘩《けんか》でもしたのか？　かわいそうに、ひどい怪我だ」

「すっ飛んできた？　昼に呼び出したのに、今頃やって来て。どうせ女の家にでもいたんだろ」

　若者の言葉を聞いて、少年の誰かが笑みを含《ふく》んで言った。それに皆《みな》が忍《しの》ぶように笑い出すと、若者は怒《おこ》るでもなく肩《かた》をすくめて聞き流した。いつものことだと、ロヴィンは知っている。

「おい、お前ら。ぼけっとしてないで縄をはずしてやれ。これじゃあ落ち着いて話なんかできやしない」

若者が指示《しじ》を出すと、さすがに少年たちは躊躇《ためら》いを見せた。しかし、若者が念押《お》しのように顎《あご》でしゃくると、一番近くにいた者がナイフを取り出してロヴィンを縛《いまし》めている縄を切り、解《と》いた。しかしナイフを鞘《さや》に納《おさ》めることなく、すぐ後ろに膝立ちしたままロヴィンの背中に切っ先を突《つ》きつける。妙《みょう》な動きをすれば、一突きにされるだろう。

この少年の行動を、若者は咎《とが》めない。彼が少年に、視線だけでそう指示したからだ。

彼の名はルネ。この倉を持つ商店の息子《むすこ》で、若者ばかりの窃盗団《せっとうだん》を束ねる頭《かしら》だ。この倉を自由に使えるのは、親さえ脅《おど》して言うことを聞かせているから。彼の両親は息子が窃盗団を束ねていると知りながら、発覚すれば商売ができなくなると案じてルネを庇《かば》っている。

ルネはすらりとした痩身《そうしん》をかがめ、床《ゆか》に座《すわ》り込んでいるロヴィンと目線を合わせた。顔を寄《よ》せてきたせいで、彼の赤味がかった長い茶髪《ちゃぱつ》がロヴィンの頬《ほお》をくすぐる。怪我をしたところにちくちくした痛みを与えられ、ロヴィンはわずかに顔をしかめた。それが可笑《おか》しかったのか、ルネは深い緑色の瞳《ひとみ》を細める。

「本当に、無事で良かったよ。いや、今は無事とも言えないか。傷だらけだもんな」

言って、ルネはけらけらと高い声で笑い出した。取り囲む少年たちも、つられて笑う。

ロヴィンだけが一人、黙《もく》したままルネの顔を見据《みす》えていた。

彼なのだ。王城《おうじよう》に忍び込んだ日、ロヴィンをけしかけたうえに見つかったとたん殴《なぐ》りつけ、兵士がロヴィンに気をとられている隙《すき》に他の仲間を連れて逃《に》げたのは。

そして、この街に流れ着いたロヴィンに初めて声をかけてくれたのも。ルネは自分が恩《おん》人《じん》であることを何かにつけて強調し、ロヴィンを逆《さか》らえないようにしていた。だから今も、さも心配していたような素《そ》振《ぶ》りで再《ふたた》び仲間に引き入れようとしている。ロヴィンが持つ魔《ま》導《どう》の力が惜《お》しいのだ。

「なんだ、相変わらず付き合いの悪い奴《やつ》だな。少しくらい笑えよ。——もしかして、置いてったことを根に持ってるのか？　あれは確《たし》かに俺が悪かったよ。お前なら一人でも上手《うま》く逃げてくれると思ったんだ。まさか、あんなにあっさり捕《つか》まるなんてな。お前に頼《たよ》りすぎてた俺がいけなかった。助けに行きたかったけど、相手は王家だろ？　どうしようもなかったんだよ。わかってくれよ。それにお前、その服。王家の魔《ま》導《どう》騎《き》士《し》の制服《せいふく》だよな？どうやって取り入ったんだ？　聞かせてくれよ」

自分が悪かったと認《みと》めながらも、信じているからこその策《さく》だった、助けたかったと主張《しゆちよう》する。そして反論《はんろん》の隙を与えずに話題を変えた。このやり方で、ルネは少年たちの心を捉《とら》

える のだ。違和感《いわ》を覚えても、得意なことや長所を褒《ほ》めちぎられると許《ゆる》してしまう。いいように使われているとわかっていながら、居心地《いごこち》の良さに浸《ひた》ってしまうのだ。

しかし、ロヴィンは見つけてしまった。本当の信頼《しんらい》を。小さくて柔《やわ》らかな手に口づけた時から、この命はミレリーナのものになった。だから、もう他の誰の前でも膝《ひざ》を折ったりはしない。たとえそれで死ぬようなことになっても、もはやミレリーナがロヴィンの帰りを待っていなくても、せめてこの独《ひと》りよがりな忠義《ちゅうぎ》を果たしたかった。

ルネの問いにロヴィンは答えない。どうせ手紙や金のことは少年たちに聞いて知っているだろうし、今さら彼と話し合う気もなかった。

だが、それで見逃《みのが》してもらえるはずもない。ルネの双眸《そうぼう》が、すっと細められた。右手を腰元《こしもと》に滑《すべ》らせたかと思うと、上着の内側からナイフを取り出してロヴィンの眼前《がんぜん》に突きつけた。すでに鞘《はら》は払われている。

「だんまりはやめようぜ。あの金と手紙、王女様からの預《あず》かり物だろう？　どんな手品を使ったのか知らないが、使いを頼《たの》まれるなんてずいぶん気に入られてるんだな。まさか、王女様に俺たちのことを話したんじゃないだろうな？」

ルネが一番聞きたいのは、それなのだろう。自分たちの罪《つみ》が白日の下《もと》に曝《さら》されるのを恐《おそ》れている。彼らが盗みに手を染《そ》めているのは決して生活に困窮《こんきゅう》しているからではなく、遊びのつもりだからだ。遊びごときで憲兵《けんぺい》に捕まってはたまらないと、皆がロヴィンを鋭《するど》く睨《にら》みつけている。

「……王城に忍び込んだのは、俺一人ということになっている」

ロヴィンはつぶやくように小さく言った。それでも、倉の中ではわずかな声でもよく響《ひび》く。皆がロヴィンの言葉を聞き取り、安堵《あんど》の表情を浮《う》かべた。ルネも満足そうに口角を上げた。そこへもう一言、ロヴィンは突き刺《さ》すような言葉を投げつける。

「あの方に、お前たちの名を聞かせたくない。お前たちが刑場《けいじょう》に引き立てられ、その姿《すがた》をあの方の目に触《ふ》れさせることなどあってはいけない。あの方の耳も目も、どんな穢《けが》れからも守ると誓《ちか》ったのだ。だから、お前たちのことを話したりはしていない。安心しろ」

ミレリーナに仕えるようになってからも仲間がいたことを誰にも話さなかったのは、彼らを慮《おもんぱか》ってのことではない。すべてはミレリーナのために。それだけがロヴィンの誇《ほこ》りであり、生きる支《ささ》えにしていこうと誓ったから。たとえ短い夢《ゆめ》であっても、ミレリーナの傍《そば》に仕えることができて幸せだった。真に自分を求めてくれた人が、彼女で良かった。

ルネたちは呆気《あっけ》に取られたような表情でロヴィンを見つめた。今までロヴィンがルネに反発したことなどなかったのだ。まさか侮蔑《ぶべつ》の言葉と共に拒絶《きょぜつ》されるなんて思っていなかったのだろう。ルネの表情が一変して険《けわ》しくなり、ナイフの柄頭《つかがしら》でロヴィンの側頭部《そくとうぶ》を強く殴りつけた。倒《たお》れたロヴィンの右手を踏み、ぎりぎりと踵《かかと》に力を入れる。脳《のう》が揺《ゆ》さぶられるほどの衝撃《しょうげき》に、ロヴィンは伏《ふ》したまま呻《うめ》くことしかできない。

「王女に気に入られたからって調子に乗るなよ。そんなもん、お姫様《ひめさま》の気まぐれに決まってる。お前みたいなコソ泥《どろ》にはねずみの這《は》い回る汚《よご》れた裏通《うらどお》りがお似合《にあ》いなんだよ。そんなお前に居場所を作ってやったのは誰だ？　飢《う》えの凌《しの》ぎ方を教えてやったのは誰だ？　今さら俺から逃げられると思うなよ。王女に可愛《かわい》がられて暮《く》らすなんて、させるか。そんなことになるくらいなら、この手で、この場で、殺してやる」

　仲間たちの中で、一番裕福《ゆうふく》な暮らしをしているルネ。彼はそれを威光《いこう》として少年たちを束ねてきた。特にロヴィンはルネにとって、自分の庇護《ひご》がなければ生きていけなかった弱い存在《そんざい》という位置づけだったのだ。そんなロヴィンが自分より華《はな》やかな世界——王家に召《め》し抱《かか》えられ、そのうえ見下されるなんて、耐《た》え難《がた》い屈辱《くつじょく》なのだろう。

　ルネはロヴィンの胸倉《むなぐら》を摑《つか》み、無理やり起こした。その首筋《くびすじ》に刃《やいば》をあてがう。

　魔導の力を使えば他愛なく倒せるだろう。しかし、ルネだけでなく背後にもナイフを持つ少年がいるのだ。魔法がどのように発動するのか、ロヴィンの傍で見てきた彼らは少なからず理解している。ロヴィンが自身の名を言えば、それを合図に容赦《ようしゃ》なく切りつけてくるだろう。今まで逃げ出せずにいたのも、そのためだ。傷だらけの体で十数人を相手にするのは少々難《むずか》しい。

それに、ロヴィンはもう生きていたいとは思わない。ミレリーナを失望させてしまっただろう今となっては、生きていても仕方なかった。だから、されるがままに刃を受け入れる。無駄《むだ》に力の入った切っ先が皮膚《ひふ》を浅く裂《さ》き、ちくりとした痛《いた》みが首筋に走った。

ルネがナイフを振り抜《ぬ》く。固唾《かたず》を呑《の》んで見守っていた少年たちが息を詰《つ》めた。盗みは遊び感覚で平気でやっても、人を殺したことなどないのだ。持ち歩いているナイフも威嚇《いかく》用で、使ったことなどほとんどない。それが今、一線を越《こ》えようとしている。

その時だった。錆《さ》びついた蝶番《ちょうつがい》が泣くように軋《きし》んだ音を立てた。気を張《は》り詰めていた全員が、弾《はじ》かれたようにそちらを向く。

扉《とびら》を開けたその人は、息を切らして立っていた。すでに日は沈《しず》み、暗闇《くらやみ》の中に小さな影《かげ》が曖昧《あいまい》な輪郭《りんかく》でぼんやり浮かんでいる。しかし、どんなに暗くてもわかる。所作のたびに振りまく、砂糖菓子《さとうがし》に似た甘《あま》やかな微香《びこう》。それは間違《まちが》えようもない、主《あるじ》のもの。

誰かがランプを掲《かか》げ持った。灯火《とうか》に少女の姿が照らし出される。それは間違いなく、トライアンの王女ミレリーナだった。

まさかと思った。その気配を察した時も、姿を見てからも、死の直前に幻《まぼろし》を見たのだと。しかし今、彼女はここにいる。

「誰だ？」

ロヴィンの胸倉を摑んだまま、ルネが怪訝《けげん》そうに言った。それもそのはず、ミレリーナはどういうわけか、いつもの優美《ゆうび》なドレス姿ではなく召《め》し使いの子供が着るような簡素《かんそ》な服を着ていたのだ。裾《すそ》や袖《そで》は煤《すす》に汚《よご》れ、白い前掛《まえか》けは縫《ぬ》い目がほつれてくたびれている。ゆるやかに波打つ飴色《あめいろ》の柔《やわ》らかな髪《かみ》も、貴金属《ききんぞく》ではなく麻《あさ》の紐《ひも》で束ねていた。洗《あら》い場か何か、汚れ仕事を任《まか》されている使用人の衣服だろう。もとの持ち主も小柄《こがら》なようだが、それでもミレリーナには大きいらしく、袖をまくって前掛けの腰紐《こしひも》を二重に巻《ま》いている。

「その人をお放しなさい」

ほんの一呼吸《こきゅう》置き、乱《みだ》れた息を整えてからミレリーナははっきりとした口調で言った。幼《おさな》い少女が思いがけず強い態度《たいど》に出たことに、ルネや少年たちは目を丸くしてミレリーナを見つめ——ふっ、とルネが笑った。

「ずいぶん可愛《かわい》らしいお迎《むか》えだな。ロヴィンの新しいお友達か？」

どうやらルネはミレリーナを王城で雇《やと》われている召し使いの少女だと思ったようだ。無理もない。こんな薄《うす》汚れた格好の少女が王女だなんて、誰が気づくものか。

ルネが刃物《はもの》を持っているのが見えていないのか、ミレリーナは躊躇《ためら》うことなく倉の中へ踏み込んでくる。たかだか十歳《さい》の少女だが、その堂々とした歩みや姿勢《しせい》には王女として培《つちか》われた威厳《いげん》が宿っている。汚れた衣服なんかで隠《かく》せないほどだ。少年たちもミレリーナの雰囲気《ふんいき》に怯《ひる》み、一歩退《しりぞ》いて身構《みがま》える。

皆、腰が引けている。ミレリーナに気圧《けお》されていることもあるが、これ以上は近寄って欲《ほ》しくないのだ。殺しに手を染《そ》めたくないから。互《たが》いにちらちらと視線で牽制《けんせい》し、やるなら自分じゃなく、他の誰《だれ》かがやってくれと願っている。しかし、ルネはそれを許《ゆる》さない。

「日が暮れてから、女の子が一人でこんな場所にやって来ちゃいけないよ、お嬢《じょう》ちゃん。お父さんとお母さんが心配してるよ？　そんな悪い子は、どんな目に遭《あ》っても文句《もんく》を言う権利《けんり》なんかないんだよ？」

ミレリーナを見るルネの瞳《ひとみ》に狂気《きょうき》の色が宿る。ロヴィンを殺そうとした現場を見られたからには、ミレリーナも生きて返さないつもりだ。ルネは取り巻《ま》きの少年たちに目配せし、ミレリーナを始末するよう命じる。

少年たちは尻込《しりご》みする。しかしルネは一喝《いっかつ》するように、やれ、と低い声音《こわね》で告げた。

それとほぼ同時。ミレリーナの靴音《くつおと》が一際《ひときわ》大きく響《ひび》いた。それで張り詰めていた緊張《きんちょう》が限界《げんかい》に達したのか、一人の少年が雄叫《おたけ》びを上げ、ナイフを構《かま》えてミレリーナに向かっていく。

意識《いしき》する間もなく、ロヴィンの体は動いていた。怪我《けが》の痛《いた》みも忘《わす》れていた。だからこその反応速度《はんのう》だったのだろう。ロヴィンを警戒《けいかい》していた少年たちもルネも、その予想外の動きに対応できなかった。彼らの脇《わき》をすり抜け、ロヴィンはミレリーナに駆《か》け寄《よ》る。

少年が振《ふ》り上げたナイフの切っ先がミレリーナに届《とど》く直前。ロヴィンは少年の右腕《みぎうで》を捕《と》らえた。ぎりりと骨《ほね》や筋《すじ》が軋《きし》む音がして、少年は呻《うめ》く。しかしロヴィンは構うことなく、ナイフを奪《うば》って少年の腕を肩《かた》に担《かつ》ぎ、そのまま背負《せお》い投げた。少年は床《ゆか》に頭を強く打ち、気を失う。

「ミレリーナ様、お怪我は？」

「……わたくしは平気です。あなたのほうが酷《ひど》いわ」

ロヴィンが小声で問うと、ミレリーナは胸に両手を当てて答えた。動悸《どうき》が激《はげ》しいようだ。目の前まで刃が迫《せま》ったことと、それをロヴィンが防ぐ様を間近で見て、さしものミレリーナも恐怖《きょうふ》を覚えたらしい。それでも、自分のことよりロヴィンの怪我を案じてくれる。その心が嬉《うれ》しかった。

「このような場所に、おいでになってはいけません。早くお戻《もど》りください」

「何を言っているの。あなたも一緒《いっしょ》に帰るのですよ。――命令です。わたくしを無事に連れ帰りなさい」

今度は叱《しか》るように、ミレリーナは言った。ロヴィンは驚《おどろ》きで声も出ない。

彼女は信じてくれていたのだ。待っていてくれたのだ。そして待ちくたびれて、探《さが》しに来てくれた。どうやってこの場所を突《つ》き止めたのかは知らないが、本当に何をしでかすかわからない少女だ。一人で外を出歩くことがどれほど危険《きけん》か知らないのか。そういうところは、世間知らずな姫君《ひめぎみ》だ。

ともかく、ミレリーナを早く安全な場所へ。開け放たれたままの扉から外へ連れ出そうと、彼女の肩《かた》を摑《つか》んだ。すると、ミレリーナは琥《こ》珀《はく》色《いろ》の瞳を大きく見開く。その視線の先はロヴィンの背後《はいご》に向けられていた。それと同時、大勢《おおぜい》が息を飲む気配も背後に生まれる。ロヴィンはミレリーナを背に庇《かば》って振り返ったが、その時にはすでにルネがサーベルを抜き放ち、目前に迫っていた。少年たちがロヴィンから奪《うば》い、遊んでいたサーベルだ。

咄嗟《とっさ》にロヴィンは奪い取ったナイフを構える。しかし、こちらは安価《あんか》なうえに鍔《つば》もなく、刀身も短い。対し、あちらは王家から与《あた》えられる業物《わざもの》だ。護拳《ごけん》には名工の彫《ほ》りが刻《きざ》まれ、天窓《てんまど》から射《さ》す月明かりを浴びて刃が光を宿す。その光だけで空気を切り裂《さ》いてしまいそうだ。

何か身を守る術《じゅつ》を使ったほうがいい。そう思ったが、もう間に合いそうになかった。いざという時にまごついて、蓄《たくわ》えた魔導の知識《ちしき》を発揮《はっき》できないのがロヴィンの落ちこぼれと言われる所以《ゆえん》だった。

ルネがサーベルを振り上げた。ロヴィンは防《ふせ》ぎきれないことを覚悟《かくご》の上でナイフを頭上に構える。ミレリーナが、ロヴィンの服の裾《すそ》をきつく握《にぎ》り締《し》めたのが感触《かんしょく》でわかった。せめてこの身が盾《たて》になって、ミレリーナを無事に逃がすことができればそれでいい。

ルネとロヴィンの視線が交わる。その一瞬《いっしゅん》で、狩《か》る者と狩られる者が決まった。しかし、ここで倒《たお》れるわけにはいかない。たとえ致命傷《ちめいしょう》を負っても、ミレリーナを安全な場所へ連れて逃げるまでは地に膝《ひざ》をつくわけにはいかないのだ。

この脆《もろ》いナイフでどこまで防げるか。どの道順ならミレリーナを連れて走れるか、頭の中で様々な思考が巡《めぐ》り——硝子《ガラス》が砕《くだ》ける轟音《ごうおん》に、すべてが掻《か》き消された。

ルネの頭上に硝子の破片《はへん》が降り注ぐ。その破片に交じり、金糸雀色《カナリアいろ》の影《かげ》も降ってきた。

天窓を突き破ってルネの背後に降り立ったその人は、ルネが呆気《あっけ》に取られている隙《すき》に素早《すばや》く足払《ばら》いをかけ、両膝と両手を床につかせて首筋にサーベルの刃先《はさき》を添《そ》える。その一連の動作の中で、いつの間にかルネのサーベルを奪い取っていたのだ。

「動くな。王家に仇《あだ》なす者は容赦《ようしゃ》なく斬《き》る」

女の声。しかし、怒気《どき》を孕《はら》んで重く響く声だ。床についたルネの両手が震《ふる》える。

その間に、扉から何人もの見知った顔が押《お》し入ってきて少年たちに刃を向けた。全員が揃《そろ》いの制服を着ている。ロヴィンと同じ、魔導騎士《まどうきし》を示す煉瓦色《れんがいろ》の制服《せいふく》。

戦意など、すでに失っていた——いや、そもそも死ぬほどの覚悟《かくご》など持っていなかった少年たちは青ざめた顔で両手を挙《あ》げ、命乞《いのちご》いをした。中には泣き出す者もいる。

「グリシーヌ、少し離《はな》れておあげなさい。その方とお話がしたいの」

ルネに刃を突きつけている女騎士——グリシーヌにミレリーナが命じた。グリシーヌは躊躇《ためら》いつつも、ミレリーナの強い眼差《まなざ》しに抗《あらが》えず、一歩退《しりぞ》いてルネの襟首《えりくび》を掴み、無理やり引っ張り起こした。尻餅《しりもち》をついたルネの肩に切っ先を置き、余計《よけい》な動きはするなと圧力をかける。

ミレリーナはロヴィンの手を下に引き、座《すわ》らせた。少年たちに暴行《ぼうこう》された傷《きず》が思い出したように痛《いた》み出す。一度座ってしまうと、もう立ち上がれそうになかった。

「休んでいてください。見ているだけで、とても痛そうなんですもの」

ロヴィンにそう告げ、ミレリーナはルネと対峙《たいじ》した。召《め》し使いだと思っていた少女が王家の騎士を従《したが》える様に、ルネはまだ事態が飲み込《こ》めないのか啞然《あぜん》とした表情でミレリーナを見上げていた。

「このような姿で、ごめんあそばせ。わたくしの名はミレリーナ・フィリス・トライアン。ここにいるロヴィンの主です」

ミレリーナが名乗ったことで、ルネはようやく彼女が何者であるか悟《さと》ったようだ。何か弁明《べんめい》をしたいのか、懸命《けんめい》に口を動かそうとするものの、唇《くちびる》が震えてしまって言葉にならない。

ミレリーナは構わず話を続ける。

「まずはお礼を言いましょう。あなたがロヴィンをわたくしに引き合わせてくださったことを。ロヴィンをこの街で生かしてくださったのも、あなたなのでしょう？」

これには聞いていたロヴィンが驚いた。ルネたちのことはミレリーナにも話していないのだ。どういうことかとミレリーナの顔を見上げていると、彼女がこちらを向いて微笑《ほほえ》んだ。

「王城《おうじょう》に忍《しの》び込むなど、あなた一人で行うなんて思えませんもの。扇動《せんどう》した者がいたと考えるのが普通《ふつう》です。そして、あなたがそこまで従ったのは、あなたを救ってくれた人だから。信頼《しんらい》していた人だから。でしょう？」

はじめからミレリーナは知っていたのだ。隠《かく》しているつもりだったのは、ロヴィンだけ。そしてそれを問い質《ただ》さなかったのは、隠していた理由がミレリーナへの忠誠心《ちゅうせいしん》によるものだということも彼女が察していたから。

完全に参った。まだ少し、ロヴィンの中でミレリーナを子供だと侮《あなど》っていた部分が残っていたが、それも完全に消し飛んでしまった。

自分より四つも年下の、十歳《さい》の少女。彼女がこの先、どんな女に成長するのか。近くで……誰よりも近くで見ていたい。

ミレリーナは再《ふたた》びルネに向き直った。声音《こわね》が険《けわ》しくなる。

「けれど、あなたはロヴィンの信頼を裏切《うらぎ》りました。一度捨《す》てた飼《か》い犬を再び従わせようなど、虫の良い話です。そして、あなたが捨てた犬をわたくしが拾いました。ですから、彼はすでにわたくしのものですわ。——わたくしのわんちゃんを、ずいぶん可愛《かわい》がってくださったようね？」

くす、とミレリーナの笑った声が聞こえた。ロヴィンの座っている位置からでは彼女の表情は見えないが、ルネは喉《のど》に張り付いたような掠《かす》れた悲鳴を上げる。ルネの後ろに立っているグリシーヌも身震いしたように見えた。いったい、ミレリーナはどんな顔で笑ったのか。見たいような見たくないような、複雑《ふくざつ》な心境《しんきょう》だった。

「この倉の持ち主はあなたのご両親ですね。我《わ》がトライアン王家にも出入りのある商店だと、知っていますわよ。以前から付き合いのある商店です。ロヴィンを一度助けてくださったこともありますし、それに免じて今回は見逃《みのが》しましょう。けれど、もし再びわたくしの大事な犬に手を出したなら、その時は覚悟なさってね。招待状《しょうたいじょう》をお送りしますわ。絞首《こうしゅ》台《だい》への招待状を」

て行った。

警告《けいこく》の言葉を述べ、ミレリーナは倉の出入り口を指差す。行け、ということだ。ルネは慌《あわ》てて立ち上がり、ふらつきながらも走り出て行く。仲間の少年たちも彼に続いて倉を出て行った。

「ミレリーナ様、よろしかったのですか？」

グリシーヌが問う。不満そうな顔をしているものの、彼女や他の騎士たちもミレリーナの気迫《きはく》に飲まれていたのだろう。そうでなければ、きっとミレリーナの意思を無視してルネたちを捕《と》らえていたはずだ。

「良いのです。これだけ脅《おど》しておけば、もう下手《へた》な真似《まね》はできないでしょう。この恐怖《きょうふ》が彼らへの刑罰《けいばつ》ですわ」

グリシーヌはまだ不服そうにしていたが、これ以上何を言ってもミレリーナは譲《ゆず》らないと学んだのだろう。黙《だま》って刃を納《おさ》めようとして――手にしていたのが自分のサーベルではなかったことを思い出したようだ。くるりと回して逆手《さかて》に持ち、片膝をついてロヴィンに差し出す。

「あなたの剣だ。もう手放すことがなきよう、精進《しょうじん》なされよ」

今朝とは明らかに態度が違《ちが》う。グリシーヌはロヴィンを騎士として認めたのだ。戸惑《とまど》いつつもロヴィンがサーベルを受け取ると、彼女はばつが悪そうに俯《うつむ》き、躊躇いがちに切り出した。

「その、いろいろ悪かった。妙《みよう》な言いがかりをつけて、このようなことになったのは私たちの責任《せきにん》だ。本当に申し訳ない。身を挺《てい》してミレリーナ様を守ろうとしたあなたは立派《りつぱ》な騎士だ」

グリシーヌが深く頭を下げると、レジスとフォルトもやって来て彼女に並《なら》んで共に詫《わ》びた。フォルトは見覚えのある包みと封筒《ふうとう》を持っている。少年たちが置いていったのか、フォルトが取り上げたのか、ミレリーナに使いを頼《たの》まれた例の手紙と報酬《ほうしゆう》だった。それらもフォルトによってロヴィンの手に戻《もど》された。彼らなりの、信頼の証《あかし》だろう。

彼らは黙《だま》ったまま動かない。待っているのだ。ロヴィンの、許《ゆる》しの言葉を。

ロヴィンは困《こま》り果てた。今まで、こんなふうに誰かに詫びられたことなどなかったから。いつでも他人は自分より高い場所から見下ろしていて、同等に扱《あつか》われることなんてなかった。だから、こんな時はどんな言葉で返せばいいのか、わからない。

困惑《こんわく》するロヴィンの耳に、ミレリーナがそっと唇《くちびる》を寄せた。明るい声で囁《ささや》く。

「ただ一言、『我《わ》が友に感謝《かんしや》を』と。それだけでいいのです。皆《みな》さんに助けていただいたのですから」

「……我が友に感謝を。——気にしていないから、顔を上げてください。こうなったのは、

私の力不足が原因《げんいん》です」

ミレリーナの助言に従い、ロヴィンは述べた。しかし、それだけでは足りないような気がして、自身の言葉も付け加える。

そう。こんなことになったのはロヴィンに力が足りなかったからだ。王女に仕える騎士が市井《しせい》の悪たれ小僧《こぞう》たちに捕《つか》まって暴行《ぼうこう》を受けるなど情《なさ》けないにもほどがある。グリシーヌたちなら、たとえ一人であってもルネたちをあっけなく退《しりぞ》けられたはずだ。

もっと力が欲《ほ》しい。ミレリーナのために。

グリシーヌたちは安堵《あんど》の表情で顔を上げた。三人以外の、居並ぶ騎士たちも表情を綻《ほころ》ばせる。

今さらながら、他の騎士と言葉を交《か》わしたのは初めてだということに気がついてロヴィンは居心地《いごこち》が悪くなる。

ふと、手元に置かれた包みと手紙が目に入った。それを手に取り、痛《いた》みを堪《こら》えて立ち上がる。ミレリーナが驚《おどろ》いたように目を丸くした。

「どこへ行くのですか？」

「……使いの途中《とちゅう》です。まだ、役目を終えていません。ミレリーナ様ご所望《しょもう》の品も、買いに行かねばなりません」

ロヴィンが答えると、グリシーヌが怪訝《けげん》そうに眉根《まゆね》を寄せた。

「ミレリーナ様ご所望の品？」

「これじゃないか？　手紙や包みと一緒《いっしょ》に取り戻したんだが、こんな紙切れが」

「レソナンシア菓子店《かしてん》？」

フォルトが差し出した紙を覗《のぞ》き込み、レジスが首を傾《かし》げてそこに記された店の名を読み上げる。するとミレリーナは慌《あわ》てふためき、飛びつくようにしてフォルトから紙を奪《うば》い取った。

「何でもありません！　これは、その……本当に、何でもありませんから！」

焦《あせ》るあまり上手《うま》い言い訳《わけ》が思いつかないのか、ミレリーナは紙をくしゃくしゃと丸めながら叫《さけ》ぶように言った。いつものように綽々《しやくしやく》としていれば他愛ないことで済《す》まされるのに、よほど恥《は》ずかしいことなのか顔まで赤くしている。これでは、いかにも重要な隠《かく》し事をしていると言っているようなものだ。

「レソナンシア菓子店……。最近、女官たちが話題にしている店ですね。焼き菓子が絶品だとか」

グリシーヌが店のことを知っていたようだ。思い出したことをつぶやくように言って、ミレリーナがロヴィンに何を頼んだのか悟《さと》ったらしい。ミレリーナの顔を見て、堪えきれなかった笑いを漏《も》らす。失礼、と言いつつも肩《かた》の震《ふる》えは治まらない。

ミレリーナはロヴィンを鋭《するど》く睨《にら》んだ。一言余計《よけい》だった、と潤《うる》んだ目が非難《ひなん》してくる。ばらしたのはミレリーナ自身だったのだが、たしかにロヴィンの言葉がなければ知られることはなかった。素直《すなお》に頭を下げ——よろめく。

倒《たお》れかけたロヴィンを力強い腕《うで》が両脇《りょうわき》から支えた。レジスとフォルトだ。

「無理をするな。ふらふらじゃないか」

「しかしお前、歳《とし》のわりに軽いな。もっとしっかり食って、丈夫《じょうぶ》になれ。そしたら俺《おれ》たちが鍛《きた》えてやる。覚悟《かくご》しろよ」

レジスが心配そうに言い、フォルトは愉快《ゆかい》そうに笑った。しかし、嫌《いや》な笑いじゃない。人懐《ひとなつ》っこい、後輩《こうはい》に対する親しみを込めた笑《え》みだった。

「ミレリーナ様、工房《こうぼう》への使いは私にお任《まか》せくださいませんか？　レソナンシア菓子店にも、帰りに寄って参りますので」

グリシーヌがミレリーナの前で膝《ひざ》をつき、胸《むね》に手を当てて言った。ミレリーナは迷《まよ》っていたが、しばらくすると諦《あきら》めたように溜《た》め息をついた。

「今日はもう遅《おそ》いですから、工房のご主人にも迷惑《めいわく》です。きっと菓子店も閉《し》まっていますわ。だから、明日になさい。——菓子店のこと、お兄様には秘密《ひみつ》ですよ。グリシーヌだけでなく、皆《みな》も黙っていてちょうだい」

人差し指を唇に押《お》し当て、皆を見渡《みわた》してミレリーナは命じた。大人ぶった王女が見せた子供《こども》らしい表情《ひょうじょう》に、騎士《きし》たちは一様に表情を緩《ゆる》ませ、快《こころよ》く頷《うなず》く。

全員を代表して、グリシーヌが深くこうべを垂《た》れた。

「かしこまりました、王女殿下《でんか》。では、そろそろ王城へ戻りましょう。ベルンハルト様もご心配なさっていますよ」

「でしょうね。こんなに大勢の騎士をつけてくださったのですもの。でも、少し多すぎじゃありません？」

「やはりお気づきでしたか」

ミレリーナの返答にグリシーヌは苦笑《くしょう》した。

「もしや、ベルンハルト様が我《われ》らを護衛《ごえい》に命じると見越《みこ》したうえで、お一人で王城を抜《ぬ》け出されたのですか？　そんな服までお召《め》しになって。あまりに普段《ふだん》と違う格好ですから、見失ってしまうところでした」

「だから、はじめに襲《おそ》われた時に間に合わなかったのですね……。構《かま》いませんわ、それはわたくしのせいでもあるのですから。この服は門番の目をごまかすために拝借《はいしゃく》したの。決してあなたたちを撒《ま》こうなんて考えで着ていたのではありません」

身の丈《たけ》に合わなくて、ずれてきた服を整えながらミレリーナは言い訳を連ねた。けれど、悪いとは思っていないようだ。むしろ騎士たちを出し抜いたことが楽しくて仕方ないような、生き生きとした表情をしている。

「お兄様にはわかるように、わざと脱走《だっそう》の痕跡《こんせき》を残して出て来ましたのよ。だって、わたくしが護衛を頼《たの》んでも、ロヴィンを探《さが》しに行くなんて知ったらあなたたちは快諾《かいだく》してくれなかったでしょう？　かと言って一人で出て行くのは、さすがに怖《こわ》いもの。お兄様ならわたくしの行動を止めたりはしなくても、守ってくださると思いましたから。お兄様はこうおっしゃったんじゃなくて？　『ミレリーナが出て行ってしまったようだから、こっそりつけて守ってあげて。よほど危《あぶ》ない目に遭《あ》うまでは、好きにさせてあげなさい』って」

「一言の漏《も》れもなく、その通りです」

グリシーヌは降参《こうさん》ですと言わんばかりに溜め息をついた。

二人のやり取りを聞き、ロヴィンはミレリーナがどうやって王城を抜け出してきたのか、そしてグリシーヌたちが助けに来てくれた理由を知った。騎士たちは兄王子の頼みで、無茶をする妹姫《いもうとひめ》をこっそり護衛していたつもりだったようだが、その護衛がいることもミレリーナは知っていたのだ。倉の中に躊躇《ためら》いなく踏《ふ》み込《こ》んできたのも、危険があっても助けてもらえる自信があったからだろう。

「でも、脱走って思っていたより簡単《かんたん》ですのね。またやってみようかしら」

「それはご勘弁《かんべん》願いたい」

これはレジスのつぶやきだった。皆が、どっと笑い出す。フォルトとレジス本人も笑い出したものだから、支《ささ》えられているロヴィンは揺《ゆ》さぶられて傷《きず》に障《さわ》った。わずかに呻《うめ》き声を漏らすと、ミレリーナが心配そうに駆《か》け寄《よ》ってくる。

「あなたも、ごめんなさいね。わたくしが余計な用事を頼んだばかりに、こんなことになって」

「……どういうことですか？」

ミレリーナの言葉を解《かい》せず、ロヴィンは問う。彼女が詫《わ》びることなど、何もないはずなのに。

「わたくしが用事を増《ふ》やしてしまったから、近道をしようとしたのでしょう？　以前の顔見知りが多いこの区画を避《よ》けて通っても、手紙と御代《おだい》を届《とど》けるだけならお昼までに間に合ったでしょうに……。他に寄《よ》る所ができたから、少しでも早く帰って来られるように、この界隈《かいわい》を横切ろうとしたのでしょう？　あなたの帰りが遅《おそ》いから、きっとこの辺りで何かあったに違《ちが》いないと思ったの」

やはり、彼女は信じてくれていた。ロヴィンが金を持って逃《に》げたなんて考えずに、身を案じてくれた。嬉《うれ》しいけれど、それをどうやって表現すればいいのかロヴィンは知らない。だけど何かを言わなくてはいけない気がして、懸命《けんめい》に考える。

「私の行動を読んだということですか。では、どうしてこの場所を？　それだけでは知り得ないでしょう」

そんなことが言いたいわけじゃないのに。口から出るのは、いつも本心を覆《おお》い隠す殻《から》の上をつるりと滑《すべ》って的外れになってしまう言葉だ。

上手《うま》く感情を表せないでいるロヴィンに、ミレリーナは丁寧《ていねい》な答えをくれる。

「この辺りで若者《わかもの》の窃盗団《せっとうだん》による被害《ひがい》が多いと報告《ほうこく》されていましたから、あなたがその中の一人だったと考えるのはそう難しくはありませんわ。十数人の窃盗団の拠点《きょてん》となるにはそれなりの隠れ場所が必要でしょうし、その場所の確保《かくほ》にはお金だって掛《か》かるはずです。だとすれば、窃盗団の中には財力《ざいりょく》のある者がいる――そこまでわかれば、窃盗団を構成《こうせい》する若者たちと歳《とし》が合致《がっち》する息子《むすこ》を持つ富裕《ふゆう》な家庭で、大勢《おおぜい》が身を隠せるような広い場所……倉か何かを所有する商店に的を絞《しぼ》ればいいだけのことです。もっとも、それでもたくさんの倉を調べないといけなかったので、あとは地道に巡《めぐ》り歩きましたけど」

ここへ来た時、ミレリーナが息を切らしていたのはそういうことだったらしい。そこまでして捜《さが》してくれた彼女に、何か言いたい。けれど思いつくのは儀礼《ぎれい》的な、騎士《きし》としての着飾《きかざ》った謝辞《しゃじ》ばかり。それなら、いっそ感謝の言葉だとかで括《くく》らないで、言いたいことを言えばいい。

――

「強く、なりたいです。力が欲《ほ》しい。ミレリーナ様、あなたを守るために」

ようやく、自分の心を言えた気がした。胸《むね》がすっとする。ミレリーナは嬉《うれ》しそうに微笑《ほほえ》んだ。

「待っています。あなたがわたくしに相応《ふさわ》しい騎士になるまで。わたくしも、あなたに相応しい主《あるじ》となれるよう精進《しょうじん》しますわ。だから、傍《そば》で見ていてくださいね。命令です」

ロヴィンの頬《ほお》に触《ふ》れようと、ミレリーナが両手を伸《の》ばす。しかし、指先しか届かない。ミレリーナは照れくさそうに手を引っ込め、肩《かた》をすくめる。改めて彼女はまだ幼《おさな》いのだと思い知らされた。

しかし、幼いと言えるのも今のうち。ミレリーナが身を置く環境《かんきょう》は、彼女に心穏《おだ》やかな少女期を過《す》ごさせてはくれない。だからこそ、彼女はこんなにも聡《さと》い。聡いからこその苦しみもあるはずだ。子供なら知らなくてもいいことだって、彼女は察してしまうから。大人びた笑顔の鎧《よろい》で心を守らなければいけなくなるほど、他人のことを察してしまうから。

自分を取り巻《ま》く者たちのために、子供らしさを捨《す》てた少女。彼女の体はこれから、先に成長しすぎた心に追いつくように育っていく。ようやく心身の均衡《きんこう》が平行になるのだ。その均衡が崩《くず》れてしまわないよう、支えていかなければいけない。大切な役目をロヴィンは任《まか》されたのだ。

「御意《ぎょい》のままに」

レジスとフォレスの手を離《はな》れ、ロヴィンは片膝《かたひざ》をついてこうべを垂《た》れた。

二度目の、忠誠《ちゅうせい》の誓《ちか》い。これでやっと、本当の騎士になれた気がした。

†

幸い、怪我《けが》は数日養生していれば普段《ふだん》と変わらず歩けるようになった。まだ傷跡《きずあと》や痣《あざ》は残っているので擦《す》れ違《ちが》う人々が驚《おどろ》いた顔をしてロヴィンを凝視《ぎょうし》するけれど、以前のように野良犬《のらいぬ》を追い払《はら》うような目をすることはなくなった。

ただし、騎士たちが——特にレジスとフォルトがロヴィンの武勲《ぶくん》を誇張《こちょう》して触れ回るものだから、今までとは違った意味で注目されるようにはなったが。

空気が穏やかだ。ミレリーナもあれ以来、少しずつ自然な笑い方をするようになった。

騎士たちの前で子供っぽい顔を見せてしまったから、今さら大人びた顔で笑っても演技《えんぎ》くさいだけと思ったのだろう。彼女にとっては、そのほうが良かったのだ。

グリシーヌが買ってきてくれた焼き菓子《がし》も、はしゃいで食べていた。しかし、確かに美《お》味《い》しいけれど一度食べればそれで満足、というのがミレリーナの評価《ひょうか》だった。やはり毎日の午後のお茶にはベルンハルトのケーキが一番だということらしい。

しかし、心配事が消えたわけではない。例の、王城内での盗難事《とうなんじ》件《けん》はいまだに続いていた。相変わらず盗《ぬす》まれるのは菓子や昼食といった食べ物ばかりなのだが、影《かげ》すら見えない犯人《はんにん》に誰《だれ》もが気味悪がっていた……のだが。

その犯人がついにその姿を現《あらわ》したのは、よく晴れた日の昼前だった。

「猫《ねこ》、ですか？」

表の庭で皆が騒《さわ》いでいるので何事かと訊《たず》ねたミレリーナは、その答えを聞いて目を丸くした。

「はい、厨房《ちゅうぼう》から腸詰《ちょうづめ》を丸々一本盗んで逃げていったそうで……」

対応した女官が状況《じょうきょう》を説明している最中だった。木陰《こかげ》に置かれた長椅子《いす》の下を擦《す》り抜《ぬ》け、猫が一匹《ぴき》飛び出してきた。灰色《はいいろ》の縞《しま》模様《よう》。口に銜《くわ》えた腸詰をなびかせ、飛ぶような速さで中庭へと駆けていく。

突然《とつぜん》足元を小さな動物が横切ったことに驚き、女官が悲鳴を上げた。それとほぼ同時に、厨房で雇《やと》われている下働きの少年が猫と同じ場所から飛び出して長椅子にぶつかり、転倒《てんとう》する。その後ろから続々と下働きの召《め》し使いたちが駆けてきたが、転んだ少年のせいでその場につっかえてしまった。

「あの猫！　今朝も俺の朝食のパンからハムを抜き取って行きやがったんだ！」

誰かが苛立《いらだ》たしげに叫《さけ》んだ。猫に気をとられて、ミレリーナがいることに気づいていないらしい。転んだ少年も立ち上がり、すぐにまた大勢《おおぜい》で猫を追いかけていった。

「わたくしたちも行きましょう」

ロヴィンの手を引き、ミレリーナは猫と集団《しゅうだん》のあとを追った。猫くらい放《ほう》っておけばいいのに、と思うロヴィンだったが、ミレリーナには逆らえない。引かれるままについて行く。

中庭の隅《すみ》には池があった。池の縁《ふち》には大きな木蓮《もくれん》の木が生えていて、春には水面《みなも》にその満開の花が映《うつ》り込んで美しいだろうと想像《そうぞう》できる。

しかし、今はそこに人が群《むら》がり、揃《そろ》って木の上を見上げて騒いでいた。先ほどの猫が木に登り、逃げ場を失って枝《えだ》にしがみついていたのだ。

「おどきなさい！　皆さん、下がって！」

木の下にいる集団を掻《か》き分け、ミレリーナが前に出た。急に割《わ》り込まれて不満の声を上げた人々は、それが王女であることに気づいて慌《あわ》てて道を開ける。

ミレリーナが近寄ったことで、猫はさらに興奮《こうふん》したようだ。ふーっ、と威嚇《いかく》の声を上げる。その拍子《ひょうし》に銜えていた腸詰が口から零《こぼ》れ、地面に落ちた。耳をぴったりと伏《ふ》せ、尻尾《しっぽ》は瓶《びん》の中を洗《あら》うブラシのように膨《ふく》らみ、背中の毛も逆立っている。

人はどんどん集まってきていた。より騒がしくなったことで猫はもっと高い所へ逃げようとし、爪《つめ》を引っ掛けながら枝の先まで進んでいく。枝はもう猫の足より細く、今にも落ちてしまいそうだった。

「あまり寄らないで。皆さんが大勢で追いかけるから、怖《こわ》がっているんです。誰か、網《あみ》を持ってきてちょうだい。できるだけ柄《え》の長いものがいいわ」

ミレリーナの命令に、庭師《にわし》の青年がどこかに駆けていった。庭仕事に使う道具が置いてある倉庫に向かったのだろう。しかし、猫はすでに限界《げんかい》のようだ。切羽《せっぱ》詰《つま》った叫び声を上げて、自力で逃げようと後退《あとずさ》りしはじめ――後ろ脚《あし》を踏《ふ》み外した。前脚と片方の後ろ脚の爪をめいっぱい枝に食い込ませ、どうにか踏み止《とど》まっている。

庭師が網を持ってくるまで待っていられない。猫はずいぶん高い枝まで登ってしまっているので、落ちれば無事では済《す》まないだろう。そう思ったロヴィンはとっさに駆け出していた。助走の勢いで、そのまま木に駆け登る。人の重みに耐《た》えられる太さの枝を選んで足を引っ掛け、一気に猫のいる枝の近くまで登った。

下で見ていた人々が感嘆《かんたん》の声を漏らした。入り組んだ路地裏で、時に屋根の上さえ駆け回っていたロヴィンには造作《ぞうさ》ないことだったが、ここの人々には曲芸のように見えたのだろう。

「無茶はしないで！　危《あぶ》ないわ！」

ミレリーナが叫んだ。ロヴィンを見上げる目は、まるで自分が高い所から落ちそうになっているみたいに怯《おび》えている。袖口《そでぐち》をぎゅっと握《にぎ》った手は小さく震《ふる》えていた。

ロヴィンは猫と同じ枝に足を乗せた。すると、枝は大きくしなる。枝先が揺《ゆ》れ、猫はもう片方の後ろ脚も踏み外した。前脚だけでしがみつき、宙《ちゅう》ぶらりんになる。

足は動かさないようにして、ロヴィンは腕《うで》を伸《の》ばした。別の枝を摑《つか》んで支えにし、前へ前へと体を倒《たお》す。

ようやく猫に手が届いた。首根っこを摑んで引っ張るが、助けてやろうというのに猫は枝を抱《かか》えて離さない。しかも猫の首の皮は柔《やわ》らかくてよく伸びるものだから、指に力が入らない。

しかし、不安定な体勢のせいで枝を摑んでいる手がもう限界だった。猫と力比べをしている暇《ひま》はない。息を詰めて一気に引き剝《は》がし——足元で、みしりと嫌《いや》な音がした。

あっ、と人々の声が重なる。ミレリーナが両手で顔を覆《おお》った。

折れた枝をロヴィンは力いっぱい蹴《け》った。猫を引き寄せて抱え込《こ》み、少しでも衝撃《しょうげき》を和《やわ》らげるために背を丸める。

大きな水飛沫《しぶき》が上がった。枝を蹴ったことで、落下地点が池の上になったのだ。水深が浅ければ怪我《けが》をしたかもしれないが、幸い足がつくかつかないかの深さがあって無事だった。

ずぶ濡《ぬ》れになった猫《ねこ》は水を嫌《きら》ってロヴィンの頭にしがみつき、吠《ほ》えるように鳴いている。鋭《するど》い爪《つめ》が顔に食い込むが、我慢《がまん》して池の縁まで泳ぎ着いた。ミレリーナが濡れてしまうのも構わずに手を差し伸べてくれる。ありがたくその手を取ったものの、彼女の力でロヴィンを引っ張り上げられるはずもない。

仕方なく自力で這《は》い上がろうとした時だった。ミレリーナの背後《はいご》から手が伸びてきて、ロヴィンは芝生《しばふ》の上に引きずり上げられた。

「また怪我を増《ふ》やすつもりか」

「いや、しかし上手《うま》いこと池に飛び込んだもんだ。猫も無事だな」

レジスとフォルトだった。グリシーヌもいる。騒ぎを聞きつけてやってきたようだ。ロヴィンの頭に乗っていた猫をグリシーヌが抱《だ》き上げる。猫はまだ興奮しているようで、グリシーヌの服や手に爪を立てて鳴き続けていた。痛《いた》くてグリシーヌが顔をしかめた隙《すき》に、その手から猫がするりと逃《のが》れる。

寄《よ》り集まった人々の足の間をすり抜けて、猫は白丁花《はくちょうげ》が深く茂《しげ》った生垣《いけがき》に潜《もぐ》り込んでいった。すかさずミレリーナが追いかけ、四つん這《ば》いになって生垣に頭を突《つ》っ込む。

「ミレリーナ様、お召《め》し物が汚《よご》れてしまいますよ」

グリシーヌの制止《せいし》も聞かず、ミレリーナは体の半分を生垣に埋《う》める。そして小さく歓声《かんせい》を上げ、這い出てきた。

「見てごらんなさい。驚《おどろ》かさないように、静かにね」

小声で言って、ミレリーナは生垣の奥《おく》を指差す。皆が一斉《いっせい》に覗《のぞ》き込んだ。ミレリーナの傍《そば》にいたロヴィンは押《お》され、仕方なしに膝《ひざ》をつく。白丁花の甘《あま》い匂《にお》いが強く香《かお》った。

生垣の中は、一言で言ってしまえばゴミ溜《た》めだった。パンや菓子《かし》を包んでいたであろう紙とか、細々したものを持ち歩くための袋《ふくろ》とか。その袋からは硬貨《こうか》が零《こぼ》れ落ちていた。

これを見て、何だというのか。そう思った時、ゴミの中で何かが動いた。みゃあ、と細い声がする。

子猫だった。灰色《はいいろ》の縞模様《しまもよう》は頭と背中《せなか》と尻尾《しっぽ》だけで、腹《はら》や四肢《しし》は白い。まだ生まれて一月も経《た》っていないのか、片手《かたて》に乗ってしまいそうなほど小さかった。

子猫の傍に落ちている袋をグリシーヌが拾い上げる。すると、先ほどの猫が現れて子猫の前に立ちはだかった。子供を守ろうとしているのだ。

「これは、前に誰かが盗《と》られたと言っていた小物入れではありませんか？」

拾った袋から中身を手の上に出し、グリシーヌが言う。硬貨が数枚と、菓子くずのようなものが出てきた。

「きっと、お金と一緒《いっしょ》に食べ物も入れていたのね。この猫さんは子育て中のようですから、お腹《なか》が空《す》いてどうしようもなくて人から盗んでしまったのですわ」

商人などが乗り入れる馬車にでも紛《まぎ》れ込んで、そのまま居《い》ついてしまったのだろう。子猫の小ささからいって、この庭で生んだに違《ちが》いない。乳《ちち》を出すためにはたくさん食べないといけないから、目についたものは手当たり次第《しだい》盗んで食べていたようだ。ゴミの山がそれを物語っている。ということは、この猫の罪《つみ》をロヴィンは着せられていたわけだ。そう思うと、引《ひ》っ掻《か》かれた傷が妙《みょう》に痛んでくる。

母猫の後ろに守られている子猫が、まるで状況《じょうきょう》など無視《むし》したように、みゃあぁ、と間延《まの》びした声で鳴いた。

†

ミレリーナは深く溜《た》め息をつく。目の前にいる王はすがるような目でミレリーナを見つめていた。

「ですから、無理なものは無理です」

「でも、ミレリーナ。救貧院《きゅうひんいん》への支援金《しえんきん》は今のままでは少なすぎるよ」

王位を継《つ》いで二年になるベルンハルトは、なおも食い下がる。仕方なくミレリーナはペンを置き、椅子《いす》に座《すわ》ったまま兄に向き直った。

「この冬は例年より雪が多く、各地で屋根が潰《つぶ》れたり橋が壊《こわ》れたりという被害《ひがい》が出ているのはお兄様もご存知《ぞんじ》でしょう？　橋がなければ馬車が通れず、家の建て替《か》えも食料の運搬《うんぱん》もままならないというような村落では多くの人が住む場所に困《こま》っているのです。雪解《ゆきど》け水によって川の水嵩《みずかさ》も増《ま》して、堤《つつみ》が破《やぶ》れたり石の橋さえ崩《くず》れてしまった場所もあるそうですわ。それをなんとかしなければ、救貧院に保護《ほご》を求めてくる人が今より増《ふ》えますのよ。救貧院には収容《しゅうよう》人数を確認《かくにん》するために役人を派遣《はけん》していますし、必要最低限の食料は配給されています。お兄様も、もう少し妥協《だきょう》を覚えてくださらないと困りますわ」

畳《たた》み掛《か》けるようにミレリーナが言うと、ベルンハルトは反論《はんろん》できなくなった。その悲しそうな顔を見ていると、こちらまで心が折れてしまいそうになる。

二人して黙《だま》り込む。その重い沈黙《ちんもく》を破《やぶ》ったのは軽《かろ》やかな鈴《すず》の音だった。

開け放たれていたままのミレリーナの部屋に、灰色縞模様の猫が駆《か》け込んできた。猫は大慌《おおあわ》てで、ミレリーナの傍に控《ひか》えていたロヴィンに飛びつく。服に穴《あな》が開かないよう、ロヴィンは強制的《きょうせい》に抱《だ》っこをさせられるような形で猫を支《ささ》えた。

そこへ、慌《あわ》ただしい足音も近づいてくる。現《あらわ》れたのはグリシーヌだった。グリシーヌはミレリーナとベルンハルトがいるのに気づき、一礼する。そしてロヴィンに抱かれている猫を睨《にら》みつけた。

「ストリッシャ！　こっちに来なさい！」

そんなことを言って、猫が従うはずもない。グリシーヌは大股《おおまた》でロヴィンに歩み寄り、その手から猫――ストリッシャを受け取る。爪が服の繊維《せんい》を傷《きず》つける、ばりばりという音がした。

ストリッシャは暴《あば》れ、青いリボンに通した鈴が首でちりちりと鳴る。手袋《てぶくろ》をしているグリシーヌの手を咬《か》み、後ろ脚《あし》による連続蹴《げ》りを彼女の腕に食《く》らわしていた。

「何があったのです？　ストリッシャはずいぶん怒《おこ》っているようですけど」

ミレリーナの問いに、ストリッシャを押さえ込んだグリシーヌは弱りきった顔を見せた。

「爪を切ろうとしたんです。家具で爪とぎをしようとするものですから。娘《むすめ》のマキアは大人しく切らせてくれるのですが、母親のほうが頑固《がんこ》で困《こま》ります。こいつらのせいで、私の部屋はもうぼろぼろですよ」

数年前、王城《おうじょう》で盗難騒《とうなんさわ》ぎを起こした猫の親子はそれぞれストリッシャ、マキアという名を付けられて、今はグリシーヌの世話になっていた。しかし長らく野良《のら》生活だったストリッシャは気が強く、グリシーヌの生傷は絶《た》えない。

「お騒《さわ》がせして、失礼しました。――陛下《へいか》、奥方《おくがた》が探《さが》しておられましたよ。陛下の鍋《なべ》を焦《こ》がしてしまったとかで。謝《あやま》りたいそうです」

退室《たいしつ》する間際《まぎわ》、グリシーヌが残した言葉にベルンハルトは顔を青くした。

「あぁ、コーラルさん。あれほど一人で料理をしちゃいけないと言ったのに。また野菜を切ろうとして自分の手まで切ってなければいいんだけど」

冬が終わる前にベルンハルトが娶《めと》った妻《つま》は、夫に影響《えいきょう》されてよく料理をするようになった。しかし、お世辞《せじ》にも器用とは言えない腕前《うでまえ》のせいで、彼女が包丁《ほうちょう》を持つ時はベルンハルトがついていないと危険《きけん》なのだ。

ベルンハルトは慌てて出て行く。気まずい空気から解放《かいほう》され、ミレリーナはほっと息をついた。窓《まど》の外に目を移《うつ》すと、快晴の空が見えた。

「良いお天気ね。外の空気を吸《す》いに行きましょうか」

ロヴィンに微笑《ほほえ》みかけ、ミレリーナは立ち上がった。彼は何も言わず、ミレリーナの一歩後ろについてくる。この数年で馴染《なじ》んだ距離《きょり》だ。

中庭へ出る。池の畔《ほとり》では白い木蓮《もくれん》が満開だった。春の陽《ひ》で輝《かがや》く水面に大輪の花が映《うつ》り込んで、本物の蓮《はす》が咲《さ》いているように見える。

「一輪、取ってくださる？」

そう頼《たの》むと、ロヴィンは一枝《ひとえだ》折って丁寧《ていねい》に差し出してくれた。

大輪の花。しかし、咲いているはずなのにいつまでも蕾《つぼみ》のような花。存在感《そんざい》とは裏腹《うらはら》の、控《ひか》えめな姿《すがた》だ。

この花のようでなければいけない。兄王を支えるために力を誇示《こじ》しつつも、前に出すぎてはいけない。それが自分の役目であり、喜びでもあるから。

グラディウスの女王に手紙を出そう。雪深いあの国の建築技術《けんちくぎじゅつ》を学び、広めることができれば次の冬には家や大切な橋を失う人々が減《へ》るだろう。グラディウスの新しい女王は気心の知れた人だから、頼めば技術者の一人や二人は送ってくれるかもしれない。——もっとも、文字を読むのが苦手な彼女のことだから、取り計らってくれるのは宰相《さいしょう》や傍に仕える騎士《きし》だろうけれど。

ミレリーナの判断《はんだん》は時折、人々に苦境《くきょう》を耐《た》えよと強《し》いる。救貧院にも、本当はもっと資《し》金《きん》を回すべきだとわかっている。しかし、今年の飢《う》えを補《おぎな》うために蓄《たくわ》えを消費してしまったら、翌年は倍の餓死者《がししゃ》を出すのだ。遠い昔から知られている、当たり前の理屈《りくつ》。けれど、やはり決断《けつだん》の瞬間《しゅんかん》は苦しい。

木蓮の花を水面に浮《う》かべた。波紋《はもん》の中心でゆらゆらと花が揺《ゆ》れる。

「なんだか少し眠《ねむ》くなってきましたわ。ここでお昼寝《ひるね》をしようかしら。枕《まくら》が欲《ほ》しいですね」

ちらりとロヴィンに目を向けて言う。すると彼は承知《しょうち》したように一礼した。

「部屋から取って参ります」

「違《ちが》いますよ」

踵《きびす》を返したロヴィンを呼《よ》び止める。彼は振《ふ》り返り、少し戸惑《とまど》った表情を見せた。何が間違っているのか、という顔をしている。

「わからないのですか？　困った人ね。――ここに来て、お座《すわ》りなさい」

子供《こども》に説教をする母親のように、芝生《しばふ》を指差して命じた。ロヴィンも叱《しか》られるものと思ったらしく、わずかに身を硬《かた》くした。しかし大人しく従い、芝生に腰《こし》を下ろす。

ミレリーナもロヴィンのすぐ隣《となり》に座った。そして、身を横たえて彼の膝《ひざ》に頭を預《あず》ける。

ロヴィンは黙《だま》って受け入れた。それが彼の役目だから。しかし、もう一つ何かが足りない。

彼は自分の手をどこに置くべきか迷《まよ》っていた。そして迷った挙句《あげく》、芝生の上に置こうとしてしまう。ミレリーナはその手を捕《つか》まえて、自身の頬《ほお》に当てた。温かい手だ。きりきりと胸《むね》を締《し》めつけていたものが解《と》けていく気がする。

「良いお天気ね」

「はい、とても」

呼び掛《か》けるとロヴィンが答えた。心なしか、その声は微笑んでいるように聞こえた。しかし、横になっているミレリーナには池の水面《みなも》しか見えない。

穏《おだ》やかな春風に吹《ふ》かれ、水面に浮かぶ木蓮の花が踊《おど》るように回っていた。

あとがき

こんにちは。もしくは初めまして。淡路帆希《あわみちほまれ》です。

初めましての皆様。本書は『紅牙《こうが》のルビーウルフ』シリーズの短編集となっておりまして、ドラゴンマガジンに掲載《けいさい》されたものが中心です。本書にまとめられているお話には本編の後日談や物語の途中にあたる内容も含《ふく》まれていますので、どうしてもネタばれがございます。どうぞご承知《しょうち》おきくださいませ。

参考《さんこう》までに、本編において各話がどの時系列にあたるのか少々説明させていただきます。


『クローバーに願いを』

一巻の第五章と第六章の合間のお話です。本編未読の方がいらっしゃると想定《そうてい》してあえて内容には触《ふ》れませんが、わけあってルビーウルフは変装《へんそう》をしています。髪《かみ》も付け毛（エクステのようなもの）をしているので、このお話だけルビーウルフは長髪《ちょうはつ》です。

『名残雪《なごりゆき》は蒼穹《そうきゅう》に舞《ま》う』

一巻より二年前、ルビーウルフが十三歳の頃《ころ》のお話です。もともとアニマル色の強い本シリーズの中で、最もアニマルな内容となっております。


『秘密の円舞曲《シークレット・ワルツ》』

一巻と二巻の合間にあたるお話です。冬が始まる前なので、一巻直後に近いですね。

ここまでの三話分が、一巻発売後、二巻発売前に掲載されたお話です。


『恋《こい》するうさぎ』

二巻と三巻の合間にあたるお話です。ここから三話分のドラゴンマガジン掲載時期も二巻発売後、三巻発売前ですので、三巻から登場するリオンとティグルより妹のアンジュのほうが先に世に出ていたことになります。


『憂愁《ゆうしゅう》の魔女《まじょ》と憂世《ゆうせい》の弟子《でし》』

一巻より三年ほど前、ジェイドが十五歳になる直前のお話です。ドラゴンマガジン掲載時には書けなかった、四巻と五巻の内容に触れる場面を加筆《かひつ》致《いた》しました。

『女王陛下《へいか》の手《て》荒《あら》い看護《かんご》』

二巻と三巻の合間にあたるお話です。これを書いていた当時、私自身も風邪《かぜ》を引いていたという思い出が。柚子茶《ゆずちゃ》とのど飴《あめ》に助けられました。

『琥《こ》珀色《はくいろ》の夢《ゆめ》は醒《さ》めない』

文庫書き下ろしです。一巻より四年ほど前の、ミレリーナとロヴィンのお話。後半に二巻の後日談を含《ふく》んでいます。

それぞれの話が本編のどの部分にあたるのか、わからなくなった場合は以上のことを参《さん》照《しょう》していただければ幸いです。


さて、今回はあとがきのページ数をたくさんいただいています。

最近なんかあったっけ、と思い出してみると、事は冬に遡《さかのぼ》りまして鍋《なべ》の話。

もはや毎年恒例となっている鍋パーティー。けれど今年は少し違いました。例年なら安い肉と野菜ばかりの鍋なのに、今回は京都北部在住ということで参加できなかった友人がカニを二キログラムも送ってくれるというのです。

い、行かねば……！　これは言《は》ってでも行かねば……！

そんなわけでカニに誘惑《ゆうわく》された女が六人、集《つど》うことになったのです。

私は五分ほど前に最寄《もよ》り駅に着き、会場のマンションを目指して歩き始めました。が。

行けども行けども目的の建物《たてもの》が見えてこない。こ、これはもしや……。

はっと気づき、私は携帯電話《けいたいでんわ》で会場の部屋の家主に電話を掛けました。

「あのね、今、○○サイクルっていう自転車屋の前にいるんやけど……」

「わかった落ち着け。とりあえず駅まで戻《もど》って。てゆーかあんた、ここ来るの何度目だ」

こうして迷子《まいご》は友人のナビにより無事到着。呼び鈴《りん》を鳴《な》らしてドアを開けました。そこにいたのは部屋の主と、もう一人だけ。私は三人目です。残りの三人は仕事の都合で、少し遅れてくると連絡《れんらく》がありました。ところが部屋はすでに鍋の匂《にお》いで充満《じゅうまん》していたのです。

「なんでもう始めてるの！」

過半数《かはんすう》が集まるまで待ちましょうよ。そういえばナビが途中で何度も途切《とぎ》れてたけど、食ってたのか。

呆《あき》れつつ、早く座《すわ》って食べなよー、と言われれば素直に従《したが》うしかありません。だってカニがなくなる。いや、実際、もう具が少ない。

先に食べていた二人もそのことに気づいたのでしょう。不思議《ふしぎ》そうに首を傾《かし》げます。

「なんか、食べるもの少なくない？」

「だねー。買い込《こ》む量《りょう》、間違えたんかな？」

違うよ。君たちが食べちゃったからだよ。

丁度その時、家主の携帯電話にメールの着信がありました。駅前にいるからもうすぐ着きます、という連絡でした。すかさずメールの相手に家主が電話を掛けます。

「もしもしー？　あのねー、もう具がないんよー。駅前のスーパーで椎茸《しいたけ》と春雨《はるさめ》と白菜《はくさい》と豆腐《とうふ》と他に何か美味しそうなのあったら六人分買ってきてー」

「あとジュースもー」

「ジュースは重いんじゃない？」

「大丈夫。あの子、ガッツあるから」

「というわけでよろしくー。あ、ジュースは二リットルのね。みんなで分けるから。じゃあね、待ってるわー」

一方的な注文を終え、電話は切られました。切れる間際、電話の向こうから何かの叫《さけ》び声が聞こえたのはきっと気のせいです。

新しい具が来るまでは、残《のこ》っているものをもそもそ食べるしかありません。さっそくカニを……カニが見当たらない。

「あの、失礼ですがカニ様はどちらに？　冷蔵庫？　まさか胃の中……？」

「心配せんでも大丈夫よ。ちゃんと置いてあるから」

そう言って家主は、なぜかカーテンの隙間に手を突っ込みました。そして、その手に握られていたのは立派《りっぱ》なカニの足。

「なんでそんな所からカニが出てくるの！」

「昨日からベランダに出して解凍《かいとう》してたんよ。だって二キロよ？　他にも材料あるのに、冷蔵庫《れいぞうこ》になんて入らんって。それに、冬場やねんから自然の冷蔵庫ってことで」

「でも、今朝、雨降ってたよね？　つまりそのカニは風雨に晒《さら》され……」

「大丈夫！」

押し切られました。細かいことは気にしたら負けなので諦めます。結局、その後もみんな無事なので問題なしです。

しばし三人で黙々《もくもく》とカニを貪《むさぼ》りました。カニを食べる時って、どうしてあんな真剣な目つきになるんでしょうね。

無言で鍋を囲んでいると、呼び鈴が鳴りました。到着したのは先ほどの電話の相手。両手にはぱんぱんに膨《ふく》れたスーパーの袋を提げ、ぜぇはぁと息を切らしながらの登場です。

「わーい、ありがとー」

「あれ？　でもジュースないよ？」

「うるさい黙《だま》れ！　そのくらい自分で買いに行きなさい！　てゆーか三人いるんなら誰か手伝いに来いよ！」

『だってその間にカニなくなったら嫌だし』

満場一致《まんじょういっち》で見捨てました。ごめんなさい。

文句言いつつもしっかり買い物してきてくれる、そんなあなたが大好きです。

その後、残りの二人も集合して、楽しい鍋になりました。ごちそうさまでした。

まだ紙面に余裕があるようなので、次の話。何か話題は……（記憶巻き戻し中）。
高校の時の修学旅行にて（巻き戻しすぎ）。
高校二年生の七月、修学旅行でオーストラリアに行きました。
現地のテーマパークで水上バイクのショーを見たりしてオーストラリアを満喫中《まんきつちゅう》、私と
友人数名が引率の先生に呼び止められてお金を渡されました。
「これで何か飲み物買ってきて。英語の勉強だと思って、ね？」
先生、それは勉強という名目のパシリでは……？

しかし、先生には逆らえません。私たちは売店へ行きました。そしてパシリにされた腹いせに、言ってはいけない一言を言ってしまったのです。

そう。「ラージサイズプリーズ」と。

現地のラージサイズは半端なく大きいと、話には聞いていました。けれど想像していたのは、日本のＬサイズより少し大きいくらいだろうな、だったのです。ところが。

なんかバケツみたいなの出てきた。

小さな子供が砂場遊びをする時に使うバケツのような、あんなサイズのカップ。しかも中身はコーラ。

やっぱり、世の中、実際自分の目で見てみないと実感できないものってありますよね。

そのコーラは先生に押し付けて、私たちはそそくさと逃げました。

先生、その節はすいませんでした。

その他にも様々な観光地《かんこうち》を巡《めぐ》ったのですが、鮮明《せんめい》に覚えているのは牧場《ぼくじょう》体験。

牛や馬や羊が放牧されている牧場で半日すごしたのですが、その牧場を経営するご一家には二人の兄弟がいました。まだ小学校低学年くらいで、二人とも金髪に青い目。しかも、教えられなければ女の子かと思うくらい可愛らしかったのです。

兄弟は日本の女子高生たちのハートを一瞬で鷲摑《わしづか》みにしました。言葉が通じなくても、一緒に遊んでいるうちにすっかり懐《なつ》いてくれて、スーツケースに詰めてお持ち帰りしたい！　と真顔で言い出す人たちもちらほら。

けれど、別れの時はやってきます。夕方になれば宿泊先のホテルに戻《もど》らなければなりません。私たちはトラクターに牽引《けんいん》された荷車に乗り込み、牧場の丘を下っていきました。

すると、兄弟が見送りのために走って追いかけて来るではありませんか。

夕方の草原で、笑顔で手を振りながら走る金髪美少年の兄弟。まるで映画のワンシーンのような、美しい光景に誰もがうっとりと溜《た》め息《いき》を零《こぼ》しました。

しかし、そこは牛がたくさん放牧されている牧場。

当然、牛たちの『落し物』がそこら中に山を形成しているわけで。

トラクターを追いかけ、まったく足元を見ていなかった兄がその『落し物』に思いっきりつまずき、勢いに乗って宙返りしてそのままダイブ。坂道で急ブレーキが間に合わなかった弟も、顔面からべちゃりと『落し物』に突っ込みました。

静まり返る荷車の一同。映画は映画でも、コメディ映画のオチですか。

幸い、二人とも大自然で育った子供らしくすぐに立ち上がり、笑いあっていました。

素敵《すてき》な思い出をありがとう、少年たち。

長かったあとがき、ようやく終わりです。ここまでお付き合いくださった皆様、ありがとうございます。

思えば、この短編集に収録されている最初の話はデビューと同時期に発表で、書いたのはそれよりもっと前です。その頃からずっとご指導いただいている担当様、そして編集部の皆様のおかげでこうして一冊の本にまとめることができました。ありがとうございます。

イラストの椎名優様。連載の挿絵《さしえ》や特集のカラーイラストなど、毎回うっとり見とれております。心が浄化《じょうか》されます。

最後に、本書をお手に取ってくださった皆様。短編集はいかがでしたでしょうか。楽しんでいただけたなら幸いです。

それでは、また次回（本編の六巻、かな？　たぶん）お会いできることを祈って、今回はこれにて失礼致します。

二〇〇七年四月九日　桜満開の晴れた朝に　　淡路帆希

初出

「クローバーに願いを」　月刊ドラゴンマガジン　2005年11月号
「名残雪は蒼穹に舞う」　月刊ドラゴンマガジン　2005年12月号
「秘密の円舞曲」　月刊ドラゴンマガジン　2006年1月号
「恋するうさぎ」　月刊ドラゴンマガジン　2006年4月号
「憂愁の魔女と憂世の弟子」　月刊ドラゴンマガジン　2006年5月号
「女王陛下の手荒い看護」　月刊ドラゴンマガジン　2006年6月号
「琥珀色の夢は醒めない」　書き下ろし

富士見ファンタジア文庫

紅牙《こうが》のルビーウルフ Tinytales 1
クローバーに願《ねが》いを
平成19年5月25日　初版発行

著者――淡路帆希《あわみちほまれ》
発行者――小川　洋
発行所――富士見書房
〒102-8144
東京都千代田区富士見1-12-14
電話　営業　03(3238)8531
　　　編集　03(3238)8585
振替　00170-5-86044
印刷所――旭印刷
製本所――本間製本
落丁乱丁本はおとりかえいたします
定価はカバーに明記してあります

ISBN978-4-8291-1929-7 C0193

富士見書房新刊情報
2007.5
富士見書房
ドラゴンプレス
新緑フェア開催中
富士見ファンタジア文庫
鋼殻のレギオスVI
雨木シュウスケ イラスト:深遊
レッド・ノクターン
レギオス・マシンガン・キャンペーン開催中
単行本 6月発売予定
リグザリオ洗礼
レジェンド・オブ・レギオス
富士見書房のホームページ http://www.fujimishobo.co.jp
*表示はすべて税込み(5%)です。 *表示は2007年5月1日現在の価格です。

月刊ドラゴンマガジン
DRAGON MAGAZINE
7月号
5月30日(水)
発売!
予価690円
風の聖痕《スティグマ》
アニメ放送中!
巻頭特集
ディスパレイト!
榊一郎&増田メグミ
アニメ企画進行中!
ご愁傷さま二ノ宮くん
鈴木大輔&高苗京鈴
アイドルマスター
特集 XENOGLOSSIA
涼風涼&Ein

NEW AGE STANDARD COMIC
月刊ドラゴンエイジ DRAGON AGE
7月号
6月8日(金)発売!!
定価540円
風と炎のネオ・エレメンタル・アクション!!
TVアニメ放送中!!
風の聖痕《スティグマ》
―紅炎の御子―
原作:山門敬弘
作画:猫都夏椅
キャラクター原案:納都花丸
月刊ドラゴンエイジ8月号増刊
DRAGON AGE
Vol.05 予価580YEN
大人気コミック×ノベル
学校妖怪紀行
～第八怪談募集中～
戦慄のマインドホラー恐怖の新展開!
Pure
【ドラゴンエイジ。ピュア】
6月20日恐怖

ファンタジア文庫の
注目作がいよいよ
コミカライズ!!
大好評連載陣
おたくの娘さん
すたひろ
特別付録
おたくの
コミック
偽装カバー
おまもりひまり
的良みらん
新連載
鋼殻のレギオス
原作:雨木シュウスケ
作画:清瀬のどか キャラクター原案:深遊
学園黙示録
HIGHSCHOOL OF THE DEAD
原作:佐藤大輔 作画:佐藤ショウジ
竜騎士07＋西E田
豪華連載陣に注目!
「異国迷路のクロワーゼ」武田日向
「メイドをねらえ!」まっつー＋椿あす
「オリハルコン・レイカル」綱島志朗
「にら☆つま」大内たか道
「マケン姫っ!」武田弘光
「Garden」CUFFS＋神楽坂なぐ
「鋼殻のレギオス」
雨木シュウスケ＋深遊
「る～む! ROOM NO.1301」
新井輝＋さっち
「ソード・ワールド ぺらぺらーず」
藤澤さなえ/グループSNE＋かわく
and more...
新連載
通販
文庫で人気 ついにコミック化!
上月雨音＋東条さかな
SHI-NO
待望のフィギュア化!
三宅大志 クリムゾングレイヴ
解禁!
http://www.fujimishobo.co.jp/pure/

TVアニメ放映中!

オタクの楽園(!?)、彼岸荘へようこそ！
噂のレトロモダン・ホームコメディ、第2巻!!

おたくの娘さん 第二集

すたひろ　609円

業界初!? 俊英が描く
『競泳水着学園コメディ』登場!!

水色スプラッシュ

原作:舞阪洸　作画:紫☆にゃ～　609円

角川コミックスドラゴンJr. 6月の新刊

6月9日発売

緻密な描写で話題の
武田日向初の短編集!!

狐とアトリ 武田日向短編集

武田日向　567円

探偵社を舞台に成瀬唯の
心の成長を描くハートフルストーリー!!

有限会社 コボルト私立探偵社②

龍牙翔　651円

富士見書房　2007年5月　愛読者応募カード

ご購読いただきありがとうございます。下記のアンケートにお答えください。
いただいたアンケートは、今後の企画の参考にさせていただきます。

この本のタイトル	

ご購入なさった書店(　　　　　　　　　　　　　　　　　　　　　　　　　　　　　　　　)

●この本を何で知りましたか？

1.雑誌を見て（雑誌名　　　　　　　　　　　　　　　　　　）　2.お店で本を見て
3.ポスターやチラシを見て　4.インターネットで見て　5.人に勧められて
6.その他(　　　　　　　　　　　　　　　　　　　　　　　　　　　　　　　　)

●お買い求めの動機は？

1.作者が好きだから　2.カバー（イラスト）がよいから　3.タイトルが気に入ったから
4.カバーの作品紹介を読んで　5.月刊ドラゴンマガジンの特集&短編を読んで
6.チラシを見て　7.その他(　　　　　　　　　　　　　　　　　　　　　　　　)

●この作品の内容についてあなたなりの判定をお願いいたします。

1.この本の内容は
（1:大変面白かった　2:面白かった　3:普通　4:つまらない）
2.上記の判定の理由と寸評、作品の良かった点、悪かった点をお書きください。
良かった点(　　　　　　　　　　　　　　　　　　　　　　　　　　　　　　　　)
悪かった点(　　　　　　　　　　　　　　　　　　　　　　　　　　　　　　　　)
3.この作品の中でお気に入りのキャラクターを教えてください。
ベスト1（　　　　　　　）　ベスト2（　　　　　　　）　ベスト3（　　　　　　　）
4.この作品の続編が読みたいですか？（1:はい　2:いいえ）

●この作品のイラストに関してお聞きします。

1.本作品のイラストは（1:良い　2:普通　3:良くない）
2.口絵のボリュームに関して（1:満足　2:普通　3:物足りない）

●月刊ドラゴンマガジンを購読していますか？

1.毎月　2.ときどき　3.いいえ

●今月、何冊の本を買いましたか？（　　　冊）

●この本と一緒にご購入なさった本があれば教えてください。

●この本についてのご意見・ご感想をお書きください。

郵便はがき

おそれいりますが
50円切手を
お貼りください

102-8144

東京都千代田区富士見1-12-14

富士見書房編集部

「5月ファンタジア文庫新刊」係 行

ご住所	〒		
お名前		(男・女)	歳
ご職業(学校名)		TEL	

特製ポストカードあたります！

このアンケートをご返送くださった方の中からファンタジア文庫ポストカード・セットを抽選で50名にプレゼントいたします。当選者の発表は発送をもってかえさせていただきます。ぜひご返送ください。(締め切り　2007年6月30日消印有効)